有爱的青春陪伴者

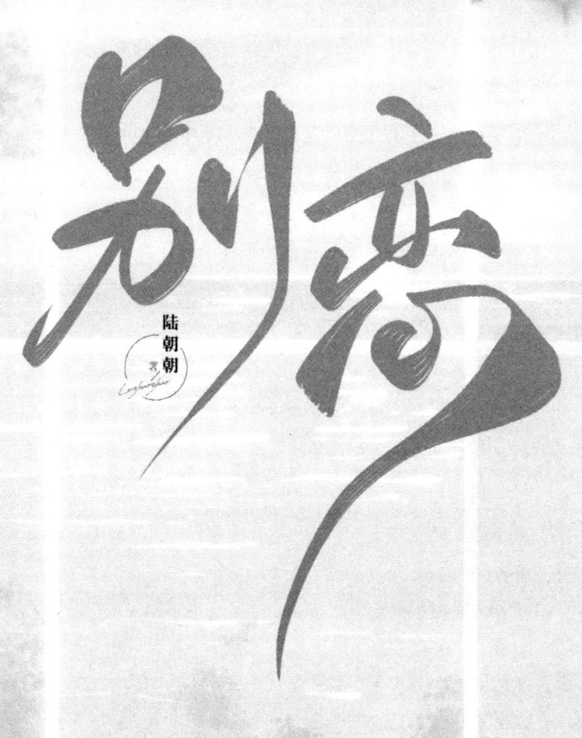

贵州出版集团
贵州人民出版社

图书在版编目（CIP）数据

别恋/陆朝朝著. -- 贵阳：贵州人民出版社，2022.11
ISBN 978-7-221-17247-1

Ⅰ. ①别… Ⅱ. ①陆… Ⅲ. ①长篇小说－中国－当代 Ⅳ. ①I247.5

中国版本图书馆CIP数据核字(2022)第163730号

别恋

BIELIAN

陆朝朝／著

出版统筹：陈继光
选题策划：大鱼文化
责任编辑：杨雅云
特约编辑：不　夏　年　年
装帧设计：颜小曼　马雅婧
封面绘制：Super 阿栗
出版发行：贵州人民出版社（贵阳市观山湖区会展东路SOHO办公区A座 邮编：550081）
印　　刷：长沙鸿发印务实业有限公司
开　　本：880毫米×1230毫米　1/32
字　　数：302千字
印　　张：9.5
版　　次：2022年11月第1版
印　　次：2022年11月第1次印刷
书　　号：ISBN 978-7-221-17247-1
定　　价：39.80元

贵州人民出版社微信

目录

第一章 / 001
被野生顾博士打脸的 101 天

第二章 / 025
愈战愈勇的南小花旦!

第三章 / 054
打倒顾以舟!

第四章 / 085
顾以舟那不靠谱的总裁弟弟

第五章 / 109
今天也是后台贼硬的南花旦哦!

第六章 / 135
顾博士吃醋了?

第七章 / 159
不能接吻?你确定?

目录

第八章 / 186
顾博士的养猪计划！

第九章 / 217
追妻火葬场？

第十章 / 241
陷入爱情的南花旦？

第十一章 / 267
余生都是你

结　局 / 292
许你所有深爱情长

番　外 / 294
只此一处温热

BIE LIAN

/ 第一章 被野生顾博士打脸的 101 天 /

01

南佳恩瘫倒在床，生无可恋。

新拍的警匪片简直把她折磨死了。

南佳恩手指飞快地在手机屏幕上敲击。

网友 A：“刚看了南佳恩的新网剧，脸是真的好看！”

网友 B：“听说我们恩恩正在拍一部新的警匪片，好期待哦！”

网友 C：“我的恩恩真棒！”

……

南佳恩在 App 上熟练地来回切换着“网友”ABCDEFG 等账号，终于把下面几个不好的评论给刷了下去。

App 在手，水军她全有！

“你们没看她最新的综艺节目吗？文化水平好低，简直就像是没念过书。”某网友吐槽道。

那个综艺节目……

都是那个综艺节目害的！

南佳恩 V：“哦。现在让你去开飞机你会吗？”

“你又用大号！”南佳恩刚发还没两分钟，于晓曼就从隔壁房间冲了进来。

南佳恩低头一看。

完了，没换号。

删是来不及了，南佳恩点开那条评论，下面已经有几千条回复了。

她端坐起来，正准备开始新一轮的“键盘之战”。

于晓曼甩了个白眼过来：“你就不能消停一会儿？”

“可他们说我没文化。”

“人家说实话有错吗？”

“你是隔壁网红请来的卧底吧？”

于晓曼给南佳恩讲明天的通告安排，南佳恩左耳听右耳出，继续刷微博。

“对了，你高中同班同学，有个叫张什么的联系你，说周末高中同学聚会，问你有空的话能不能赏个脸？”

“不去！”南佳恩打了个哈欠，正准备下床洗澡，冷不丁手机里弹出一条头条推送——《当红女演员谈馨儿深夜秘密约会一男子！疑似恋情曝光》。

照片上，一男一女走在一起，虽然保持着距离，但光从谈馨儿脸上兴奋的表情来看，就知道两个人关系不一般了。

这两年在整个娱乐圈的新晋花旦里，南佳恩毫无疑问是一线的流量女王，但二线也时不时冒出几个不知天高地厚想要把她搞垮的女演员。

其中谈馨儿这个矫揉造作的女人，必须拥有姓名。

去年她接了个片子，演女一号，谈馨儿演女二号。

休息的时候，谈馨儿又是端茶递水又是跟导演眉来眼去的，而她一个人躺在沙滩椅上，喝果汁吃西瓜。

后来微博上有个小号爆出南佳恩在片场吊儿郎当的模样，而谈馨儿态度谦卑，一直在帮剧组里的人。

捧一踩一，节奏带得飞起。一看就知道是谈馨儿做的好事。

南佳恩直接在微博上怼回去：武侠镜头全程找替身的宝贝当然有力气干活儿。

谈馨儿气得连表面文章都做不下去了，直接取消了南佳恩的微博关注。

从此之后，任何活动，有南佳恩，就没有谈馨儿。

现下，谈馨儿的绯闻，南佳恩看得比谁都带劲儿。

她点开微博正文，把照片放到最大。像素并不是很好，男主角的脸还被打了马赛克，但是这个人怎么这么眼熟呢？

她赶忙给一个媒体朋友打了个电话，不出一会儿，原图发了过来。

背景是黑夜，男人穿着一件衬衫，大长腿几乎占了半个屏幕。

因为拍照时距离太远，男人的五官不是很清晰，但这性感得恰到好处的脸部线条，让南佳恩一眼就认了出来。

还真是他！

一瞬间，南佳恩觉得自己的脸都被人打肿了。

南佳恩转头问于晓曼："你刚才说周末有同学聚会？"

"对啊。"

"去！"南佳恩跳下床，"要去！非去不可！"

别人认不出来就算了，她还能认不出来嘛，他烧成灰，她都认得出来，那不是顾以舟还能是谁？

于晓曼惊讶不已："同学聚会你不是都不去的吗？而且你知道地点在哪儿吗？在市中心的一家火锅店啊！"

"不管在哪儿，上刀山下油锅我都要去！"

她去是为了参加同学聚会吗？

怎么可能！

当然是去找那个姓顾的"热情交流"。

周六下雨，剧组晚上的外场戏停了，南佳恩下午五点就回了家。

她戴上口罩和帽子，换上低调的长袖卫衣和牛仔裤。

南佳恩出门前，听到身后的于晓曼在喊："大姐，现在是六月，我求你晚上别给我上头条！"

南佳恩匆匆下楼，确认好预约的车，拉开车门钻了进去。

司机透过后视镜看到后面捂得严严实实的乘客，咽了咽口水问："妹子你怎么了？"

"过敏……我过敏。"

网约车稳稳当当地停在潮辣火锅店的门口。

南佳恩望了眼外面来往的行人，心里发怵。

周末的客流量真是多得离谱。

这些人下雨天还要出来下馆子吗？

付完车费，南佳恩匆忙下车，一头扎进火锅店。

高中同学还算是考虑到了南佳恩，在火锅店里订了一个大包厢。

南佳恩赶到的时候，人都已经来得差不多了。

组织活动的张琪赶忙迎上前："这不是我们的当红花旦南佳恩嘛！欢迎欢迎！"

见到南佳恩，大家异常兴奋。毕竟是娱乐圈的一线女演员。大家都想攀个关系拍个照。

南佳恩摘下口罩和帽子，入夏的天气，她差点被捂出痱子来。

当即有人拿出手机就要拍，张琪见南佳恩脸色不好，挥挥手打圆场道："咱们先吃，等会儿再合影。"

南佳恩在人群中搜索了一圈之后，并没有发现顾以舟的身影。

他没来？

"顾以舟没来？"南佳恩开门见山地问。

大家都愣了。

南花旦怎么会打听起顾以舟来？

张琪看着南佳恩，解释说："他说他有事，来不了。"

也是，每天埋头在实验室搞研究的顾博士，应酬、展会应接不暇，还有个貌美如花的女朋友要哄，哪里有工夫来参加高中同学聚会？

可是他再忙能有她忙吗？她都来了，他居然不来。

南佳恩忍不住要跳脚。

一顿饭吃下来索然无味。按理说，平时她被于晓曼管得这么严，难得能放开肚子吃一顿火锅，这会儿应该往死里吃才对，结果她却是半点兴致都没有了。

她满脑子都是谈馨儿和顾以舟的那张照片。

当红演员谈馨儿和医药博士顾以舟，说出去真是郎才女貌，天造地设的一对，真棒。

这边，同学们又是找南佳恩签名又是跟她合影。

好不容易招架完所有人，南佳恩强忍住头痛，站起身来说：“我还有事，不能待很久，你们玩吧，我先撤了。”

“这才来了十多分钟。”不知是谁嘀咕了一句。

还有人应和道：“人家现在是一线花旦，来已经是给我们面子了，你说话注意点哦。”

气氛有些尴尬。

南佳恩抬眸望向声源，是当初在高中的时候就跟她关系不好的两个女同学。

于是，南佳恩甜甜地笑起来，说：“是，律师函警告哦。”

要不是为了搞清楚八卦内容，她才不来。

可惜了，男主角缺席。

南佳恩有些沮丧，决定从后门离开，走条人烟稀少的小道，结果在后门口看到了一个熟悉的身影。

这个体型、这个仪态，是谈馨儿没跑了。

她在这儿干吗？

南佳恩停下脚步，躲到一边，没一会儿，看见了不远处姗姗来迟的人。

等到人，谈馨儿捏着嗓子，娇嗔道：“人家等你好久了……”

月光下，男人的脸逐渐清晰。

立体的五官，英气的眉毛，性感的喉结。

“找我什么事？”说话的是顾以舟。

他的声音清冷，像是从很远的地方传来。

“我喝多了。”谈馨儿一边说一边往顾以舟的身上蹭，语气里尽是娇媚，“我本来是想自己回家的，但是你也知道，我是公众人物，万一……”

公众人物了不起哦，这年头谁还不是个公众人物了。

顾以舟把摇摇欲坠的谈馨儿扶了起来，随后松开手，保持距离。

他拿出车钥匙，目光扫过谈馨儿的脸：“我给你经纪人打个电话。”

谈馨儿道：“我经纪人她今天有急事，不然我也不会一个人到这儿来了。”

眼看着谈馨儿就要被顾以舟带走，南佳恩灵机一动，从包里掏出了随身携带的漱口水。

南佳恩拧开瓶盖，一皱眉一闭眼，捏起鼻子咕嘟咕嘟把漱口水都喝了下去。

“哎哟！”

南佳恩像个皮球一样，从角落里滚了出来。

她不顾一旁惊诧的两个人，夸张地用手捂住额角，道：“哎哟，喝多了，头好晕，醉了醉了，我是真的喝醉了。”

说罢，她抬眼，正对上顾以舟冷冷的目光。

02

顾以舟静静地望着南佳恩，一双黑曜石般的眼睛牢牢锁住她。

时隔多年再一次见到顾以舟，南佳恩除了后悔还是后悔。

早知道他会越长越帅，当初……

的确，顾以舟长着一张漫画男主角的脸。

脸上的每一寸线条都恰到好处，皮肤是健康的亚洲黄，头发乌黑，刘海被他用发胶拢在头顶，露出了光洁的额头和英气的眉。

眉骨不高，眼珠漆黑，眉宇间笼罩着让人难以靠近的气场。

真有味道。

虽然不是小白脸的类型，但这个长相已经足够引人尖叫了。

这么多年，他是终于想通了，发现自己的容貌优势，想抓住青春的尾巴去娱乐圈火一把，所以才接近谈馨儿的？

如果是这样，他干吗不来找她，她可比谈馨儿红多了。那就不是想火，可能是真爱了。

但是他明明说过绝对不碰混迹娱乐圈的女孩子的。

显然没想到南佳恩也在这里，谈馨儿瞪大眼，很是警觉。

南佳恩理都不理她，直接就往顾以舟的身上撞。

也许他将会在一秒钟之后扶住她摇摆的身子，也许开场白是一句“好久不见”，也许是关切地询问她为什么会喝这么多酒，又或许，是直接给她一个久别重逢的拥抱。

然而，一秒钟之后，顾以舟侧过身子，手指轻轻地拉住了南佳恩卫衣的帽子。

他目光寡淡，表情冷漠。

南佳恩被自己的卫衣领子锁喉了。

她做梦都没想到他迎接自己的姿势居然是这样的。

她夸张地咳嗽两声，从他的手里逃窜出来。

“哎，我头好晕……”她边说边偷瞄男人的表情。

见他毫无表情，她便使出炸裂的演技——

她靠在墙上，红着脸娇嗔道：“感觉走不动路了呢。”

“这不是我们的南小花旦嘛。”谈馨儿嫌恶地乜斜了她一眼，嘲讽道，“南花旦晚上玩得这么嗨，就不怕第二天上头条吗？”

“哎哟，头好晕。”南佳恩不理她，伸手抓了几把空气，道，“看人都重影了。”

谈馨儿冷哼了一声：“那你不喊经纪人来接你？”

“我经纪人有事啊，没人接我。我一个公众人物……对吧？”南佳恩喘着气，余光时刻注意身边男人的表情变化，然后大失所望，他根本就一点变化都没有。

顾以舟站在那儿，双手插在裤袋子里，像是漆黑夜色里的一尊雕塑。

雕塑还会咧嘴笑一笑，但顾以舟的嘴唇抿得很紧，半点弧度都没有。

南佳恩士气骤减，嘴上还是喊着：“顾以舟，既然碰到了，要不你送我回去吧……”

顾以舟瞥了眼南佳恩，良久之后，他伸手把她戴着的黑色口罩往下拉了拉，目光一沉，薄唇轻启，道：“南佳恩？”

他才认出来？

南佳恩无语。

顾以舟像是突然想到什么似的，自顾自地“哦”了一声。

南佳恩道：“我喝醉了……”

“哦。”他面无表情。

“送我回去……”

“不。”

谈馨儿问：“你们认识？”

“认识。”顾以舟声音平静。

谈馨儿问：“你们……什么关系？”

什么关系？

南佳恩做洗耳恭听状，而后顾以舟淡淡地说：“高中同学。”

她抬眸看了顾以舟一眼，他的目光望向不远处的灯火，一点儿都不带心虚。

他抿唇，不再说话。

高中同学就没了？再怎么说也不只是高中同学这么一层关系，显然人家根本就没当回事。

见南佳恩歇菜了，谈馨儿胜券在握，她牛皮糖似的黏上去，柔声道：“哎，这大晚上的，我一个女孩子，还是个公众人物，要是一个人回去的话，不安全。”

大家都是女孩子，都是公众人物，怎么谈馨儿就比她南佳恩还要不安全了？

南佳恩上下打量了谈馨儿一眼，吊带短裙，还露背露脐。和她的长袖卫衣和牛仔裤比起来，是不安全。

见顾以舟没有一口回绝，谈馨儿乘胜追击，道：“要不，你送我一趟吧？”

南佳恩出声：“哎哟，头好晕……”

顾以舟看了看千娇百媚的谈馨儿，拿出手机，打了个电话。

“喂，潮辣火锅店这里，我要两辆出租车。”

“……”

“以后这种事，电话里说清楚。”顾以舟把手机塞进口袋里，“我研究所里还有事，先走了。”

谈馨儿尴尬地扯了扯嘴角：“好……”

说是要走，顾以舟还是等到两辆出租车过来，跟司机师傅说了几句话之后，才转身走向了停车场。

南佳恩看了谈馨儿一眼，扑哧笑道：“惨哦。”

“你不也是一样？”谈馨儿翻了个白眼，讥讽地说，“南花旦演技炉火纯青，不也是被撂在这儿了。”

“彼此彼此。”南佳恩挥挥手，“告辞。”

南佳恩上了出租车，窝在后座，满脸颓废。

看到谈馨儿和顾以舟的新闻，她特地来看看他到底在搞什么鬼，没想到还被人家的冷漠脸给摆了一道。

虽然这么多年过去了，顾以舟要找个女朋友也无可厚非，但他当初套在她身上的规矩如今就像是放屁一样。她气不过，就想讨个说法。

司机看了看后视镜，道：“小姑娘，后面好像有一辆车子在跟着你啊。”

“啊？”南佳恩一愣。

她趴在后座上，悄悄地回头看后面的车。

她像是突然想到什么似的傻笑起来。

嘴上说着不要，身体却很诚实嘛，年轻人。

司机师傅生怕卷入什么恩怨情仇里，赶忙追问：“姑娘，你是不是得罪了什么人？”

“没。”南佳恩摇头，“一个‘私生饭’。”

“‘私生饭’是啥？”

出租车七拐八拐，不知道绕了多少弯子，终于抵达了南佳恩居住的小区。

她所在的小区是市南边的高档小区，前部分是连地下在内四层的联排别墅，中间部分是五层的花园洋房，后面部分是共十三楼的小高层公寓。

她前些年还是个小配角的时候，接了很多戏，然后在这里买了一套花园洋房，和于晓曼两个人住在一起。

一来这里治安好，免去了被狗仔和“私生饭”过度打扰的烦恼，二来离公司比较近。

南佳恩在十九号楼前面的路口拐了进去。

她明显感觉到有一个人也跟着她拐了进去。

她刚一进单元门，就缩进了楼道间的角落里，不到半分钟，脚步声渐近，一个人影靠了过来，果然是顾以舟。

南佳恩直起身子道：“想不到堂堂研究院的顾博士，还有跟踪的癖好呢。”

顾以舟转过身，站在南佳恩的面前。

南佳恩笑起来，得意扬扬地说：“还说研究院里有事，啧啧，原来都是借口啊，叫了辆车，到最后还不是跟着我。”

被南佳恩抓包，他脸上没什么温度，声音也是：“你想多了。”

“说吧，跟来做什么？”南佳恩眉飞色舞，完全没把他的话听进去。

顾以舟垂眸道：“谁跟踪你？”

“难道这里还有别人？”

顾以舟眉头一挑：“我回家。”

南佳恩笑眯眯地望着他，一副“看破不说破”的模样。

顾以舟抬腿就往楼上走。

南佳恩自认捕捉到他心虚的小情绪，倒要看看他还能撑多久。

顾以舟双手插进裤子口袋里，没搭理她。

顾以舟走了几步，南佳恩在后面也走了几步。

他在三楼停下来，她也停下来。

“你家到了？”南佳恩感觉自己下一秒就要忍不住笑抽过去了。

“嗯。”

真是不巧，她也住在三楼。

见她没有要走的意思，顾以舟问：“想看我输密码吗？”

“顾以舟，其实我觉得你完全没必要嘴硬，实话告诉你，我家就住在这儿，就在……”

“滴答！”

她话还没说完，只见对面的门成功解锁。

顾以舟绷着脸沉默了几秒，随后淡然自若地扫了她一眼，声音冷冷地说：“我家到了。”

南佳恩看了看他的门牌号，又扭头看了看对门的自家门牌号，彻底蒙了。

顾以舟拉开门，侧过脸来看她：“进来坐？”

收到邀请，南佳恩干咳了两声。

他都请她去坐坐了，不去白不去。

她摘下口罩，一张小而精致的脸上满是浮夸的表情。

她站在门口，故作挑剔地瞥了眼他家的陈设。

清爽的装修风格，没有花里胡哨的家具和壁纸。客厅的沙发和茶几摆放整齐，茶几上除了一本杂志之外什么都没有。极简的北欧风，和他本人一样冷漠。

“你也知道，我是一个很有生活品质的女生。”南佳恩抱胸，不断强调自己的高品位高水准，“有咖啡吗？有咖啡我就进去坐一会儿。”

这个台阶总归不算高了。

顾以舟站在玄关处，把换好的鞋子塞进鞋柜里，他直起身，清冷的目光掠过她的脸，随后报了一长串的地址：“希寺路 306 号云公馆 12 栋一楼 108 店铺。”

南佳恩没听清：“什么？”

“你要的咖啡，那里二十四小时供应新鲜咖啡。寒舍没有。”说罢，顾以舟想也不想，直接把门关上。

南佳恩无语。

03

“CUT！（停）”

南佳恩第九次 NG（重来）。

炎热的天气让大家看上去都很疲惫。

导演摆摆手说：“要不先休息一会儿吧，佳恩。”

南佳恩倒在沙发上，重重地舒了口气。

她已经快忘了自己昨天晚上夜里翻来覆去醒了多少次，没想到她就和顾以舟隔了一堵墙！

她半夜爬起来溜进了于晓曼的房间，把于晓曼拉起来问：“对门不是一直都没人住吗？怎么突然来人了？”

于晓曼被吵醒，气得大骂：“大姐，凌晨两点钟你发什么神经！”

于是，等到今天早上她才知道，对面上周刚搬来一个住户。

于晓曼觉得好奇：“你什么时候开始关心起邻居来了？”

“谁关心了啊，我就随口问问。”

于晓曼凑过脸去，狐疑地问：“凌晨两点钟随便问问？”

南佳恩干咳一声：“反正我不关心。”

关心他是不可能的，这辈子都不可能的。

南佳恩接的这部警匪片进入了最后的拍摄，影视公司是当地的公司，剧组在本地搭了摄影棚，上周结束了外地的拍摄，这周回来拍完摄影棚的戏份就杀青了。

然而，最后一场戏居然NG了九次。

在整个圈子里，南佳恩的名声还是相当不错的。

二十多岁的花旦们仗着自己年轻貌美，咖位大，明里暗里耍大牌的不计其数，还有的对于钻研剧本和提升演技的兴致远远不及炒作、买热搜。

南佳恩算是娱乐圈的一股清流。

没绯闻、不炒作，用作品说话。

她上头条的热搜永远只有两个内容。

“南佳恩演技炸裂！”

“南佳恩好没文化！”

南佳恩的演技是连黑粉也黑不动的，她唯一的黑点就是“没文化”！

倒也不是真没文化，虽然她的学习一直都是吊车尾，但至少也是考上了正儿八经的大学之后才去演艺公司当练习生的。

本来公司对南佳恩的定位是“女团C位”，然而南佳恩实在是五音不全、肢体不协调，所以公司只好忍痛割爱，任凭她自生自灭。

毕业之后，南佳恩一直都没什么好的通告，就跑跑龙套，演演小配角。

南佳恩所在的经纪公司主要捧的是男团、女团这类，演员的资源非常有限。

可在南佳恩的第一部戏播出的时候，就有其他公司的人注意到这个新人小配角了，前后有那么几个人来挖过她，但是她脑子轴，始终没想过跳槽。

就这样混了两年之后，她接了一部小成本制作的网络剧，因为剧组太穷请不起有名的演员，看她的气质比较符合女一号就让她去演了，结果没想到，一炮而红。

这一部网络剧因为南佳恩的出色演技，更新时热搜不断，剧组赚得盆满钵满，南佳恩也因此一跃成名，成为内地的新晋花旦。

之后，南佳恩的片约不断。这两年多以来，南佳恩大约接了两部戏的女二号，三部戏的女主角，每一部戏的反响都非常好，南佳恩拿奖拿到手软。

一般到了南佳恩这个咖位，就基本上不考虑演女配了，可南佳恩从来不管自己是女几号。

再难再苦的戏，只要她能做到，就绝对不会请替身，而且人好说话，不耍脾气，向来都是服从剧组的安排。

大家都愿意和南佳恩合作，唯独真人秀。

因为真人秀是个就算给你剧本也会暴露智商的修罗场。

南佳恩不会说话。

说出口的话，特别没营养。

就算有营养，也会被那些善于在观众面前表现自己的人给比下去。

于晓曼为此操碎了心。

但南佳恩做人的宗旨很简单——理直气壮。

承认自己的演技好，理直气壮；在微博上怼黑粉，理直气壮；就算被说没文化，那也要没文化得理直气壮！

休息了十多分钟，剧组的工作人员喊南佳恩拍摄，第十次，总算是顺利通过。

导演拍拍南佳恩的肩膀：“辛苦了，晚上聚餐！想吃啥？”

她刚想说话，冷不丁于晓曼一个白眼飞了过来，她只好悻悻地说：“吃啥都行，刘导你决定就成。”

按照惯例，杀青必发微博。

南佳恩想了半天，最后言简意赅地发了两个字。

南佳恩 V：“杀青。”

下面附上了她新鲜热乎的自拍照。

瞬间万条评论顶了上来。

“我的妈呀，刚下班就看到女神发微博！”

“期待恩恩的新作！恩恩好好休息，加油哦！”

“我们恩恩最棒了！”

南佳恩把上面的评论一一看了个遍，回复了几个人之后，突然发现了一个非常有意思的 ID——南佳恩的前男友。

她迅速地点进去看了一下。

是个男的，没有发过任何一条微博，头像专辑也只有一张南佳恩的照片。

哼，前男友。

知道她的前男友是谁吗，就敢起这个名字？

南佳恩突然想到了什么，重重地叹了口气。

研究院的日常就是忙。

作为研究院新生代的扛把子，顾以舟穿着白大褂的样子简直就是“爱情”。

助理朱麟趴在窗户边看自家老大,下了班的同事路过,撞了撞他的后背，揶揄道：“不是吧，小朱，你一个男人看顾博士也会有这种如痴如醉的状态吗？”

朱麟回过头，正色道：“不是，我就是觉得老大今天特别奇怪。”

“哪里奇怪了？”

“老大昨天晚上没回院里！”

“这有什么奇怪的？”

“他最近忙他的新项目忙得焦头烂额，都是住在院里的，而且他昨天白天明明说是要住在院里的，结果他晚上接了个电话就出去了，后来就没回来过！”

同事恍然大悟：“昨天顾博士彻夜未归？”

“没错。”朱麟点点头，“老大肯定有情况。”

更奇怪的是，顾以舟居然在玩手机。

一个在研究院就疯狂忙工作的男人，此时此刻，居然在玩手机！简直匪夷所思。

朱麟敲了两下门，走了进去。

顾以舟坐在椅子上，背对着朱麟。朱麟以迅雷不及掩耳之势瞥了一下顾以舟的手机屏幕。

但顾以舟用的居然是防窥贴膜。

朱麟道：“老大，下班了。”

顾以舟忙于专注自己手上的事情，压根儿就没注意到身后的朱麟。

“老大！”朱麟又喊了一声，“干啥呢？”

闻声，顾以舟回过头去，道：“刷微博。”

“老大你居然刷微博？”朱麟惊了，“刷谁的微博？”

“前女友。”顾以舟漫不经心地答。

朱麟差点叫出声来。

天哪，顾以舟居然有前女友？！

想当初，顾以舟刚进研究院的时候，长辈们看他长得帅、能力强，争先恐后地给他介绍对象，但高冷如顾以舟，一个都没看上。

大家纷纷猜测，该不会顾以舟在那方面的取向不同于寻常人吧，但想来想去，也没见顾以舟对哪个男人特别关照啊。

得知顾以舟有前女友，朱麟激动得想哭，他问：“老大，你前女友是个什么样的人啊？有没有照片！”

顾以舟淡然地收起手机，道：“没有。”

朱麟有些失望，依然不死心：“那……老大，你给我讲讲呗，大家都可好奇了呢。”

顾以舟抬眸扫了他一眼，道：“小朱。”

“咋了？”

“要记得，好人死于话多。”

于是，朱麟只好乖乖地闭嘴了。

话不能说了，但是饭还是要吃的。朱麟一路小跑跟着顾以舟去食堂，忽然顾以舟的手机响了。

顾以舟低头一看，眉头轻轻地皱了一下。

电话那端谈馨儿的声音传了过来：“你上次跟我说的事情，我这会儿正好有空。就在你院里门口不远的餐厅，你下班了吧？有空来吗？”

内容听不清，但朱麟还是听得清来电的是个女的。

他懂了，今天的晚餐多半是要他一个人吃了。

顾以舟道：“公共场合，不方便吧。”

“没事。”谈馨儿说，“你放心，不会有问题的。”

“我院里还有事。”

谈馨儿撒娇道：“就一会儿。难得我有空……”

顾以舟想了想，答：“好。”

餐厅就在研究院东边三百米，顾以舟步行到餐厅门口的时候，已经六点多了。

六月份的黄昏来得晚，天空还亮堂堂的，顾以舟路过餐厅的落地窗，看见谈馨儿坐在靠窗的位置朝他挥手。

看到这个位置，顾以舟的眉头又动了一下。

他进了门，拉开椅子坐在谈馨儿的对面。

“其实，这些事情你可以跟我在电话里说。”

“人家想见见你。”谈馨儿笑道，“好歹我们也是相亲对象的关系。”

他端坐，道：“昨晚在微信上，我就已经跟你说得很清楚了。”

“长这么大我还没有被这么彻底地拒绝过呢，顾博士……”

顾以舟沉声道：“凡事都有第一次。”

“……”

“抱歉。”

话音刚落，顾以舟突然感觉到身后拔凉拔凉，像是有一道炙热的目光在盯着他，恨不得要把他的后背给烧出窟窿来。

他一回头，看到落地窗外面有一双眼睛。

奶凶奶凶的眼睛。

04

导演说，最近开了一家特别好吃的港式餐厅，张罗着杀青之后要带大家去吃一顿好的。

车开了二十分钟才到了导演口中的地儿，地段不算繁华，但是生意还不错。导演和店老板是旧相识，直接要了一个包厢位。

南佳恩的目光毒辣得不行，挑剧本的眼光毒，找人的眼光跟装了雷达似的，扫一眼就看到不远处坐着的顾以舟，以及他对面的就算是裹得很严实，她依旧能一眼就认出来的谈馨儿。

于晓曼也眼尖，惊呼道：“谈馨儿胆子够大啊。这下恋情要曝光了吧！”

曝光什么！不准！南佳恩恶狠狠地想。

顺着于晓曼的目光看过去，导演尴尬不已：“要不，佳恩，我们换个餐厅吧？”

圈子里谁都知道南佳恩和谈馨儿不和，大家都不想好好的杀青宴搞到最后主演不开心。

“不换，就这家吃。”

在顾以舟的注视下，南佳恩推开餐厅的大门走了进去。

她戴了鸭舌帽，遮住了大半张脸，刚拍完戏，她在剧组就直接把妆给卸了。她生来就皮肤底子好，又白又嫩，不拍戏不接受采访，她都懒得找化妆师化妆。

天生丽质难自弃，气死那些小女人！

很明显，谈馨儿也注意到了这边，她望着南佳恩，没吭声。

顾以舟站起身，对谈馨儿说：“我先走了。”

“顾博士……”她还想挽留。

顾以舟瞥了不远处的南佳恩一眼，她气势汹汹，恨不得要吃人。

他轻声道:“上次提的问题是一时兴起，谈小姐就不用再拨冗答疑了。”

他说话的口气淡然疏离，让人听不出半点情绪。

谈馨儿叹了口气，道：“那好吧。”

南佳恩站在原地，也不急着走。

餐厅里来来往往不少人，于晓曼生怕南佳恩忍不住说错话，右手抓住她的手臂，不让她轻举妄动。

导演在一边擦冷汗：“走吧，先进包厢吧。”

“我去买饮料。”眼看着顾以舟要走，南佳恩赶忙找了个借口。

于晓曼按住她：“我去买。”

“我好像有东西落在车里了。”

“我去拿！”

“我那个……”

“闭嘴！”

“哦。”

有一个管得这么严的经纪人，南佳恩欲哭无泪。

剧组的人只知道南佳恩和谈馨儿的那一层关系，压根儿没想到谈馨儿对面的男人身上去，三邀四请终于把南佳恩抬进了包厢。

关于聚餐，于晓曼对南佳恩的要求只有一个——不要喝酒。

显然，南佳恩今天心情极差，小鼻子皱着，除了敬酒的时候有点表情，其他时候就连周围的空气都是凝固的。

她的杯子里倒着白开水,从开始到现在她就喝了两口,筷子也没动几下。

旁边坐着的男主角试图跟她说几句话，发现对方都是敷衍。

大家只当是谈馨儿坏了南佳恩的心情，导演倒了杯酒，说：“佳恩啊，不是我瞎说，放眼望去，整个娱乐圈里的花旦里就数你的前景最好，谈馨儿那种拿不出作品的，跟你根本就不是一个层次的，咱犯不着跟她置气。”

南佳恩道：“我没有。”

导演：“你们说这个谈馨儿吧，现在作品拿不出手，就走炒作路线了。”

编剧：“人家也不一定是炒作路线吧，说不定是真爱呢。”

导演喝高了，白了编剧一眼，说：“拉倒吧。你都混这圈子多长时间了，这圈子里哪里还有什么真爱？”

于晓曼道：“谈馨儿的绯闻男友该不会是刚才那个人吧？”

“才不是。”导演八卦兮兮地说，“我听说谈馨儿的绯闻男友是姜桉哦。”

编剧摇头：“刘导，你这哪儿来的消息？准不？”

“那还能有假的？”

南佳恩托腮道：“虽然很遗憾，但还是要告诉你，真是假的。”

导演一怔。

吃饭的当口，谈馨儿又上热搜了，这次附带了一张高清无水印无马赛克的图。

《当红女演员谈馨儿的绯闻男友正式曝光！》

南佳恩握着玻璃杯的手一抖，杯子里的开水泼了出来，溅了自己一身。

男主角赶忙给她递餐巾纸，南佳恩没心思擦，眼睛紧紧地看着手机屏幕上的照片。

这不就是两个小时之前，顾以舟和谈馨儿在这里坐着的照片吗？

现在顾以舟真成谈馨儿名正言顺的绯闻男友了？

她气啊！

他刚回国就搞了个娱乐圈的绯闻女友？不愧是研究院的顾博士啊，人生多姿多彩，桃花铺满一地。

“我不明白一个好好的女孩子放着这么多条路不走，非要进娱乐圈？”

“顾以舟，你这是对娱乐圈有偏见！”

“不是偏见，我不喜欢混迹娱乐圈的女孩子。”

“行啊！那你就别喜欢我了！”

南佳恩像是做了场梦，满脑子都回响着这几段话。

回过神来的时候，她发觉自己的脑仁特别痛。

刚才还在讨论谈馨儿绯闻男友是谁的人此时都瞠目结舌地望着她。

南佳恩一愣：“你们干吗？我怎么了吗？”

于晓曼盯着她手里握着的杯子，道：“完了。”

南佳恩低头一看。

真完了。

太专注于看微博的评论，她根本就没有注意拿的是谁的杯子，一边看手机一边闷头喝，喝完了才发现自己拿的是隔壁男主角的杯子。

她喝的不是白开水……是白酒啊。

南佳恩霍地站起来，道：“快走！”

于晓曼早就把她的东西准备好了：“走！”

于晓曼匆匆和其他人打了个招呼，然后带着南佳恩落荒而逃。

南佳恩戴着鸭舌帽一路狂奔，跑了没几步，腿就开始软了。

先前南佳恩都是不喝酒的，她乖得很，上学的时候没喝过，当练习生的时候也没喝过，跑龙套演配角的时候也轮不到她上场，第一部网络剧杀青的时候，她喝了一杯白酒，然后差点毁了自己的演员生涯。

于晓曼拦了一辆出租车，把南佳恩往里面塞。

坐在出租车的后座上，南佳恩明显感觉到一阵天旋地转。

司机的车速很快，南佳恩差点吐在车上。

“呕——”

一下车，她就抱着电线杆吐了一地。

昏黄的灯光下，南佳恩迷迷糊糊地靠在电线杆上，要是此情此景被记者偷拍了，那也算是她人生中浓墨重彩的一笔了。

“受不了你……杯子也能拿错。”于晓曼就知道，最后还是要她收拾烂摊子。

南花旦倒好，喝多了，撒手了，啥也不管了。

于晓曼向来雷厉风行，偏偏摊上了这么个除了拍戏什么都慢慢悠悠、毫无计划性的主儿。她每天都像个老妈子似的，操碎了心。

好不容易把南佳恩扶到家里，于晓曼翻箱倒柜也没发现醒酒茶。她从厨房拿来了垃圾桶，踹了踹在沙发上躺着的南佳恩，见南佳恩皱着眉头缓缓睁开了眼睛，她嘱咐道：“我下楼给你去买醒酒茶，你要是想吐就吐在垃圾桶里。”

说罢，她还是不放心，直接把垃圾桶塞在南佳恩怀里。

这名贵的地毯要是被吐脏了，明早起来，南佳恩不得发疯。

“呕——”

南佳恩抱着垃圾桶，一个激灵坐了起来，吐了好一阵子。

她醉意散了些，把眼睛睁大一点，放下垃圾桶，随后摇摇晃晃地站了起来，扶着墙，费力地走到了门口。

胃里翻江倒海的难受，南佳恩一手撑墙，一手捂着肚子，脸上挂着两坨红晕。

明明现在就应该倒在床上，什么也不管地睡一觉，可偏偏就是有一件事占据了她全部的脑容量。

她就是气。

喝醉了都气得不行。

吃饭的时候看到微博气都气饱了，本来以为喝多了就不记得了，偏偏那几句话就像是一根刺卡着，拔不出来她就气！

“嗝——”南佳恩打了个嗝，拉开门，一个没站稳，直接摔倒在地上。

她四仰八叉得极没形象，脑子里也不想着什么形象了，现在就只想骂人。

南佳恩费了好一会儿工夫才爬起来，她整个人直接扑在了对面的门上。

“开门！”她大力地敲打着对面的防盗门，一边敲一边喊，“开门开门！查水表！”

没动静。

南佳恩又用力地敲了好几下：“顾以舟，开门！你有本事找谈馨儿，你有本事开门啊！别躲在里面不出声，我知道你在家！”

这样的叫喊约莫持续了一分多钟，门终于开了。

她的重心本来全部转交给门，门一开，她瞬间失去了支撑的力量，一个踉跄没站稳，扑在了开门的人身上。

顾以舟的浴巾被她直接扯到了地上。

南佳恩压在他的胸口，烂醉如泥。

顾以舟嫌恶地挑眉，吸进了大口的酒气。

“南佳恩。”他喊她的名字。

“别喊了！”她闭着眼，双手在他身上乱摸一通，“再喊我就亲你……”

“……”

05

顾以舟把南佳恩丢在沙发上，捡起地上掉落的浴巾重新围好，转身去房间给她找东西。

这房子是他前阵子刚买下的，本来买下也不是为了日常居住，这里距离研究院太远了，他只留了几件换洗衣物，冰箱里也只留了少许食材。

顾以舟从冰箱里翻出了一盒牛奶和一罐蜂蜜，鼓捣了几分钟后，从厨房里端出来一杯醒酒茶。

南佳恩躺在沙发上，眼神蒙眬。顾以舟把她扶起来，沉声道："喝茶。"

她摇动了一下身子。

顾以舟侧过脸，睫毛轻轻一颤，道："醒酒的。"

"哦……"她低着头，在他手捧着的碗边抿了一口。

甜甜的。

南佳恩偷瞄了顾以舟一眼，他没什么反应，南佳恩闷头把醒酒茶给喝完了。

她好想夸一下他，连醒酒的玩意儿都做得这么好喝，但转念想到今天在微博上看到的消息，瞬间连一点夸奖他的想法都没有了。

顾以舟把碗拿到厨房，洗干净之后放进了消毒柜。

南佳恩坐起来，四周看了看。

昨天在门口匆匆地瞥了一眼，只注意到他家里冷淡的风格，今天进来了，才发现顾以舟的家不光装修冷淡，陈设也很简单，地板上肉眼几乎看不见什么灰尘，像极了它那不食人间烟火的主人。

她还在愣神的空隙，顾以舟从厨房里走了出来。

"喂。"见顾以舟不搭理自己，南佳恩开口了。

他转过身来："怎么？"

到底是顾以舟搞的醒酒茶，喝下去没几分钟她就感觉神清气爽了。

南佳恩哼了一声，问："你看微博了吗？"

顾以舟不动声色地反问："什么微博。"

算了。南佳恩用脚趾想也猜得出来，他这种人哪里有闲情逸致逛微博。

于是，她提醒道："他们都说你是谈馨儿的绯闻男友。"

顾以舟意味不明地瞥了南佳恩一眼，转过身去继续忙活洗澡前还没有弄完的报告。他拿起桌上的眼镜戴上，笔记本电脑屏幕照得他的镜片反光，看上去整个人格外冷漠。

“喂，顾以舟。”再一次被无视，南佳恩瞬间就爹了，她站起来走到顾以舟的对面，低头望着他说，“我在跟你说话！”

“我知道。”他道。

南佳恩的眼睛瞪得滚圆：“那你还不理我？”

“没让你走就是理你了。”顾以舟一边敲键盘一边回答她的问题。

她气得想把他面前的电脑给搬走，让他能完全认真地听自己说话。

南佳恩道：“那你怎么一点反应都没有？”

顾以舟：“我应该有什么反应？”

南佳恩觉得，自己的气算是白受了。

他这么一副“事不关己高高挂起”的模样，真让她沮丧。

她想了想，问：“那微博上说的就是真的咯？”

“不是。”

南佳恩心头划过一丝窃喜。

她干咳了两声，故作轻松地说：“我就说，你怎么可能会是谈馨儿的绯闻男友呢。”

“不是绯闻男友。”顾以舟的头都没有抬一下，声音平静得毫无起伏，“是相亲对象。”

相亲对象？

南佳恩把这四个字回味了一遍，突然发觉事情比她想象的还要棘手。

“所以，你和谈馨儿不是绯闻，是来真的？”

问出这句话的时候，南佳恩感觉到自己的手都在颤抖。

这个人，高中毕业之后就去了国外，一路念到硕士，还搞了个在职博士读，事业如日中天，要发展恋爱线，她也不是不能理解。

但是他一回来就和谈馨儿相亲，这也太扯了吧？

“什么来真的？”顾以舟问。

“就是相亲啊！你跟谈馨儿相亲啊！”

顾以舟：“嗯。”

南佳恩气得要吐血：“你不是说不喜欢娱乐圈的女孩子吗？”

顾以舟道：“以前不，现在未必。”

哦。娱乐圈这道坎儿套在她身上存在，换作谈馨儿就消失了？

“行吧，就算你现在改变主意了，那你一回国就跑过去当谈馨儿的男朋友了？”

空气静默了大约半分钟。

顾以舟停下了敲键盘的动作，他在南佳恩的喋喋不休中抬起头，一双漆黑的眼睛紧紧地望着她，道：“谁说我是她男朋友了。”

南佳恩一脸蒙地问：“刚才不是你自己说的，她是你相亲对象吗？”

“是。但我拒绝她了。”

“哦。”南佳恩陡然丧失了刚才昂扬的斗志，她像是一盘散沙似的软了下来，道，“你自己说话大喘气，不能怪我理解错误吧？”

顾以舟又沉默了片刻，随后说：“逻辑鬼才。”

南佳恩脑回路反应了半天,突然在这一连串的转折中找到了蛛丝马迹，她摇摇头，说：“不对啊，你要是拒绝她了，你跟她就没什么关系，现在全国上上下下这么多人都以为你是她男朋友，你怎么一点反应都没有？”

“我应该有什么反应？”他反问。

南佳恩忍不住在心里爆了粗口。

一来二去地，又绕回到最初的话题了。

她试图让自己看上去像个一线花旦，试图用优雅的举止和大方的谈吐来挽救一下自己的形象。她道：“你不是她的男朋友，别人却认为是的，你被误会了，难道就不想澄清一下吗？”

顾以舟撇撇嘴，道：“不想。”

南佳恩双手撑在他的桌上，很认真地说：“为什么不澄清？”

“为什么要澄清？”他的语气很淡。

她本来就是气不过，想来讨个说法，结果说法没讨到，气不仅一分都没撒出去，还加倍地塞进来了。

“你被人误会了啊，子虚乌有的事情丢到你头上了！”要是这事儿摊在她身上，谁敢造谣，她一个一个怼回去。

“第一，我没有一个有影响力的微博账号，没办法发微博澄清；第二，这种捕风捉影的新闻根本就站不住脚，不会持续三天以上；第三，这种事情谈馨儿的团队自然会处理得很妥当，不需要我出面。”

顾以舟一连串说了这么多字，南佳恩突然觉得讲道理的顾以舟还是蛮帅的。

南佳恩干咳了一声："好吧，你字多，你说了算。"

顾以舟懒得搭理她的自言自语，继续埋头写报告。

南佳恩又咳嗽了一声，顾以舟潜心敲键盘，不管她。

"喂，顾以舟。"她又喊他的名字。

他眉头一挑："说。"

她别扭地问："你就没有什么想对我说的吗？"

"有。"

她就知道！

顾以舟这个人吧，其实就是嘴硬，就是拉不下脸来，他心里肯定是惦记死她了的。

他一会儿肯定要诉说这么多年以来他在国外生活的状况，还有当初他们分道扬镳，是因为他少不更事，现在这么多年过去了，他已经成熟了，知道自己想要的究竟是什么，所以才会回国来的。

说白了，他就是还想着她。

南佳恩忍不住想笑，然后听见顾以舟说："出去的时候别忘关门。"

南佳恩的表情彻底僵在脸上。

/第二章 愈战愈勇的南小花旦！/

01

谈馨儿工作室V：“声明！关于近期在微博热传的关于谈馨儿女士的绯闻男友事件纯属谣言！谈馨儿与照片中的男子仅为朋友关系，特此声明！请各大媒体停止造谣，也请喜爱谈馨儿的各位不要捕风捉影，多多关注作品！谢谢！”

一早起床看到微博头条，于晓曼笑出了声。

“作品？她有啥拿得出手的作品？关注个啥作品？”

南佳恩还在睡，就被于晓曼的笑声给吵醒了。

她接过于晓曼的手机，揉了揉惺忪的双眼，说：“她下个月有个新电视剧要上，还是有作品的，虽然都很烂。”

谈馨儿可是圈里有名的“烂片收割机”，只要是谈馨儿主演的电视剧或是电影，评分都低得吓人。有个例外，就是她和南佳恩合拍的那一部，不过高评分也跟她没什么关系。

网友们似乎对照片中的男主角并不“感冒”，只是一个劲儿地追问谈馨儿和姜桉的关系。

说起姜桉，南佳恩还从来不曾见过。只知道姜桉是一个非常低调的幕后音乐家，钢琴弹得很好，她之前有一部电视剧的主题曲就是姜桉写的。

南佳恩问：“谈馨儿和姜桉很熟吗？”

“她跟谁不熟？”

“啊，也对。”

于晓曼转身去卫生间洗漱，问她：“你假期怎么安排的？”

“我回趟家。”

今年上半年南佳恩忙得像个陀螺似的，片刻的休闲时间都没有，甚至连大年三十都在工作，满满当当的行程一直排到了六月份，好不容易拍完了手上的警匪片，她说什么也要给自己放个小长假。

她老家在南城，距本地要跨越大半个 Z 国。

南佳恩的父母都是老老实实的公司职员，后来南佳恩的妈妈退休之后开了个小超市，二老为人也很低调，很少和别人说起自家女儿是大明星的事儿。

从上大学开始，南佳恩就常年在外地，逢年过节才回一趟家，这两年更夸张，逢年过节都回不去家，就成天泡在剧组里。

但南佳恩还是会经常跟南城的父母视频通话，可通视频之后，对面永远都会说一句话：“怎么别的女明星绯闻满天飞，就你一点消息都没有？你能不能给我找个对象回来？快奔三的人了！”

对象？这几年来，好像真没想过对象的事……大概是因为没有遇到更好的人吧。

这个圈子里的男人都是名利场上的小丑，镜头前是个正人君子、背地里却生活混乱的男演员不计其数，南佳恩的心里对于另一半的期许，仿佛定格在一个画面上。

白色的校服衬衫领口，干干净净，一尘不染。

那就是她的初恋了。

“行，那我回去了。”得知南佳恩的安排和自己的安排不冲突，于晓曼洗漱完毕，去卧室里收拾行李。

当天下午，于晓曼交代了几个重要事项之后就动身离开了。

自从上一次从顾以舟家里落荒而逃之后，南佳恩就下定决心不再去找顾以舟的碴儿了，反正找碴找到最后都是她吃瘪，像顾以舟这种没情商的浑蛋，她以后绝对再也不搭理了！就算路上碰见，也绕道走！

南佳恩在家里躺了半天，准备订机票回南城。

她打开手机准备订机票，却得到了雷暴天气本周大部分飞机即将停航的消息。

六月份下旬，步入了雷暴季节。

南佳恩把手机丢在一边，肚子咕咕响个不停。

“你自己一个人在家，不要点外卖，外卖都不太干净，你最近吃太多了，减肥！”临行之前，这是于晓曼的再三嘱托。

南佳恩是易胖体质，虽然不是那种喝水都能胖的，但是只要稍微几天不注意，胡吃海塞，身材就会走样。

之所以她的傲人身材管理得这么好，主要还是于晓曼这个严苛经纪人的功劳。

冰箱里有一些食材，南佳恩翻了好几遍，没翻到一个能直接吃的。

她叼了一颗苹果啃了几口，突然闻到了不远处传来的香气逼人的麻辣烫味。

吃麻辣烫……总归不会胖吧？不放油不吃肉不就好了！南佳恩这样安慰自己。

她看了眼时间，将近下午六点了。

她懒得换衣服，穿着粉红色的睡衣睡裤，踩上人字拖就出了门。

她家就在小区的南门旁边，出了门就是菜市场，那里经常有许多老大爷在树下搭个桌子下象棋。

南佳恩把口罩往上提了提，出门右拐，发现麻辣烫店里坐满了人。

这么热的天还有这么多人执着地想吃麻辣烫吗？

她一进去，当即有几个年轻人抬起头望向她。

南佳恩心虚地低着头往冰柜的方向走。

她手忙脚乱地也不知道拿了什么菜，迅速地把选好的菜放在收银台上。

负责收钱的是个二十岁出头的小女生，一直到麻辣烫打包好，她始终盯着南佳恩看。南佳恩接过麻辣烫，就听见对方突然爆发出一声尖叫。

“南佳恩！你是南佳恩吗？”

南佳恩伸手想让对方不要出声，可惜已经太晚了。

“南佳恩”三个字成功让在场的所有人都竖起了耳朵。

要完！

南佳恩提着麻辣烫打了个招呼，扭头就往外跑。

与此同时，麻辣烫店里的人已经蜂拥而上。

“你是演员南佳恩吗？天哪！真的是南佳恩！”

“你的电视剧我每一部都看过，我们一家人都超级喜欢你的！”

“啊啊啊，你是演那个《鱼塘的诱惑》的女主角吗？”

《鱼塘的诱惑》……听这个名字，她南佳恩是会接这种烂剧本的人吗？

南佳恩尴尬地扯了扯嘴角道：“我没演过这部戏……”

“哦哦，我记错了！你演的一定是《农村爱情故事》！”

“……”

“南佳恩，给我签个名吧！就签在我的衣服上……”

“可以跟我握个手吗？”

“南佳恩……”

转眼间，她已经被簇拥的人群挤到了麻辣烫店的外面，来来往往的行人看到这边围了一群人，也都放下手上的事情过来一探究竟。

下棋的老大爷、买菜的老大妈、玩耍的小孩子、下班的上班族，男女老少一窝蜂地跑来凑热闹。

她感觉要被挤成萝卜干了。

南佳恩讨厌被一群人围堵，之前有一次，大群影迷在她工作的过程中发现了她，直接把她围得密不透风，她受到了惊吓，连续发了好几天的高烧。

后来，她发了一条请大家不要过度干扰艺人工作和生活的微博，态度很强硬，那些跟她合作过的演员和导演纷纷转发微博助阵，大多影迷都很理解南佳恩，除了一些极端的“私生饭”偶尔会暴露在她的视野之外，很少有类似的事情发生了。

以前她被围还有工作人员和于晓曼在，现在……

她一步一步地往后退，可身边的人一步一步地逼近她。

“不要过来了……”她无力地说。

“南佳恩，我们都很喜欢你的！”

她很开心能有这么多人喜欢她，但她觉得现在的自己就快要喘不过气来了。

南佳恩俯下身，大口地喘起粗气来。

“听说你最近拍了一部警匪片，啥时候上映啊？”

“南佳恩，我弟弟是你的忠实影迷，他买了好多你的周边！你代言的产品他全部都买了！”

“南佳恩……”

“请你们让开。”

忽然，一只手横在了南佳恩的面前。

那是一只白皙修长的手，指关节清晰分明，手掌宽厚。

南佳恩猛地抬起头，她的目光在片刻间与顾以舟碰撞到一起。

她的眼眶微微发红，他的双眼冰冷沉静。

“让一让，请不要打扰艺人的私生活。”他提高声音，周围的人略微往后退了退。

顾以舟的身上笼罩着一层如置冰点的光，视线范围之内，寸草不生。

南佳恩正愣神的空隙，手突然被抓住了。

顾以舟拉着她，头也不回地往外走。

刚进小区的南门，南佳恩猛地往后一缩，大叫道：“我的麻辣烫还没拿，怎么办！”

顾以舟停下脚步，道：“回去拿。”

南佳恩回忆起被老大爷老大妈们支配的恐惧，悻悻地摇头：“我撤回刚才的话……”

顾以舟轻哼了一句，没说话。

肚子咕噜叫了一声，南佳恩道：“那我晚上吃什么……我好饿。”

顾以舟转身：“我走了。”

“你干吗去？”

“回家做饭。”

“那个……”

“进门换鞋，出去关门。”

“哦！”南佳恩迈腿跟上去，高兴得像是个两百斤的胖子。

02

直到踏进了顾以舟家的大门，南佳恩还在心里暗骂自己没原则。

不是说好了以后绝对不理他的吗？前后这才过去了不到六个小时，真是够了！

是他今天在楼下帮自己解了围，念在他帮助自己的分儿上，自己就施舍他一下，光临他的破宅子吧。南佳恩笑眯眯地给自己找了一个巨大的台阶。

顾以舟在厨房里洗菜，南佳恩就窝在沙发上，圆溜溜的眼珠子转到左、转到右，余光时不时透过磨砂玻璃游走在那抹黑色的身影上。

她记得顾以舟的身材。

上高中那会儿，顾以舟就有了腹肌，虽然数量较少，但在一片平平的稚嫩少年中，也算是鹤立鸡群了。

他长得瘦，但不是干瘦，因为每天顾以舟都会雷打不动地腾出晚自习之前的半个多小时去操场打篮球。

上学的时候，顾以舟个子不高，最多也就一米七出头一点，站在一群营养过剩的高中生当中，毫不起眼。

然而，顾以舟的气场无比强大，即便身高没有优势，他的身上依旧散发着一种独具特色的少年荷尔蒙。

顾以舟发育晚，高三毕业之后直接蹿了十多厘米，以至于多年之后，在火锅店门口和顾以舟重逢的那天，南佳恩惊讶地发现，现在看顾以舟都要费力地抬头了。

多年过去了，顾以舟长得也更加好看了一些，五官更加立体坚毅，线条愈加性感成熟。

虽然南佳恩一直认为谈馨儿的眼光极差，每次参加活动固执己见的穿着都让造型师背锅，但不得不说，谈馨儿看男人的眼光还是可以的。

想到谈馨儿，南佳恩站起身走到厨房门口，对顾以舟说："今天早上谈馨儿工作室发声明了。"

"知道。"顾以舟看着锅里的煎蛋，语气很淡。

怕自己太烦被撵出去，南佳恩乖乖地坐回了餐桌上。

她的双脚腾空前后晃，一不小心，拖鞋飞了出去。

她顺着拖鞋飞出去的方向一看，发现拖鞋正横在顾以舟的脚边。

他端着汤走出厨房，顺脚把她的拖鞋给踢了过来。

南佳恩看着一桌子标准的三菜一汤，凑上去猛地一嗅，真香！

她迫不及待地去接过他递来的筷子，把几个菜都尝了一遍，问："你什么时候学会做饭了？"

顾以舟小口地吃着饭，答："我一个人在国外住了七年。"

南佳恩小声地"哦"了一句："是哦，七年了。"

原来，他们已经有整整七年没有见过了。

两个人甚至连联系方式都没有，他不用 QQ，当时也没微信，他出国之后换了手机号，一切成谜。

下一秒，南佳恩开始感叹时间流逝得太快，毫无逻辑地瞎扯。

顾以舟的眼里没什么情绪，吃饭的时候细嚼慢咽。南佳恩叽叽喳喳说了好几句，冷不丁听到顾以舟的声音传过来："少说话，多吃饭。"

"哦。"

白吃了人家一顿，总归要做点事吧。这点人情世故她还是懂的。

南佳恩道："我来洗碗吧。"

顾以舟扫了她一眼："吃完就回家。"

果然，顾以舟就是一个冷木头，怎么讲也讲不通。

南佳恩气得跺脚，转过身拉开门，刚想走，忽地发现门口站着一个人，那人伸手刚按下门铃。

顾以舟闻声从厨房里走了出来，随即目光和门外的朱麟对上了。

大眼对小眼，朱麟咽了咽口水，偷偷地瞄了一眼身边的南佳恩，往后退了一步。

老大果然有女人！看不出来！顾博士还有金屋藏娇的癖好！

朱麟觉得明天这个重磅消息绝对能炸了整个研究院。

朱麟后知后觉地反应过来，盯着南佳恩，问："你是……演员南佳恩？"

朱麟惊呆了。

"找我什么事？"顾以舟见朱麟呆站着，把他拉了回来。

差点忘了正事！朱麟一拍后脑勺，道："不得了，出事了老大！你电话怎么都不接啊！"

顾以舟摸了一阵："我的手机在车里没拿。"

"不得了了，老大，真的，出大事了！"朱麟慌得不行，见南佳恩在，也不好多说研究院的机密，"老大，你还是跟我走一趟，去院里吧。"

"好。"顾以舟脱下洗碗的手套就要走。

临了，他瞥了眼站在一边的南佳恩，吩咐道：“我走了，你回家吧。”

她很好奇发生了什么事，但用脚趾想都知道，顾以舟一定不会告诉她，她才懒得表现出自己很关心他的样子。

之后的几天，南佳恩都没有见到顾以舟。她三番五次地想去敲一敲对面的门都作罢了。

她在家里躺了几天，唯一的活动就是去楼下买盒饭吃。

市里接连下了一个星期的暴雨，南佳恩回去的计划彻底无望。

这段时间她都一个人待在家里，一有风吹草动她就竖起耳朵。按理说她家和顾以舟家门对门，顾以舟关门她这里都能听到声音才对。奇怪的是，这几天对面一点动静都没有。

顾以舟一个星期没回家？他该不会又和哪个女演员相亲去了吧？她满肚子的猜想，想着想着把自己气得半死。

于晓曼知道她没有回去的消息，没几天就回来了，不然她怕是真的要被困死在这里。

“以后我还是接通告吧，我受不了一个人在家里发霉的日子！”南佳恩抱着于晓曼求救。

“我帮你接通告了，明天就有。”

“你是真不跟我客气。”

于晓曼一个白眼甩过去：“是个真人秀。”

“真人秀？不行！我要换经纪人！”

说了狠话过了瘾，第二天还是要去参加真人秀。

这是个纯靠体力的真人秀。两天一夜的录制，南佳恩直接累趴下。

男主持人特别喜欢南佳恩，又是拍照发微博又是请她签名的，一波人围着吃晚餐，男主持人全程给南佳恩夹菜。

一同参加真人秀的另外一个女演员揶揄男主持人：“方老师，你也太偏心了吧？”

方岳干笑两声，也给其他的演员倒饮料。

“哎，你们听说之前谈馨儿的那个绯闻没有？”女演员八卦地问周围的人。

大伙儿齐刷刷地摇头，方岳示意女演员别再说了，毕竟南佳恩还在这儿呢。

南佳恩把头凑过去。

谈馨儿的瓜，她吃得贼香！

女演员神秘兮兮地说：“之前谈馨儿的工作室不是发微博澄清了嘛，不过无风不起浪，她确实和那个绯闻男主角有一腿。”

她说的不会是顾以舟吧？

“我家有个亲戚认识谈馨儿家，前两天饭桌上还说起这件事呢。你们知道那个男的是谁吗？”

娱乐圈的人大多都不太关心别的圈子里面的事情，方岳倒是知道一点。

他问：“顾以舟吧？研究院的那个年轻的博士？”

“没错！”女演员看到听众回应瞬间来劲儿了，压低声音说，“知道吗？谈馨儿和顾以舟两个人家里认识的，是世交！我估摸着是青梅竹马吧。两人肯定是地下恋情，都拍到两次了，还不承认！啧啧，指不定都同居了呢。”

“真的假的？”

“太正点了吧。”

“谁跟他同居了？你不要瞎说好不。”南佳恩的声音从角落里传了出来。

一瞬间，十几双眼睛转了过来。

女演员挑挑眉，道：“我们家和谈馨儿家认识的，我说的可都是实话。”

南佳恩道：“前半句是实话，后面都是胡扯的啊。”

方岳愣了愣：“佳恩你知道这件事？”

“我知道啊，我认识顾以舟啊。”

女演员一时间脸上有点不好看。

她意有所指地望着南佳恩：“你跟他什么关系？该不会你和谈馨儿关系不好是因为顾以舟吧？”

“怎么可能是因为顾以舟……”

女演员抓住重点：“原来你真的和谈馨儿关系不好啊！”

“我跟她……”

手臂被人狠狠掐了一下，回过头，是刚上厕所回来的于晓曼。

看到于晓曼杀人的眼神，南佳恩瞬间蔫儿了。

于晓曼冷着脸对女演员说：“我们佳恩还有事，先失陪一下。”说罢，她拉起南佳恩就往外走。

“我一不在你就瞎说话？”

南佳恩摇头：“我没有乱说啊，是她在乱说！”

于晓曼恨铁不成钢：“你说话的时候能不能过过脑子，你想到自己说出口的话会造成什么样的后果没有？”

南佳恩低着头，没吭声。

“你总有一天要吃亏，南佳恩！你就是火得太容易了，你就不懂夹着尾巴做人！这个圈子有你想得这么简单吗？”

南佳恩很久都没有说话。良久，她抬起头，拉了拉于晓曼的手：“你别生气了。”

于晓曼扭过头不理她。

“晓曼……”

“哼！”于晓曼转过身来，看着她，“长这么好看干什么？看到你这张脸，气都生不起来了。”

南佳恩一把抱住于晓曼：“嘿嘿，还是你最好啦！”

03

回到包间的时候，大家已经换了新话题。

女演员悻悻地看了南佳恩一眼，没吭声。

方岳给南佳恩递了一杯酸奶，示好地说了几句话，才缓解了气氛。

南佳恩嘬了几口酸奶，顿时觉得心情非常沮丧。

这一个多礼拜，她的心情都好不起来。即便是完成了两天大汗淋漓的真人秀节目录制，她的身体很疲惫，可心里还像是压着什么似的。

顾以舟已经这么多天没回家了，那天他的小助理火急火燎地赶过来说出了急事，也不知道到底是出了什么急事。

等等，他有什么急事跟她有什么关系？

南佳恩气呼呼地喝完了酸奶，把酸奶盒子拧成了一团。

“你是不是心情不好啊？”搭话的是参加今天真人秀的男嘉宾，刚出道没多久，没什么名气，真名叫什么她没印象，只知道大家都喊他 Colin（柯林）。

南佳恩望了他一眼，低声道：“没有呢……我有点累。”

Colin 笑眯眯地看着她手中被捏得不成样子的酸奶盒，道："要不要换一盒？"

"喝饱了……"

"我们留个联系方式吧？"Colin 道。

"好。"南佳恩拿出手机，给他扫二维码。

突然，她后知后觉地想起来，她都没有顾以舟的联系方式。要是她有联系方式的话……直接问他出了什么事不就好了。

南佳恩随手翻了一下 Colin 的朋友圈，突然发现一张熟悉的面孔。

哎……这不是那天的那个小助理吗？

南佳恩指着屏幕上的人，问："你认识这个人吗？"

Colin 愣了愣："啊，是我朋友。怎么，你们见过吗？"

"他是在研究院工作吗？"南佳恩问。

"是呀。"Colin 点点头，"哦，对了，他今天刚好也在这里吃饭来着，我刚才去上厕所的时候碰到他了。"

那是不是说……顾以舟有可能也在这里？

她的脑海里突然划过一个愚蠢又刺激的想法。

南佳恩起身道："我去一趟洗手间。"

于晓曼探究的眼光投射过来，南佳恩心里一虚，面上微微一笑，故作冷静地走出了包间。

她戴着一次性口罩，鸭舌帽盖住自己的半张脸，只露出一双大眼睛，眼珠子转了几圈，并没有在一楼的大厅发现朱麟的身影。

不在一楼的大厅区，那就是在二楼的包厢区了。

可是二楼大大小小的包厢有十多个，她总不能一个一个地拉开门偷窥一遍吧。

南佳恩叹了口气，走到二楼的水池前把手洗了一遍。

说真的，她也不知道自己要这么做的原因是什么。第一，顾以舟又不一定和朱麟一起在这里吃饭；第二，就算顾以舟在这里，她见到了他，又能怎么样。

她无非就是好奇上一次朱麟口中的那件急事究竟是什么，紧急到他这么多天都没回家。

南佳恩看了眼镜子里的自己，突然觉得自己很"八婆"。

她暗笑自己莫名其妙，转过身准备回去，忽然听到右手边的包厢里面传来碗碟破碎的声音，好像有人把什么东西给砸了。

“顾以舟！我是这么地信任你，把制药厂研究院项目一组的事情交给你全权负责，你是怎么回报我的？你告诉我这个药生产不了？”

南佳恩陡然一惊，听到顾以舟的名字，她停下了脚步。

“张总，临床试验没有成功，这个药不能产。”

是顾以舟的声音。

“你知道这个项目我投了多少钱吗？你把这个项目搞砸了，你赔得起吗？”

“张总，这种病到目前为止本来就不存在有可以快速根治的特效药。”

张总怒道：“你做不了你直说啊！我大老远把你从M国请回来，是来听你说‘做不了’的吗？”

“不是做不了，张总，医学领域存在奇迹。但是，任何药物的研发都需要漫长的过程，您从来都不曾说过，您要我在四个月之内完成任务。”顾以舟不卑不亢，声音很平静。

“这件事不能怪顾博士……”朱麟的声音弱弱地传来。

“我现在不管责任是谁的。”张总道，“我现在就想问，这个损失谁来赔？”

顾以舟沉默了。

研发药物……应该要花上很大一笔钱吧，南佳恩想。

虽然她不在医药圈里面混，但关于这方面的电影电视作品她还是看过的，前期药企要投入大量的成本，而且研发一种新的药物真的需要花相当长的一段时间，怎么可能四个月之内就完成？

四个月就研发完成的药怎么可能流入市场？太可笑了吧！

这么想来，她至少比那个姓张的什么老总有文化多了。

朱麟道：“张总……您刚从国外回来，您先歇歇，顾博士一定会想办法。”

“没有办法。”顾以舟的声音很冷，“上周，临床试验出了问题，也就是说这个药在短时间内不可能走向市场，它根本就通过不了质量检测。后续需要的时间比四个月要漫长得多。”

南佳恩心里一沉。

上周……应该就是朱麟来找顾以舟说有急事的那天吧。原来是这样。

“这么多次临床试验中不就出了一次问题吗？那只是个意外！稍加调整拿去质检不就行了？”

“张总！”顾以舟提高了声音，“这是违法的。”

“那你去告我啊。”

顾以舟沉声道：“如果你执意如此，我会的。”

“砰！”

是拍桌子的声音。

“顾以舟，你不想干了是不是？你以为你从M国回来很牛吗？国内外比你厉害的医药博士数不胜数，你算个什么东西？”

这她就不服气了。

什么叫比他厉害的医药博士数不胜数？开玩笑！他年纪轻轻，二十八岁，就念到了博士，他七年来在M国参与了这么多项目，哪一个没有获奖？

这种满身铜臭味的商人就和娱乐圈里那一个个见钱眼开的导演和制片人没什么差别，一样让人觉得恶心。

她简直想冲进去把那个姓张的胖揍一顿。

“既然如此，那么，告辞。”

南佳恩的脑回路还滞留在胖揍张总的问题上，压根儿没想到顾以舟会突然拉开门走出来。

她慌慌张张地拐进了洗手间的隔间里，抬头看了眼门上的标志，完了，男厕。

而后，她听见了顾以舟走近的脚步声。

南佳恩往角落里缩了缩。

顾以舟在门外的水池洗手，半分钟之后，朱麟跟了过来。

“老大……”朱麟弱弱地喊他。

顾以舟：“挽留的话别说。”

“唉，早知道事情会变成这样子，我就不请张总过来吃饭了。”

顾以舟的声音淡淡的：“领导从国外回来，下属接风洗尘，没什么错。”

朱麟沉默了一会儿，随后问：“老大，你以后有什么打算啊？你真打算不在这儿干了？”

“怕我没饭吃？”

“那倒不是……”朱麟支支吾吾地说，“老大，我就是想跟你……”

“我知道。”顾以舟说，“跟着我就是了。”

朱麟又叽叽喳喳地说了好些，顾以舟的态度自始至终都很平静。不一会儿，两人似乎是离开了。

南佳恩又在隔间里待了一阵子，生怕顾以舟还没走，正犹豫着要不要出去，冷不丁门外又传来顾以舟的声音。

“当红女演员男厕所私会小鲜肉。”顾以舟顿了顿，说，“喜欢这种标题？”

完了……被发现了。

南佳恩硬着头皮推开门走了出去，顾以舟站在男洗手间的门口。

今天他穿着一件白色的衬衫，熨得很平整，她的思绪骤然间回到了记忆深处的一个端点，她愣了很久，下意识地想要抓住某个瞬间。

“咳！”她回过神来，有些心虚地问，“你怎么知道我在……”

“你高中五十米及格过吗？”他扫了她一眼，揶揄道。

南佳恩道：“你真打算离职吗？”

“嗯。”

“然后嘞？”

“没然后。”

南佳恩追问：“那你准备去哪儿上班？回 M 国吗？”

“不了。”他说，“回国就不走了。”

她心里窃喜了一番，却又端着架子故作冷静地“哦”了一声。

“你准备在男厕所里站多久？”顾以舟往后退了一步，沉声道。

南佳恩耳根一红，飞快地从男厕所里溜了出去。

她把头埋得很低，生怕有人认出自己来，一时间不急着要走，却又不知道要说点什么。

“你吃饱了吗？”南佳恩蓦地抬起头问他。

顾以舟愣了一下，想了想，随后答：“没。”

“正好！我也没吃饱！”南佳恩吸了口气，把自己刚吃撑的肚子给收了回去，“要不我请你吃夜宵吧……嗝。”

话音刚落，她就打了个饱嗝。

顾以舟眉头动了一下，没说话。

南佳恩道：“你可别想太多，我呢，最欠不得人家人情了。你上次请我吃了顿饭，总不能说出去，我南佳恩堂堂内地演艺圈当红一姐欠人家饭不还，那多不好意思，对吧？”

顾以舟收回视线：“没觉得你会有不好意思的事。”

南佳恩无语。

04

南佳恩坐在烧烤摊上，看着身边坐着的女人。

“你跟过来干吗？”南佳恩问。

于晓曼：“你说呢？”

南佳恩正色道：“咳，我是没吃饱过来吃夜宵的，你来干吗？”

于晓曼惊讶地张大嘴巴：“你没吃饱？也是，你啥时候吃饱过。”

南佳恩偷瞄了一眼对面坐着的顾以舟，他安静地等烧烤上桌，眉宇间笼罩着淡淡的冷傲。

“你好像从来没有跟我说过他。”于晓曼看了眼顾以舟。

“他以前在国外，今年才回来的……一直没联系过。”

于晓曼点点头：“前男友？”

南佳恩没说话，顾以舟也保持沉默。

“你好。你是顾以舟博士吗？”见两人都没有回答自己的问题，于晓曼也没再深究，只是转向顾以舟，“我是于晓曼，是南佳恩的经纪人。我以前在杂志上看过你的专访，听说过你的项目，你是我们国人的骄傲，顾博士。”

这么游刃有余、无懈可击的开场白是怎么回事？

于晓曼可以说是非常大方得体又相当会拍马屁了！

顾以舟微微颔首，道：“谢谢。”

南佳恩撑着脑袋，看到不远处的烧烤要上桌了，突然胃里一阵难受。

天知道她现在有多撑……光闻到味道就想吐了。

这是距离市中心很远的一家烧烤摊，在一个老旧的小区里。小区是安置房，住户很多都是老人家，不怎么吃这些东西，所以虽然口味很好，生意却一直不温不火。

生意一般的另外一个原因是这里的照明很差，灯光昏暗，老板也比较佛系，一直没想着换地方摆摊。

但是这里对于南佳恩来说，是一个极好的地方，不会有被狗仔或是影迷认出来的危险。

最重要的是，这个秘密基地是她嘴馋的时候背着于晓曼来的，而今天，这个秘密基地被发现了，她痛心疾首。

于晓曼注意到满脸写满了快憋出内伤的南佳恩，似乎把一切都看在了眼里。

于晓曼盘弄手机的时候，手机突然响了起来，她甚至连屏幕都没看一下就站起身挥挥手道："我有点事，要去处理一下。我等会儿自己回家了，你早点回来啊。"

"你啥事啊？"南佳恩问。

于晓曼懒得理她，目光转向一旁的顾以舟："麻烦你等会儿送一下佳恩。"

顾以舟点头："嗯，放心。"

于晓曼前脚走，后脚南佳恩就觉得空气仿佛变得更加稀薄了。

她盯着满桌子的烧烤，伸手揉了揉自己塞得结结实实的肚子，突然后悔刚才在日料店里向顾以舟发出的邀请。

顾以舟抿了一口矿泉水，启唇道："不是饿了？"

"是……是啊。"

他把盘子往她面前推了推："吃吧。"

"嗯……"

上高中的时候，他在车头，她在车尾，他们之间隔了一整个年级的学生的距离。

现在，她在娱乐圈，他在医学界，一个娱乐大众，一个造福百姓，感觉隔着几座山的距离。

想和顾以舟平起平坐？没指望。

和其他有名气就准备成立自己的工作室或是公司的明星不同，南佳恩知道自己不是做生意当老板的料，她也不想发展别的什么歌手、主持、导演路线，她觉得人这一辈子能把演员这一行做好，就已经很不容易了。

也许她就是胸无大志，没什么野心，和志存高远的顾以舟完全不一样。

南佳恩叹了口气。

“其实我这些年过得挺好的……”良久之后，南佳恩没头没尾地撂下了这么一句话。

顾以舟道：“看得出来。”

“哎？”

“胖了一圈。”

“顾以舟！”南佳恩鼓起嘴，不高兴地说，“你这样很容易失去我的！”

他突然抬起了头。

在灿若星辰的目光里，南佳恩的心陡然一沉。

糟了，说错话了。

南佳恩虚得不行。

有一瞬间，顾以舟有一句话呼之欲出，他想了想，转而沉声：“哦。”

南佳恩赶忙换了话题：“你有没有找好下家啊？我有一个朋友在药企工作，需要的话，我可以帮你联系他的。”

顾以舟没说话，解锁手机，向南佳恩展示自己的邮箱收件箱列表。

“尊敬的顾以舟博士，您好！我院有意向……”

“顾博士，您好！我是 R 市医药研究院的院长，想请问您有没有来我院工作的意向？”

“您好，顾以舟博士，这里是……”

满当当的一页，都是入职邀请。

多余的字南佳恩看不进去了，她道：“这么多人找你，你还去给那个张总打工……”

顾以舟道：“朋友介绍的。本来也不打算待很久，只是很中意这个项目。”

南佳恩又叽里呱啦说了一大堆，桌上的烧烤谁也没动过。

“打包带走吧，我知道你不饿。”顾以舟率先站起身来。

“那你……”

“我也不饿。”

不饿他还跟她来吃夜宵？

顾以舟拦了一辆出租车，南佳恩坐上车后座，没几分钟就睡着了。

两天一夜的真人秀节目录制让她整个人很疲惫，又连续跑了两个场子之后身体透支了。

她睡姿极其不雅观，还打着小呼噜，幸好戴了口罩，不然口水也要流出来了。

顾以舟坐在副驾驶座上，回头看了眼后座的女人，脑壳疼得厉害。

司机道:“大哥，你这朋友长得有点像一个大明星啊！就是那个很火的，南佳恩！我超级喜欢她的！”

顾以舟应了一声，没多说。

司机：“不过一看就知道不是南佳恩了。”

“为什么？”

“我们南佳恩小天使睡觉不可能打呼噜的！还这么响……”

真遗憾，你们的小天使不仅睡觉打呼噜，还很响，外加磨牙、流口水、说梦话呢。

顾以舟收回思绪，决定做个好人:“你说得对。”

车子驶过平稳的小路，最终在小区的南门口停下。

顾以舟付了钱，拉开后车门发现南佳恩还在呼呼大睡。

他想了想，俯下身，在手即将触碰到她身体的时候略微顿了顿。与此同时，她的手机振动了一下，屏幕上跳出了一条微信消息。

Colin：“佳恩，你在干吗？睡了吗？”

手机没有上锁，微信设置也是直接显示内容。

顾以舟拧着眉头，一脸的不高兴。

一个公众人物，这么没有隐私防范意识?

顾以舟一把将南佳恩从出租车上抱了起来，感受到她不及三位数的体重，他几不可闻地叹息了一声。

放在他口袋里的她的手机又振动了一次，他满脑子浮现出来的都是那个男性英文名。

她的头靠在他的胸口是最靠近心脏的位置。

顾以舟缓下脚步，走得更慢了。

淡淡的月光倾洒在地上，他看着自己和南佳恩的影子愣了神。

“唔……”

爬楼梯的时候，南佳恩醒了，她蒙了一会儿，随后瞪大眼睛，不可置信地朝上看。

她沉默了好一会儿，突然发出了一声尖叫：“啊！我睡着了？”

顾以舟“嗯”了一声。

“烧烤！我的烧烤！”南佳恩急得从他怀里跳了起来。

顾以舟乜斜了她一眼，伸出右手，手腕处挂了一个袋子，正是她打包的烧烤。

她想起刚才的姿势，脸唰地红了。

“虽然我睡着了，对吧，但是你不能……对吧！我毕竟还单身，黄花大闺女，传出去……”

“你不亏，我也单身。”他的目光淡淡地投向她，一如既往的冷静，可话语里像是传递某种消息。

南佳恩憋住笑意：“干吗，你单身关我啥事？该不会你要追我吧？”

顾以舟哼了一声：“想得美。”

她怎么就想得美了？她可是一线花旦！喜欢她的人从家门口排到了F国，好吗！

“Colin是谁？”他问。

南佳恩愣了愣：“一个男演员……哎，你怎么知道他？”

顾以舟从口袋里拿出她的手机。

南佳恩：“你还偷窥我手机！”

“睡着的人没有‘人权’。”他把手机丢给他，挥挥手回家去了。

“喂！顾以舟！”南佳恩气得跺脚。

还没进家门，她的手机振了一下，是微信提醒，顾以舟通过了她的好友申请。

“过分！”

他居然用她的手机加他好友！

话虽如此，南佳恩看着屏幕上的两行字，脸上笑开了花。

05

顾以舟的朋友圈特别干净，一共不过十来条动态，全部都是关于工作的，唯一一条生活的动态是半年前他离开M国，和M国的小伙伴们的告别晚宴。

朋友圈的背景图是一张素色的风景照，很是干净。

今日第三十二遍刷完顾以舟的朋友圈，南佳恩坐在化妆镜前发呆。

“你够了，你已经连续两个星期这种痴呆状了。”于晓曼看着镜子里的南佳恩，恨铁不成钢。

南佳恩扯开话题，道：“你到底帮我接了个什么剧本啊，这么神秘？要是拍出来是烂片我打你哦。”

于晓曼笑道：“放心吧，你的转型巨作。”

今天大概是走个过场去试戏，洽谈一下剧本的相关事宜，差不多就可以签合同了。

这个项目是华晨影视公司的年度重点项目，剧本的开发拖了好几年，几年之前南佳恩还没步入演艺圈，自然不知道这个项目具体是什么，于晓曼也没告诉她，神秘兮兮的。

南佳恩叹了口气，道：“今天那个真人秀节目就要播了。”

于晓曼：“很虚？”

当然很虚，简直是综艺后遗症。

这两个礼拜她拍了两个广告，还有三个杂志的封面人物，接受了一场采访，工作状态相当不错。

不知道顾以舟找到新工作没有，不知道新的工作环境怎么样，会不会还有那个张总那么恶心的领导。

顾以舟应该是属于在哪里都会耀眼生辉的人吧，她替顾博士操什么心。

上午九点，南佳恩在工作人员的陪同下到了华晨。

华晨是影视界的大佬之一，之前南佳恩一直片约在身，没有过合作。业界有句话说“华晨出品，必属精品”，华晨的影视作品的口碑一向都非常好，南佳恩也一直都盼望着有机会能和大佬华晨合作。

结果到了才知道，这不是走过场啊，这是修罗场啊！

南佳恩拉住于晓曼的手，小声嘀咕道：“你从来没跟我说我要跟这么多人 PK 试戏啊！”

“华晨十年磨一剑的剧本，谁演谁拿奖，是你你不想要？”

试戏她是无所谓，关键是她根本就不知道要试什么戏！

“你别紧张，大家都不知试什么戏，只知道是个很严谨的医学类剧本。”

严谨的……医学类剧本？

南佳恩道：“医学类？是不是跟化学什么的有关系，我化学最差了。”

“你有哪一门功课好过？”

她认真地思考了一下：“大概……体育？”

华晨有一支非常强大的金牌编剧队伍，还有一个享誉盛名的导演，叫姜浩。

作为导演界的扛把子，姜浩真的是一步一个脚印地走到今天的，他的作品也是实打实的好。姜浩本人是个非常负责任的导演，对自己的要求很高，对演员和编剧的要求也非常高。

偌大的会议室，三面摆着沙发，南佳恩找了个位置坐了下来，立刻就有两个三线小女星凑了过来。

“是南佳恩……”

“真人好美啊！比电视上还要好看！”

她礼貌地和小女星打了个招呼，然后听见她们问：“您也是来试戏的吗？”

南佳恩点头，道：“是啊。”

“啊？这么大的咖位还需要来试戏啊？”

“那当然了。姜导的片子可从来都不是看谁有流量就请谁演的，就算一部作品都没有，只要角色贴合，也是有机会的！”

两个小女星你一言我一语地议论了好半天，突然会议室的门被人从外面推开，南佳恩抬头一看，是谈馨儿。

谈馨儿很快就注意到了南佳恩，但似乎并不打算和她说话。

在谈馨儿经过自己身侧的时候，南佳恩厚脸皮地打了个招呼。

“谈小姐也来试戏啊？”南佳恩笑眯眯地说。

于晓曼瞥了眼谈馨儿，没吭声。

谈馨儿道：“你是心虚了？”

“不不不，我是夸你。谈小姐勇气可嘉，居然连姜导的戏都敢试了。人家姜导可是看演技的啊。”

于晓曼从来不管南佳恩和谈馨儿的破事，反正大家都知道两个人关系不好，也没必要保持表面上的和平，只要南佳恩不犯错，她不能压抑南佳恩的天性。

谈馨儿从鼻子里哼了一声，道："你别忘了，我和姜导合作过。"

"哦。"南佳恩懒懒地抬眸，"所以？"

谈馨儿的脸黑了，她甩手扭头道："南花旦不也是乖乖来试戏吗？你有什么资格在这里嘲讽我？"

"那就演技说话咯，虽然美貌我也优胜。"

谈馨儿头也不回地走了。

南佳恩坐在沙发上，环视了一圈周围的人。

比她咖位大的没有，跟谈馨儿差不多的还有一个，还有五六个二线的女演员和三四个三线的小女星。

总共十来个人，似乎其他人对南佳恩的到来还是存在些许畏惧。

稳了。

南佳恩心满意足地笑起来。

然而，见到姜浩的时候，南佳恩还是手抖了一下。

会议室的沙发前面的桌子被搬走了，中间留有很大的空地，后来南佳恩才知道，这块地就是给人试戏用的。

这是南佳恩第一次见姜浩。

他五十岁出头，不年轻了，有资历，有阅历，有作品，有脾性，是导演圈里的怪人。

姜浩带过几个小徒弟，那几个徒弟最终都成长为做出代表作的青年导演。姜浩有资源，但从不给自己的徒弟。

五十岁的人，头发花白，眼睛深陷，留了一撮小胡子，嘴唇有些发白，看样子最近的身体状况并不是很好。

南佳恩大老远就盯着姜浩手上拿着的一沓剧本稿。

"我给你们五分钟时间准备，每个人都是五分钟。"姜浩的声音很洪亮，且有气势，他喊来自己的助理，道，"现在，开始抽签。"

每个人有五分钟的时间看剧本、研究剧本，还有五分钟的时间演绎剧本。

前一个人开始试戏，后一个人拿剧本开始研读。

"要我帮你抽吗？"于晓曼问。

"不要。"南佳恩拒绝，"你手太黑了。"

她走上去，随手拿了一个签，展开一看，第七。

她把签交给姜浩的助理，礼貌性地朝着姜浩微笑了一下。

走过姜浩身边的时候，他问："你很久没试戏了吧？"

南佳恩停下脚步，转过身来，微微颔首，道："大概有两年了。"

"你这样的流量的确是不需要试戏的。"

"我是很久没试戏了，姜导。"南佳恩毕恭毕敬地答，"不过我不怕，也绝不会输的。"

姜浩舒展眉头，说："难怪大家都喜欢跟你合作。"

南佳恩笑起来："谢谢，我会努力的！"

在工作面前，她从来不马虎，虽然平时做事拖拖拉拉，但一遇到工作上的事情，绝不含糊。

演戏是她喜欢的事业，她这辈子都会为之不懈努力。

南佳恩回到座位，在沙发上安安静静地坐着，前几个人每个人拿到的本都不一样，但演的是同一个角色。

"这个女主角的人设……"于晓曼顿了顿，看了眼身侧兴致勃勃观摩的南佳恩，叹了口气，"跟你完全不搭。"

"本子难度有点大……"南佳恩自言自语道，"要完，五分钟我记不住台词。"

前面几个人，每一场戏的台词都很长，跟背课文似的，五分钟根本记不住，更别提完美地演绎出来了。

谈馨儿抽了第三个，那演技，简直辣眼睛。

作为圈子里为数不多的演戏必要后期配音的女演员之一，谈馨儿的台词功力简直难以入耳，一旁的姜浩勉强支撑着自己听了五分钟的结结巴巴的课文朗诵。

谈馨儿演完戏，眼泪还夸张地流到了嘴角，她自我陶醉地等待掌声，等了十几秒，发现没人有鼓掌的意思，只好悻悻地下场了。

轮到南佳恩准备，助理把剧本交给她。

低头一看，她彻底傻眼了。

剧本上就简简单单的三个字——

"何必呢。"

这就是她全部的台词。

大家都记不住台词，她也记不住，没关系。结果她就一句台词，其他大段全部都是内心戏和动作戏，这儿什么都没有，她怎么搞？

基本上除了故事背景交代，这一幕戏只有短短几行解释——男主角跨越千山万水去找女主角，换来的却是女主角的一句“何必呢”。

南佳恩也想问，大哥你何必呢！

姜浩坐在椅子上，淡淡地扫了眼拿到剧本一脸蒙的南佳恩。

助理小声地和姜浩嘀咕了一句，姜浩摇摇头，没说话。

前面一位演技蹩脚的女演员下场了，南佳恩站起身，缓缓地走到了空地中央。

她扑通一声，倒在了姜浩的面前。

06

南佳恩一倒地，现场大大小小的女明星都惊了，姜浩的助理更是呆在了原地。

这场戏剧本上有吗？

“不要报警，不要……求你。”南佳恩一开口，瞬间入戏。

姜浩眉头一动，呼了口气。

纵使姜浩面无表情，南佳恩对着一块“木头”，感觉倒也没那么出戏。

毕竟最近和顾以舟打过几次照面，完全适应了和“木头”的相处模式。

“他好不容易来的，他……”南佳恩的话还没说完，哽住了，眼泪在眼眶里打转，她红着眼，握紧拳头，“他是我死去孩子的父亲。”

啪！

于晓曼配合她，拍了下手，南佳恩的身子重重地侧倒在一边，她捂住自己的脸颊，眼泪奔涌而出：“他是为了我从监狱里逃出来的！爸！他曾经也是你最得意的学生，你不能因为他犯了错，就……”

她一个人演戏，没有人知道她对面的饰演她父亲的隐形人是什么台词，但通过她的台词和表演所传递出来的信息，她的父亲说了什么、做了什么，一目了然。

“不……他没有犯错，他是被冤枉的。”南佳恩抬起头，“你们都知道他是被冤枉的，不是吗？”

没有人回应她，她把剧本的节奏拿捏得恰到好处。

“他给了我们所有人机会。”她悲悯地笑了起来，“却从来没有人愿意给他机会。”

南佳恩沉默了很久。

没有多余的台词，这里是内心戏。

看一个人的演技，最先看到的应该是那个人的眼睛。

有些人的眼睛天生会说话，她一个眼神或是一滴眼泪，就足以煽动整个场面的情绪，观众随着演员的眼睛入戏。

眼睛有戏的演员，往往有天赋且肯磨炼。

南佳恩就是这样的演员。

所以她的爆红从一定程度上来说，并不是一种偶然。

她比任何人都清楚自己在背后都经历了些什么。

她拖着疲惫的身躯从地上站了起来。南佳恩走了几步，停了下来，她背对着刚才的位置，声音喑哑低沉：“好，我去跟他做个了断。”

这是一场男女主诀别的戏，以上台词都是她自己根据故事的背景添加的。

剧本上写了背景：男主角作为卧底进了牢里，这一切都是组织的安排，但男主角和女主角都被蒙在鼓里，女主角以为男主角犯了错，男主角也如此认为。思念女主角的男主角越狱了，身为组织知情者的女主角的父亲为了大局，硬生生切断了年轻男女的姻缘。

浑身上下全是戏，就是南佳恩没错了。

有些人生来就是为了演艺事业活着的，南佳恩就是这样的人。

看南佳恩的戏，于晓曼百看不厌。

如果她这辈子是男儿身，一定要近水楼台先得月，把南佳恩这个宝贝泡到手！才不会像南佳恩那个木头前男友，身在福中不知福。

于晓曼叹了口气，这年头经纪人真难当，操碎了心。

戏里戏外都要操心，现在就连这种事她都要愁秃了头。不知道南佳恩知道了帮她接这部剧的真相之后是喜是忧？

南佳恩在场上走了半圈，她侧着身子，小心翼翼地走每一步，她的目光聚焦在不远处的一个点上，大家都知道，那个点，就是虚幻的男主角。

接下来的戏份都是无声的静默。

女主角站在暗处看着男主角像是无头苍蝇似的乱撞，南佳恩定定地站着，脚下如灌铅似的，寸步难行。

许久之后，她走动了两步，她的眼睛瞬间变得冷漠又决然。

她蹲下身，轻声道：“何必呢。”

然后她背过身，正对着不远处坐着的姜浩，几乎是一瞬间，眼泪从她的眼眶里奔涌而出。她耸动着肩膀，紧紧咬住牙关，从嗓子里溢出一声轻微的哽咽。

没有人说话。

南佳恩转过身谢幕的时候，满场鸦雀无声。

其他人的剧本大多都是冗长的台词，唯独她的，台词不多，每一帧都靠她惊人的表现力撑起来。

南佳恩微微鞠了一躬，她笑起来，耳畔传来了此起彼伏的掌声。

她转而看向姜浩的位置，只见他站起身来，缓缓地拍了三次手。

小助理在一边小声地问：“姜导，她把剧本改得面目全非啊！”

姜导没说话，小助理一脸蒙——姜导不是最讨厌演员随便篡改戏份吗？奇怪！

小助理偷偷看了眼南佳恩。

嗯……这就是长得好看的结果吧！

“她演得有这么好吗？”谈馨儿不服气地甩了个白眼。

经纪人尴尬地笑了两声：“大概……没有吧。”

“还不是因为有点背景。”谈馨儿嗤之以鼻。

嘴上这么说，逢场作戏还是要有的，谈馨儿拍手拍得比谁都热烈。

于晓曼瞥了眼谈馨儿，微微挑了挑眉头。

背景？南佳恩还真没点背景。

南佳恩能火完全是因为她的戏感好，肯努力，最重要的是，她把握住了一个极好的机遇。

不是所有人在面对机遇的时候都能牢牢抓住，毕竟谁都想不到究竟哪个小小的决定就能改变自己的一生。

南佳恩走了狗屎运，她自己也这么说。

后续的几个演员都表现得很无力，一来是南佳恩的咖位摆在那里，实力大家也都有目共睹，今天现场的试戏更是让后面上场的女演员压力很大，有两个影视剧作品中的演技还勉强能和南佳恩打个平手的现场表现都一般，结果大家可想而知。

姜浩问："各位对我的决定有异议吗？"

一片沉寂。

"我有疑问！"说话的是东北角站着的一个女演员，名字南佳恩记不得了，对方最近正在上映的一部片子收视率还可以，人气噌噌噌往上冒，她走出人群，问，"姜导，为什么大家的剧本字数多得背不完，就南佳恩的剧本台词字数刚刚好，剧情又有冲突？是姜导的特殊照顾吗？"

女演员说出了大家都想说的话，但大部分人选择了沉默。

姜浩挥挥手，让助理把南佳恩抽到的剧本拿了过来。

助理把剧本递给女演员，道："自己看吧。"

女演员先前还有些不甘心，拿到剧本看了没一会儿，整张脸都变色了。

"还有异议吗？"姜浩又问了一遍。

女演员闭上嘴，乖乖地不说话了。她朝姜浩打了个招呼，灰头土脸地离开了会议室。

演员们陆陆续续地走了。

南佳恩想和姜浩说声谢谢，还没来得及开口，姜浩先说话了："你不知道我最讨厌篡改剧本的演员吗？"

她愣了愣，道："听说过的。"

"那你还敢改剧本？"他提高了声音，问，"你是觉得自己的咖位最大，演技还不错，所以你毫无竞争压力，觉得我没有更好的选择，才跟我对着干？"

这个性格古怪的老头子，不改剧本，没得演，改了剧本，又惹得他不高兴。

南佳恩闷闷地答："也不是。"

"那是什么？"姜浩倒是很好奇南佳恩的回答。

她也不知道自己为什么要改本子，只知道她拿到这个剧本的时候，脑海里浮现出的就是她最后演出来的场景了。

她道："姜导，我嘴巴笨，不知道怎么说，就是我的脑子告诉我，这场戏要这么演。这是很具有冲突感的剧本，一句台词太羸弱了，我是这样觉得的。"

姜浩几不可闻地笑了一声。

这个不苟言笑的老古董的表情缓了下来，突然变成了和蔼的爷爷。

“你演得很贴近真实的剧本。”姜浩说，“这些剧本都是后来修改过的，都是问题剧本。”

南佳恩算是懂了，这些分明都是姜老爷子的套路。

拿问题本给演员看，所有人都知道姜导是出了名的讨厌演员随意改剧本，即便大部分人看出来问题了，也不敢随便改，当然，没看出来的演员除外。例如谈馨儿。

“我曾经拿这个本给我一个朋友看，他向我推荐了你。”姜浩顿了顿，说，“我当初跟他打赌，这个本子你不合适，没想到我赌输了。”

她问：“姜导的朋友吗？”

“对。”

虽然她很想问那个有眼光的朋友是谁，但又不好意思直接问。她思考了半天之后放弃了，毕竟她和姜浩重叠的资源这么多，哪有时间一个一个排除。

“他不是演艺圈的人，这个本儿有他一半的功劳。”

不是演艺圈的人？南佳恩眨了眨眼。

姜浩道：“没事，你很快就会见到他了。”

“啊？”

“下周一，去他那儿实习。”

实习？南佳恩彻底傻了。

这是什么操作？

演个戏还要去实习？

南佳恩想说话，手心被于晓曼捏了一下，她乖乖地闭上嘴，不吭声了。

姜浩毫不避讳地说：“医药方面的专业知识很差吧？”

南佳恩：“……”

“台词不是光背背就可以，你去跟他实习一个月。实习的一切都给你安排好了，放心。明天来签合同吧。”

“好。”

“对了。”姜浩突然想到了什么似的，吩咐身边的助理，“叫人把书给她带回家看吧。”

还要看书？！

南佳恩咽了咽口水，推开门，迎面而来的是三个彪形大汉。

还有他们手中捧着的比她整个人还要高的三沓医学类专业书。

南佳恩双眼登时一黑。

再见，世界。

/第三章 打倒顾以舟！/

01

顾以舟更新朋友圈了！

南佳恩猛地从一堆医学专业书中探出脑袋来。

“新的开始。”

配图是一张工作室的照片。

“看上去还不错嘛。”南佳恩自言自语。

不知道顾以舟现在在哪个单位。

她不知道，她也不敢问。

自从加了顾以舟的微信，她看手机的频率明显变高了。

一有微信提示音，她看得比谁都勤快，可惜每次都是工作通知，要么就是最近一直对她嘘寒问暖的 Colin。

说起 Colin，其实演技在一票男演员中还算是不错的，长得也很不错，就是一直没什么好的资源。他签的公司算是娱乐圈里资源相当不错的了，但是公司总把最好的资源给手上那几个大牌。二线的演员也不少，要么凭本事拿资源，要么就轮流拿。

像 Colin 这样位居三线的小演员就比较苦了，手上的资源都是别人挑剩下的，就比如当初和她一起参加的那个纯靠体力的真人秀活动。

没有好资源，缺乏曝光率，也没有代表作，他很难进入观众视野，就这样陷入了恶性循环。

其实这个圈子里很多人都是这样的，大家的实力都差不多，就看谁有更好的机会。

有的人天生运气好，走狗屎运；有的人勤勤恳恳地努力，厚积薄发；也有的人纯靠关系，一步登天。

当然，默默无闻、运气贼差的人也不计其数。

所以每次有什么机会和资源，南佳恩也会尽量帮身边的一些小演员争取。

“能不能早点收拾！”于晓曼站在南佳恩的房间门口，怒道，“每一次都到这个点儿了，才慢悠悠地收拾东西，你是属老黄牛的吗？”

南佳恩看了眼时间，已经七点半了。

预定的报到时间是八点，她赶忙从床上蹦起来，简单地收拾了一下东西就出门了。

来到市中心人民医院的时候，距离八点还有两分钟。

南佳恩戴着口罩和帽子，在炎热的夏天里裹成了一只粽子。

她眼巴巴地站在人来人往的医院门口，咽了咽口水道：“这么多人的吗？”

“医院的研究开发部。”于晓曼确认了一下信息，“那边有个姓李的主任会帮你安排的，不会让你天天抛头露面的。”

医院的研究开发部……还有这种高端部门？

南佳恩吸了吸鼻子，跟着于晓曼走进了医院大楼。

电梯停在二十三楼，南佳恩前脚刚出去，后脚就听见不远处有人在喊她的名字。

“是南佳恩小姐吗？”说话的是个笑眯眯眼的中年发福男人，见南佳恩停下脚步，他迎了上来，“我是李威。”

南佳恩点点头：“李主任你好。”

“我先带你熟悉一下环境吧？博士也是刚来我们医院，很多东西不熟悉。等我们这块儿好了，我带你去见他。”

南佳恩跟在李威后面在医院大楼里晃了一圈。

医院里忙碌的是前面主楼，后面的副楼都是一些搞科研、行政、宣发的，没有那么紧张的工作气氛。

还没看完，李威临时接了一通电话。

“我这里临时要走一趟，前面医院出了点事情，我去帮忙处理一下。我让朱助理带你走。”

两分钟后，南佳恩如愿以偿地见到了朱助理。

这不是……

南佳恩惊讶地睁大眼睛，在确定面前的人是朱麟的时候，她的大脑飞速地旋转了一下。

医学专家、博士？

天哪，该不会是顾以舟吧？姜浩导演什么时候有顾以舟这个朋友了？！

“是南佳恩吗？”朱麟问。

“是……”她顿了顿，指着身侧的工作室，问，“这里头的难道是？”

“很惊讶在这里见到我？”

她猛地抬头一看，正对上顾以舟清冷的目光。

有一段时间没见到顾以舟了。

然而今天的白大褂，黑框眼镜也太“犯规”了！

脑海里翻涌了无数种开场白，最终南佳恩干咳了一声，道：“哦，是你啊。”

她眼睛一斜，试图让自己看上去高冷又礼貌。

顾以舟没顺着她的话说，只是侧着身子道：“接下来的一个月，请叫我顾老师。”

明明跟她就是同班同学，还非要她喊他老师？抗议！

南佳恩：“不要。”

顾以舟似乎早就料到这样的答案，他扫了眼不远处的朱麟，道：“那你就和朱麟一样喊我吧。”

南佳恩：“喊啥？”

朱麟：“老大！”

进门就是顾以舟的独立工作室，和他之前发的朋友圈一模一样。

简单的陈设，摆放得整整齐齐的工具，完全是顾以舟的风格。

“我的工作时间是上午八点到下午五点，你和我的工作时间一样。”顾以舟站在南佳恩面前，一字一顿地吩咐道，“实习期一个月，在实习期间不得随意离开工作岗位，早上提前十分钟到岗，下午延迟十分钟离岗。”

朱麟在一边悻悻地看着顾以舟。

能和当红花旦南佳恩这样说话的，也就只有毫无人性的老大了。

“实习期的主要任务是熟悉医院以及研究所的各项工作规章，上午的时间在研究所，下午的时间去医院。”

南佳恩一惊：“去医院？！”

“嗯。”顾以舟道，“每个科都要去走一遍。在不打扰别人工作的前提下，完全熟悉医院的工作流程。”

“……”还有比她更惨的演员吗？

朱麟小声地说：“老大，她是公众人物，不能就这么在医院晃吧？”

顾以舟转过身从柜子里拿出了一件白大褂，一顶帽子，一个口罩，他把东西递给于晓曼，说：“现场实习是必要的。”

南佳恩愣愣地看着于晓曼手中的衣服，扭头望着顾以舟，道：“你简直没人性！”

他抿了抿唇，道：“你是第一天认识我？”

“没什么事我就先回公司了。”说话的是于晓曼，她把衣服放在沙发上，朝朱麟挤了挤眼色。

朱麟一脸蒙：“于姐你怎么啦？眼睛不舒服吗？要不要去看一下？”

于晓曼翻了个白眼，伸手提着朱麟的衣领就要走：“我眼睛不舒服，跟我出去看医生。”

“姐……你跑慢点，我腿短啊！”

门“啪”的一声被于晓曼从外面关上，偌大的工作室里只剩下南佳恩和顾以舟两个人。

然后空气陷入了短暂的沉寂。

“你和姜导怎么认识的？”南佳恩率先开口。

顾以舟回忆了一下，答：“他之前在国外拍戏的时候，我正好在国外读书，他和我住在同一个人家里。”

原来是室友。难怪了，娱乐圈和医药明明八竿子打不到一块去。

她望着顾以舟，笑嘻嘻地问：“你是不是向他推荐我了？”

顾以舟脸色微微一变，道：“你想多了，我和他在国外认识的时候，你还没有出道。”

“你还知道我什么时候出道的？”南佳恩眼睛登时亮了，托腮道，“说白了，顾以舟，你比我想象中要关心我啊，是不是？”

顾以舟甩过去一个冷眼。

见顾以舟不说话，她歪着脑袋追问：“是不是啊？”

早上八点的阳光正好，落在南佳恩的脸上，轻柔得像是一层朦胧的薄纱。

顾以舟的心突然一颤，像是有一只小虫子在轻轻地挠他的心口。酥酥麻麻的，想挠，却抓不住。

良久，顾以舟意识到自己的失态，清了清嗓子：“干活去。”

“哦。”

于晓曼和朱麟贴在门口，满脸都写着难以置信。

于晓曼问：“顾博士一直都这样？”

“哪样？”

她想了想措辞，道：“油盐不进？”

“还好吧。他只是说话比较高冷，其实人很好！”

她当然知道顾以舟是个好人，不然她怎么可能贸然去帮南佳恩接这个本子让南佳恩去试戏，还不是因为有了内部消息，知道姜浩要安排演员去找顾博士实习。

“顾博士这段时间谈过对象没有？”

朱麟吸了口气，道：“怎么可能！顾博士在国外那会儿就是‘拼命三郎’了，天天搞研究，哪里有时间谈对象啊！”

也是。于晓曼沉默了半晌。

“不过我听说顾博士很久以前有个前女友！那天他说他在刷他前女友的微博！”朱麟像是突然发现了新大陆似的，还在为自己的新发现得意扬扬。

于晓曼“哦”了一声，没有半点惊喜。

“你不好奇是谁吗？我已经好奇很久了，但是我不敢问老大。”朱麟发现对方并不感冒，有些诧异。

按理来说，女人不是最八卦的吗？

于晓曼摆摆手往前走，道：“完全不好奇。”

朱麟追了上去：“于姐，你眼睛好了？”

于晓曼叹了口气。

02

南佳恩握着筷子的手都在发抖。

医院的员工食堂人来人往，她悄悄找了一个角落。

南佳恩被顾以舟撂在一边，跑了一个上午的腿，怒点了四个大荤菜。

他凭什么在工作室里看显微镜，让她一个人跑前跑后帮他复印资料？她是来学习专业知识的，哪里是来给他当跑腿的？

顾以舟果然是个人精，免费找个人给他打一个月的下手。

南佳恩扒了两口饭，委屈巴巴地抬起头，冷不丁发现不远处的几个小护士在讨论她。

“真的是南佳恩！”

“我就说吧！你输了，发红包！”

南佳恩：“……”

“南佳恩到我们医院来干吗？来看病的？还是她家里有人生病了？”

“不是吧，这里是员工食堂……”

“会不会她有什么亲戚朋友在这儿上班？”

“随便啦，反正我不是很关心她。”

不关心你还聊这么久？要不要给你买个喇叭喊麦？南佳恩闷闷地想。

“那你关心谁？新来的那个博士？”

“对啊！顾博士超帅的！”

听到“顾博士”三个字，南佳恩的耳朵竖了起来。她偷偷瞄了眼不远处的几个小护士，在嘈杂的环境中勉强从她们的口型辨别她们说的话。

“你们知道那个顾博士是什么来头吗？听说我们院长还亲自去请他！”

“这么厉害？有靠山吧？”

哪有什么靠山？顾以舟就是头脑聪明有实力。南佳恩腹诽。

护士 A：“前阵子不是还出了顾博士和谈馨儿的绯闻吗？”

护士 B：“那件事不是澄清了吗？”

护士 A：“无风不起浪，能和娱乐圈的人勾搭上的人，哪有这么美好。况且谈馨儿就是个交际花，能和她扯上关系，啧啧。你还是早点认清现实吧，顾博士说不定是个衣冠禽兽！”

衣冠禽兽？她倒希望他是个衣冠禽兽，至少比冷冰冰的木头好。

那个男人，上学的时候还勉强开窍，工作之后就彻底沦为了科研的奴隶，生活里全都是工作，哪里还有什么时间做衣冠禽兽？

说起来，他还是上学的时候比较可爱。

虽然不如现在长得帅，就是个寸头小矮子，可是那时候的顾以舟，全身上下的每一个角落都是发光的，是那种可以亲昵的优秀。

现在的顾以舟，人中翘楚，可举手投足间多了很多淡漠与冷傲，很难亲近。

南佳恩叹了口气。

她的饭吃得差不多了，手机突然振动了一下。

她打开手机一看，当即坐正。

顾以舟：“在哪儿？”

她连手都没擦一下，赶忙回道：“食堂。”

顾以舟：“噢，那算了，给你点了午餐，吃过就算了。”

南佳恩：“没吃！我在排队！我这就来！”

说罢，她站起身把手机塞进口袋里，打了个饱嗝，把餐盘清理干净，飞速赶往顾以舟的工作室。

顾以舟的工作室一角有一张餐桌，南佳恩赶到的时候，他的桌上铺满了点的餐。

桌子上摆了两副碗筷。

南佳恩走进去，顾以舟抬眸瞥了她一眼，随后问：“食堂人很多吧？”

“是挺多的……”南佳恩点头。

“知道人多还去。”

“我饿。”她一脸无辜。

顾以舟道：“一点公众人物的警觉都没有。”

她不满地反驳道：“公众人物怎么了？不管，我要生活的自由。”

顾以舟沉默了半晌没说话，薄唇轻启的瞬间似乎放弃了想要说的话，他挥挥手道："以后实习期不用去食堂了，就在我工作室里吃。我等会儿跟李主任说一下。"

"哦。"南佳恩低低地应了一声，情绪十分低落。

顾以舟拿着筷子的手顿了一下，道："下午医院没有上午这么忙，我带你去住院部考察一下。"

南佳恩一直没说话。

她的脑回路还停留在刚才那几个小护士说的话上。

"不想去。"她说。

顾以舟道："这是工作。"

"我不想见那些小护士。"她抬起头，一双水灵的眼睛定定地望着他。

闻言，顾以舟沉思了片刻后，放下筷子，道："院里是有几个护士挺美的。"

"不是因为这个。"

"那是什么？"

"我只是不懂，大家怎么都这么喜欢从别人的嘴巴里去认识一个人。"南佳恩道，"用眼睛不好吗？用心不好吗？"

"在娱乐圈这么多年了，还在乎这些风言风语。"顾以舟的声音淡淡的。

他的情绪总是很淡，仿佛没有任何一件事能掀起他内心的波澜。

南佳恩睁大眼："我在乎！"

"既然在乎，为什么当初要进娱乐圈？"顾以舟直视着她的眼睛。

那双眼睛，就像是深不见底的黑洞，要把你卷进去，根本不给你逃脱的机会。

时间仿佛追溯到很多年前，炎热的夏日，高考之后的蝉鸣。

进这个圈子之前，想过这些吗？

回答是否定的，她没想过。

当初一腔孤勇，什么都没有地闯进这个圈子里，单打独斗，也从没想过能走这么远。是阴错阳差进了这个圈子吗？倒也不是。

演员对于她来说是一个梦，就像医学对于顾以舟来说，是割舍不掉的情分。

她记得那时候她和顾以舟所有的争吵，还有吵架之后的冷战、僵持，以及最后的分道扬镳，时间过去很久了，回忆却很深刻，她没忘，细枝末节都没敢忘。

不甘心啊。

每次提到顾以舟这个名字，她都觉得不甘心。

因为在这场懵懂的爱恋里，她是被抛弃的那一方。

南佳恩一直都这么觉得。

顾以舟说："娱乐圈就是这样，你早该知道了。"

"我知道。"她固执地说，"可是，谣言是谣言，为什么这么多人议论一个人，都喜欢带着自己的感情色彩和偏见？然后添油加醋变成莫名其妙的东西，他们难道不知道说话不负责任对于话题中心的人是一种伤害吗？"

顾以舟轻笑了一声："他们知道。"

南佳恩惊讶地望着他。

"可是，他们快乐。"

她一点都不喜欢顾以舟把一切都看穿的样子！

顾以舟道："又听到自己的什么谣言了？"

"不是我的。"南佳恩低头，"是你的。"

顾以舟身子一僵。

南佳恩道："她们说你是衣冠禽兽。"

顾以舟："……"

她尽量隐藏自己幸灾乐祸的模样，毕竟前面埋了这么长的伏笔，她得好好欣赏一下顾以舟吃瘪的样子。

她可是演技炸裂的当红小花旦，骗骗顾以舟的本事还是有的。

可惜顾以舟却像是个没事儿人似的，拿起筷子继续吃饭。

没劲。

南佳恩失望地垂头丧气。

"兴许，不是谣言。"他慢条斯理地吃着饭，轻描淡写地吐出了几个字。

什么？

然后，在南佳恩的惊慌失措中，顾以舟微微抿唇，道："衣冠禽兽。"

闻言，南佳恩哈哈大笑起来。

顾以舟眉头一挑，目光冷峻。

南佳恩笑得前仰后合，眼泪恨不得都要掉出来了。她夸张地摆摆手，说:“说你性冷淡我一定是信的，但说你衣冠禽兽……哈哈哈，不可能！”

她笑着笑着，逐渐发现了情况不对劲，果然，一抬头，就对上了顾以舟臭得发黑的脸。

他咬牙道：“吃你的饭。”

南佳恩赶忙收敛笑容：“哦。”

“下午不用去住院部了。”

“真的不用去了？”南佳恩喜笑颜开。

刚想谢谢顾博士，冷不丁听到他说：“既然你这么开心，那就在工作室待着吧，正好我还有几十份文件需要修改和打印。”

南佳恩叫道：“顾以舟，你这是公报私仇！”

他眯起眼：“是。”

南佳恩：“你的良心不会痛吗？”

顾以舟继续吃饭：“衣冠禽兽是没有良心这种东西的。”

朱麟眼睁睁地看着南佳恩跑了一天的腿，他一天的工作给人抢了大半。

这种极度不安全的感觉袭来，朱麟觉得自己有必要和顾以舟进行一次意义非凡的谈判。

朱麟痛斥顾以舟不懂得怜香惜玉，顾以舟的眼睛离开显微镜，转而看向朱麟，问道：“你受虐惯了？”

“不不不,老大,我不是因为自己的工作被抢走了变得游手好闲而悲伤，是因为，你对南佳恩真的太严厉了。”

虽说他平时正常的工作强度就是这样，但好歹人家南佳恩是个女孩子啊，而且还是个大明星，怎么着也不能让她遭受这样的待遇啊，说出去，顾博士的面子还往哪儿搁啊。

尽管顾博士丝毫不在乎自己的面子问题，但身为一个尽职尽责的小助理，他必须要提醒老大回头是岸。

“哪儿严厉？”顾以舟道。

“你不能让她做这么多事吧。”朱麟悻悻地答。

顾以舟放下手中的试管，道：“你平时的工作量远超过她。”

“话是这么说，可人家是个女孩子。”

“她是来实习的，又不是来旅游的。难道我还要给她准备一个电视和一张沙发？”

朱麟：“……”

不谈了！这个老古板！

南佳恩在医院里忙碌了一天，回到家的时候腰酸背痛，比拍戏还累。

光跑腿就算了，顾以舟还要让她去看一些专业的医学知识，摆出一副准备高考的架势，愣是要她把自己熬成学霸。

她想撒丫子不干了，走之前顾以舟还把她喊住了。

“明天上午提前半小时报到。”

“干吗？”

顾以舟道：“明天上午我有一场讲座，你也要去。”

“我也要去？”

“当然，实习期你就完全是我的助理，一切跟我的行程来。”

南佳恩欲哭无泪：“顾以舟，你是吸血鬼吗？”

她的腰腿简直酸到不能动了好吗？怎么一点可怜她的念头都没有啊！

跟于晓曼抱怨这些事，于晓曼的嘴里也没半点安慰：“你以为搞医学研究的人成天这么闲吗？开玩笑！”

南佳恩反驳：“哪里是忙，他就是折腾我！资本主义剥削劳动人民的丑恶面孔你知道吗？就是顾以舟那样的！”

想是这么想，第二天她估计还是得乖乖去做牛做马。

南佳恩洗完澡就往床上奔，争分夺秒地准备睡个好觉，明天再起床和顾以舟斗智斗勇。

晚上九点，Colin 按照惯例又给她发来消息了。

说起 Colin 这个人，她没什么好感，也不讨厌。大家都是一个圈子里的人，都是同行，有机会就合作，没机会也没必要闲聊很多。

但 Colin 应当还是很珍惜她这个朋友的，总是很关心她的情绪。

一看到南佳恩发了个比较负能量的朋友圈状态，他就立刻过来嘘寒问暖了。

南佳恩礼貌性地回了几句。

Colin：“其实我最近也不太顺。”

南佳恩：“怎么了？”

Colin：“最近几场试戏都不行，又没什么资源，也没什么人帮我介绍。再这样下去，我怕是要离开这个圈子了。”

南佳恩：“别太担心了，如果有合适的角色，我会帮你推荐的。”

Colin：“真的吗？那真是太谢谢你了佳恩！”

南佳恩：“不用谢，举手之劳嘛。”

退出和 Colin 的聊天窗口，她才看到姜浩发在群里的消息。

姜浩：男二号的演员还没定，你们有合适的人可以推给我。

南佳恩想了想，给姜浩发了条信息。

南佳恩：姜导，我这里有一个合适的人选。

03

天还没亮，南佳恩就爬起来了。

南佳恩破天荒地没有赖床，于晓曼当真以为太阳打西边出来了。

洗漱控制在十五分钟以内，面部护理做了一个多小时。

于晓曼啧啧两声：“你有情况啊。”

南佳恩顶着面膜，含混不清道：“医院里那群护士个个二十岁出头，不下点功夫不行了。”

“你喜欢顾以舟吧？”

“谁喜欢他！”南佳恩耳根一热，迅速反驳，“我是没人喜欢了吗？我要喜欢他？”

“那你为什么二十七岁了还不谈恋爱？”于晓曼白了她一眼，问。

为什么二十七岁还没有谈恋爱？还能因为啥？忙呗。

“没时间，我要拿‘影后’。”

于晓曼挑挑眉，揶揄她道：“说得好像谈了恋爱就拿不成‘影后’似的。”

南佳恩摘下面膜，凶巴巴地答：“反正我没有喜欢的人，你不许瞎说。”

“行行行，你没有喜欢的人，只有别人喜欢你，可以吧？”

南佳恩笑眯眯地说：“差不多是这么个意思。”

“动作快点吧，都七点了。”于晓曼撇撇嘴，吩咐她，“今天下午来趟公司。你合同快到期了，老板说了好几次续约的事情，下午来把合同签了。”

南佳恩懒懒地答：“知道了。”

于晓曼总是把她的事情都安排得井井有条，所以即便是她这么一个粗线条的人，也能生活得有条不紊。

但是，她的生活在顾以舟出现之后彻底乱了节奏。

南佳恩到医院的时候，距离顾以舟规定的时间还有十分钟。

朱麟在门口等，见到南佳恩来了，嬉皮笑脸地迎了上来。

“佳恩姐你来了。”朱麟是典型的自来熟，直接就喊南佳恩姐了。

她瞅了一眼不远处，问：“顾以舟呢？”

“还没到。”

南佳恩冷笑两声。

他居然来这么晚，看她等会儿怎么嘲讽他。

“对了，他最近是不是都没有回家啊？”

“啊？你不知道吗？工作室就是老大的家啊！”

南佳恩一愣：“他以前都住工作室？”

“是啊，他很少回去的，而且回去也是回之前那个家。”

“之前那个家？”

“不是之前我见你的那个小区，是别的小区。哦不对，是个豪宅！”

豪宅？顾以舟还住豪宅？搞科研的这么有钱吗？

正当南佳恩准备追问豪宅的时候，顾以舟西装笔挺地从医院楼里走了出来。

老实说都二十七岁的人了，而且还是混娱乐圈的，什么样的男人她没见过？她是站在“美貌金字塔”顶端的女人，各式各样的帅哥她早就看腻了，但是他怎么就这么帅呢！

她忍不住又看了眼顾以舟。

他穿着白色竖条纹点缀的深蓝色西装，边边角角都被他熨得极为平整，整个人干净利落又儒雅深沉。

奇怪。

他是去做讲座又不是去选美、相亲，穿这么好看干什么？肯定有猫腻。

事实证明，南佳恩的猜想没有错。

讲座地点是在当地的医科大学。

作为国内医科大学的翘楚，A大不论是办学理念、师生资源、教学设备、学习氛围都是相当不错的，所以对于这一次顾以舟的到来，A大的领导层非常重视。他们还没下车，南佳恩就看见了校门口列队欢迎的老师和学生。

校门口挂着红色的横幅，上面的字奇大无比：欢迎顾以舟博士莅临我校！

大大的感叹号博人眼球，仔细一看，类似的横幅挂了好几个教学楼。

——欢迎顾以舟博士！

——热切期待顾以舟博士的讲座！

"真的假的，这也太隆重了吧？"南佳恩环顾四周，小声地自言自语。

简直就跟她参加活动，那些影迷们奔走相告的喜悦一模一样。

朱麟自豪地抬起头，对南佳恩说："当然了，我们老大在医学界的名气可不是一点点！多少人都争先恐后地想请我们老大去做讲座呢！"

南佳恩："那他出场费多少啊？"

"免费啊！"

南佳恩愣住了："免费？"

朱麟答："当然了，这种讲座老大从来不要钱！"

"想不到顾以舟还蛮正派的。"

"我们老大缺的那是钱吗？他想要赚钱，还不是分分钟的事。"朱麟叹了口气，"佳恩姐，你一点都不了解我们老大。"

南佳恩干咳了一声："我还能不了解他？他啊，资本家、吸血鬼、没人性、榆木脑袋……"

朱麟："说的倒也是。"

肆无忌惮地在当事人面前议论的两个人被顾以舟一个冷眼吓了一跳，瞬间把所有想说的话全都咽了下去。

南佳恩边走边看横幅，她没有想到，顾以舟在学术领域的影响力不亚于一个流量小生在娱乐圈的影响力了，甚至有学生因为和顾以舟握了个手就喜极而泣。

太夸张了吧，南佳恩埋着头，把口罩往上拉了拉。

还有更夸张的。

礼堂里座无虚席，甚至有学生搬着板凳过来听讲座，还有的直接坐在过道的阶梯上，满脸都写着“向往知识”。

南佳恩找不到落脚的地方，只好和朱麟两个人站在礼堂门口，大眼瞪小眼。

正好她也怕自己在人群中被认出来，到时候引发了大家的尖叫和拥堵就不好了。

然而，尖叫还是来了。

“快看门口！”人群中不知是谁喊了一声，随后礼堂里爆发出惊人的尖叫。

完了，被发现了。

南佳恩想着自己戴着口罩和帽子，一路上都低着头还能被发现？这些学医的眼神未免也太好了吧？

被发现那就被发现了吧，毕竟在外的形象重要，南佳恩回过头对朱麟说：“我去和影迷打个招呼。”

朱麟一脸蒙。

“尖叫声和掌声这么热烈，我要是一直站在这里不出面，也不太好吧。”

南佳恩艰难地往前挪了两步，刚摘下口罩，只听大家异口同声地喊出了三个字。

“顾博士！顾博士！顾博士！”

尖叫居然不是因为她！

南佳恩突然想到刚才和朱麟的对话，顿时无地自容。

南佳恩尴尬地把口罩给扯了上去，灰溜溜地往后退，没注意，撞到了身后的朱麟，她一回头，又是大眼瞪小眼。

南佳恩：“我……我是说，顾博士的桃花不少。”

“那是当然的。我们老大……”后面朱麟叽叽喳喳讲了一大堆，中心思想就是歌颂顾以舟。

南佳恩冷漠脸：“你不去说相声真的可惜了。”

“哎，没办法，我太崇拜我们老大了！”

南佳恩回头看向演讲台。

顾以舟站在桌子前，微微鞠躬，道：“很高兴见到大家，你们好，我是顾以舟。”

严谨又疏离的帅气。

南佳恩闷闷地听了两个小时的讲座，站在门口一动不动。到了自由提问的环节，场面异常火爆，除了大量的学术类问题，还有个别女生问了顾以舟的私生活。

有个女生问：“顾博士你喜欢什么样的女孩子啊？你有女朋友了吗？”

南佳恩一听这个问题，来了劲，她直起身子，定定地看着台上的顾以舟。

不知道是不是她的错觉，她好像看到顾以舟也看了她一眼。

顾以舟沉默了片刻，道：“今天我只回答学术上的问题。”

一群女生哀叹道：“没劲。”

提问环节折腾了半天，好不容易演讲结束了，顾以舟去后台收拾东西。

礼堂里的学生大批大批地离场，南佳恩和朱麟站在门口等顾以舟出来。

生怕被认出来，南佳恩对着墙看手机，突然听到偌大的礼堂里传来了一个女生的声音。

“顾博士，你好，我是A大的学生，我关注你很久了，一直很喜欢你。”

大概是中控台的麦克风音源没有关闭，女生的声音透过顾以舟佩戴的领夹麦传了出来。

现场很多学生停下脚步，议论纷纷，南佳恩竖起耳朵，比做英语四六级听力还认真。

“谢谢你的喜欢。”顾以舟的声音依旧平淡。

“顾博士，我的意思是，我很喜欢你，不是影迷对偶像的喜欢，是女人对男人的喜欢。顾博士，我知道你没有女朋友，请问，我们可以试着发展一下吗？”

南佳恩差点被自己的口水给噎住。

现在的医科大学果然还是太闲了！多布置点作业好吗，老师，求你们了！

04

“厉害啊！”门口的一个矮个子男学生吹起了口哨。

另外一个高个儿男生附和道：“你别说，我要是女的，我也去追顾博士。”

南佳恩在一旁急得冒烟，回过头一看，发现朱麟居然安静得出奇。

她问：“你怎么一点都不关心的样子？”

“每次讲座之后的日常，淡定，佳恩姐。”

淡定？不能，不允许。

她做不到啊！

等半天没等到顾以舟的回答，南佳恩急得心火狂冒。

不过以她对顾以舟的了解，这个男人等会儿一定会用最冷漠的方式回应那个女生的深情告白。

顾以舟沉默了很久。

“可以。”他说。

什么？南佳恩脸上的表情就快要收不住了。

“咦……有戏。”学生中有人在起哄。

朱麟也吓了一跳：“不是吧？”

听顾以舟这么说的女生内心的狂喜透过麦克风都能听见。

南佳恩现在就想去后台撕烂顾以舟的嘴。

“真的吗，顾博士？我太开心了！”

南佳恩转过身，哪管人潮汹涌，铆足劲儿就往人群里面冲。

这个浑蛋。

“可以，但你也知道，前提是我没有女朋友。”顾以舟说。

南佳恩好不容易挤了几步，听到这句又蒙了。

他不是说他单身吗？

“顾博士不是单身吗？”

“不是。”顾以舟的声音很淡，像是从虚无缥缈的山里传来的，“我隐婚了。”

好了，现在在场的人都知道顾博士结婚了，相信过不了多久，全世界的人都知道了。

隐婚！真的假的？！

难道他之前的冷漠都不是装出来的？因为他已经结婚了？！

但他之前分明就告诉过她，自己是单身的！

骗子！

怒火中烧的南佳恩正准备进去，突然后台的门被人从里面拉开，南佳恩就这样毫无预兆地和女生打了个照面。

女生很沮丧，和暗戳戳冒火的南佳恩形成了鲜明的对比。

大概是觉得丢人，女生没好意思多逗留，跑了。

顾以舟站在里面，很明显也注意到了门口站着的南佳恩。

南佳恩指了指他的领夹麦，他神色淡然地按下了关闭的按钮。

两个人就这样面对面站了半分钟。

南佳恩："顾以舟，你骗我，原来你结婚了的！"

顾以舟一愣。

她是什么脑子，这也信？这也能让她来兴师问罪？

顾以舟觉得好笑，反问道："你见过哪个结婚的人住的是单身公寓，常年不回家？"

"谁知道呢！万一你是柏拉图式恋爱呢？万一你不行呢？"

"不行？"顾以舟的嘴角抽了一下，"南佳恩，你可真敢说啊。"

"你……你别岔开话题！"

"岔开话题的是你。"他抬眼乜斜了南佳恩一眼，"况且，我跟你说过。"

对，他跟她说过是单身！

吃好饭回去的路上，南佳恩总觉得有些怪怪的，但就是说不出哪里怪。她的怒火发泄不出来，因为和顾以舟这种"木头"，你根本就没法生气！

朱麟在开车，小心翼翼地看了看自家老大的脸色，又通过后视镜观察了一下南佳恩。

直觉来说，这两个人肯定有问题！

别以为他们俩的猫腻他看不出来！

南佳恩突然想到于晓曼早上说的事情，问朱麟："你们急着回去吗？"

"不急，怎么了？"

"过了前面那个红绿灯就是我公司，我今天要去续签一下合同，方便等会带我去一下吗？”

朱麟转过头看了一眼顾以舟，他没什么表情，朱麟了然，道：“顺路那就一起呗，我正好还没去过演艺公司呢。”

车子抵达公司的时候，大概是十二点半。

前台的小姑娘见有人来了，勉强提起精神来，抬头看到他们三人，瞬间清醒。

“佳恩姐，你来啦？”

“金总呢？”

“金总刚开完会，应该在办公室。”

“行，那我去找他。”

南佳恩问顾以舟：“你要上去坐坐吗？”

“不用。”他道，“我们在楼下等你。”

她所属的公司叫朗空，资源还可以，人也都不错，从她还是个小透明的时候，公司就对她还算是关照。她签了三年的约，第二年的时候公司换了领导，换成了现在的金总。

她和金总关系一般，交集也很少，第二年的时候她火了，档期排得满满的，很少有时间回公司，大部分时间都在剧组或者跑通告。

经常会在公司的小群里看到一些艺人说金总的各种不好，说白了，人如其名，眼里只有金子。

其实，人之常情，这也不奇怪。

朗空对南佳恩有知遇之恩，所以即便现在的朗空口碑不好，南佳恩也没想着自己火了，就往别处走或是自立门户。

南佳恩敲了三下门，里面传来金总的声音：“进来。”

她推开门走了进去，金总坐在皮椅上，桌上放着几份合约。

南佳恩笑了笑，说：“好久不见，金总。”

金总站起身走到门口，把门关上。

“既然这里就我们两个人，那我就直说了。”

南佳恩转头看他，结果被他脖子上挂着的金项链闪得眼睛都快瞎了。

“金总您说。”

“公司给你做个工作室，你挂牌当老板，收益我们一分钱都不要。”

南佳恩拒绝得很快：“我不开工作室。”

“放心吧，你不亏，开工作室朗空出人出力，不要你费一点心思，所有的收益都归你，我们一分钱都不要，而且，朗空会给你最好的资源。”

南佳恩轻笑了一声，讥讽道：“我自己有资源。”

“佳恩，我就不明白了，你怎么就不愿意开工作室呢？自己当老板不好吗？”

她看了眼合约的名字：南佳恩工作室协议书。

“不要。”她道，“之前我就说过了，我绝对不会开工作室的。金总，请您谅解，我只想做好一个演员。”

金总有些怒：“你怎么油盐不进，这么固执？开工作室对你来说，百利而无一害！”

“我不想帮你捧艺人。”南佳恩顿了顿，坚持道，“我不是商人，我是演员！”

“演员不需要你来捧，只是挂在你的工作室里面，任何活动都不需要你操心……”

南佳恩打断了他的话：“金总，我已经明确地告诉过您了，我不做工作室。”

大概是南佳恩的态度惹恼了金总，金总说话的语气也明显没那么好听了。他从盒子里拿出了一支雪茄，冷冷地看着南佳恩，说：“南佳恩，虽然你现在很红，但是我不得不提醒你。任何流量明星的寿命都很短，也许你今年大红大紫，明年就无人问津。你何不趁着你还有影响力的时候，赚到你这辈子都不需要再发愁的钱？”

南佳恩说：“我已经赚了很多钱了，而且我觉得当演员赚的钱就足够了。”

“你别太天真了，南佳恩！我这是为你好！”

——南佳恩，我这是为你好。

分手那天，顾以舟也是这样对她说的。

年少不经事的暗恋，因为双方的自我感动而宣布告终。

——你知道混迹娱乐圈的都是些什么人吗？那个圈子这么乱，你有这么多路可以走，为什么偏偏要走这条路？我知道，现在阻止你也许会让你气愤、痛苦，但是南佳恩，我这是为你好。

南佳恩抬起头，道：“这世界上除了我爹妈，不会有人是真的为我好。”

金总的脸瞬间臭了："你真的是一点远见都没有！太任性！在这个圈子里，任性的人都走不远的！"

她很少因为工作的事情和合作对象闹，但她不想做的事情，谁都没办法勉强她。

大家都说在娱乐圈里学不会夹着尾巴做人的人都走不远，她偏不。

她记得很久之前在一本书上看过这样一句话：任何人在选择向这个世界妥协的时候，就已经死了。

她不想死，她不想做行尸走肉的南佳恩。

"金总，朗空对我有知遇之恩，之前徐总也对我很好，如果不是朗空，就不会有现在的我，我很感激。但是我所能回报给朗空的我都已经尽我所能了，能力范围之外的事情，很抱歉。"南佳恩微微颔首道。

金总眉头一紧："那你的意思是？"

她直起身，道："我要解约。"

05

"你想好了？"金总问。

南佳恩走到门口："想好了，告辞。"

其实南佳恩早就想到是这样的结局了。

她是朗空影视部的一姐，朗空这几年大把大把的钱都投在偶像团体的打造上，对演员的关怀基本为零，可惜这几年的偶像团体不好做，朗空一直没有什么强有力的偶像推出来。

她之前演的几部剧的主题曲很多都是朗空旗下的艺人唱的，都是她的资源。

现在朗空比较知名的一个组合，也是因为唱了今年年初她拿"最佳女主角"奖的那部戏的主题曲打出知名度的。

她一向都是很支持公司捧偶像组合的，但是公司因为对偶像组合的偏爱导致对其他小演员不闻不问，她不能理解，也不能接受。

拉开门，她看见门口站着一个人。

是公司运营部的一个小职员，去年年底刚来，年会的时候她曾在公司里和他打过照面。因为长得白白净净，和她说话的时候红着脸，特别可爱，因此她印象很深刻。

“是阿辰啊。”南佳恩笑眯眯地说。

阿辰点点头，他看了眼门里脸色很难看的金总，小声地问：“发生什么了吗？佳恩姐。”

南佳恩关上门，道：“没什么。”

很显然，阿辰是听到了什么的。他低着头，闷闷地问：“佳恩姐，你真的要离开吗？”

真的要离开吗？

南佳恩想到什么似的，突然间血液开始逆流。

天哪，要是于晓曼知道了，她怕是要被剥皮抽筋了。

南佳恩勉强挤出一个比哭还难看的笑容，答：“大概吧。”

她满脑子都在思考等会儿应该怎么和于晓曼摊牌，根本就没心思听阿辰说话。

阿辰默默地跟了南佳恩一路。

“佳恩姐，你一定要离开吗？”阿辰追问。

南佳恩下了一楼，拐到化妆间里找自己之前放在这里的一套化妆品，阿辰也跟了进来。

要不再去找金总？

可是认尿这种事，南佳恩死都不愿意！

东西也找不到，南佳恩心烦意乱地坐在椅子上，看着化妆镜中的自己。

南佳恩没有回话，阿辰又说：“佳恩姐，你知道吗？我一直都很喜欢你的。”

之前在年会上的时候，阿辰就表示他很喜欢自己，南佳恩一直都是知道的。

她道：“我知道，谢谢你啦。”

“我是为了你才来朗空的。”

南佳恩转过脸去，看到阿辰的神色很失落，心里一动，一时间不知道说什么来安慰他。

“抱歉。”南佳恩说，“但我可能是真的要走了。”

当事情偏离了最初的轨道开始步入错误的路，后面的任何挣扎都会是一错再错。南佳恩想及时修正。

阿辰的声音略带哭腔，他走到南佳恩的面前，哀求似的问：“你就不能留下来吗？”

“本来合约就到期了。”

“我为了你来朗空的，你怎么可以走呢？”阿辰的声音有些哽咽，“我为了你放弃了更好的就业机会，就是为了你，一切都是为了你！”

他提高了声音，这让南佳恩吓了一跳。

阿辰从口袋里拿出手机放到她面前，屏保、壁纸，全部都是她。

南佳恩只觉得很抱歉。

“你是我生活的所有动力，南佳恩！你不能离开朗空！”说着，阿辰握住了她的手。

南佳恩的身子猛地一颤。

她道：“你别这样，阿辰。”

“你不能离开朗空！我不允许你离开！”

阿辰还握着她的手，掌心滚烫，她是本着不愿意伤害他的心，没有挣开，可现下他的力道越来越大，她根本就挣不开。

南佳恩意识到事情不对劲是在他突然扑向自己的时候。

那种被“私生饭”围堵的往事历历在目，她有种近乎窒息的感觉。

她虽然脾气很火暴刚硬，但到底还是个女孩子，身材纤弱，没什么力气，被阿辰抱住，她挣脱不开。

她听见阿辰这样说：“你不能辜负我对你的爱。你都不知道我为了你做了什么，你不能离开朗空，你不能！”

南佳恩用力地扭动着身体，却根本无能为力：“你冷静一点！”

“如果你走了，我该怎么办！”

“阿辰，这是我自己的选择，你不能强迫我。”

“我……我是真的很喜欢你啊，南佳恩！”

痛苦席卷了她全身上下所有的细胞，就连神经末梢传导的触感都是抗拒的疼。

南佳恩大声道：“你放开我！”

放开她！她没有办法呼吸了。

“放开我，不要这样！”

她特委屈特想哭，更没出息的是，她现在很想顾以舟。

对，没想到第一反应居然是他。

“砰！”

化妆间的门不知道被谁从外面撞开，南佳恩下意识地紧闭双眼。围绕着她的那股令人无法呼吸的触感消失了，取而代之的是一个温暖的怀抱。

与此同时，她听见撞击的声音，似乎是发生了肢体的冲突。

南佳恩睁开眼，看到了一张坚毅的侧脸。

这个侧脸，是他，没错了。

南佳恩“哇”的一声哭出来。

她像一只小猫似的被顾以舟护在怀里，他的臂膀强劲有力，像是世上最安全的避风港湾。

一扭头，她发现阿辰倒在地上，他的左边脸上挂了彩，看来下手不轻。

难道是顾以舟下的手？

阿辰还想爬起来，朱麟挡在他前面。

阿辰抬起头来，瞪着顾以舟，低吼：“你是什么人？竟然随便打人？”

“他是谁？你还敢问他是谁？”朱麟哼道，“告诉你，他可是……”

顾以舟打断了朱麟，一个白眼甩给地上的人：“还不滚。”

阿辰爬起来，灰溜溜地跑了。

偌大的房间里剩下三个人面面相觑。

顾以舟松了手，南佳恩失去支撑力，倒在了椅子上。

温柔来得太快，就像龙卷风。

温柔走得也快，不带走一片云彩。

南佳恩舒了口气，道：“吓死我了，还好你来了。”

“平时不是很能说吗？关键时刻怎么就一句话都说不出来了？”顾以舟的脸色很难看，他一开口，每一个字都是刀，“南佳恩，你到底有没有脑子？”

脸上还挂着泪痕，她伸手抹了抹脸，委屈不已：“我怎么就没有脑子了……”

“人家抱你你就给人家抱？他等会儿要是猥亵你，你也就随他去了，是吗？”

南佳恩霍地站起身，气得不轻：“顾以舟，你说话太过分了！”

他直直地站着，冷声道：“南佳恩，我很生气。”

他生气了？他居然生气了？

南佳恩一愣，朱麟也愣了。

他跟了老大这么久，可没见过老大发火。

毕竟像顾博士这种朽木，碰见什么都是擦不出火花的绝缘体。

南佳恩震惊之余，发现了问题。

不对啊，他凭什么生气啊！

“你干吗生气？”她问。

顾以舟开启夺命三连问：“你多大的人了不知道怎么保护自己？和陌生男人共处一室一点危机感都没有？你是猪吗？”

他今天的画风不对。

“你是猪吗”这种话都从顾以舟的嘴巴里窜出来了。

“喂，顾以舟，你吃错药了吧！”南佳恩不服气地抬头挺胸，反驳道，“还有，什么叫陌生男人，他跟我是一个公司的好吗！”

“认识时间不超过我的，都是陌生男人。”

这是什么逻辑鬼才？

朱麟暗戳戳地记录下今天这个神圣的日子。

这是顾博士不为人知的故事第一集，直觉告诉他，和南佳恩相处下去，顾博士会有各种不为人知的新篇章华丽开启。

想想都好激动呢！朱麟蓦地笑出了声。

他回过神，发现对面飞来眼刀。

朱麟：“不是，我不是看你们吵架笑。”

“谁跟他吵架了？是他单方面兴师问罪！”她不服！

顾以舟撇嘴，转过身就要走。

南佳恩率先朱麟一步发现了问题。

她冲过去，一把抓住顾以舟的右手，惊恐道：“你受伤了？”

朱麟这才看到了地上的一摊血。

看来是被化妆台的桌角划到了，那个口子不浅呢。

顾以舟甩开手，一脸淡漠：“小事。”

“走，跟我去医院！”南佳恩拉着顾以舟就往外走。

她抓住顾以舟的手腕，真后悔刚才和他吵了半天。

“你下午别去上班了，去医院看一下，万一要缝针。”南佳恩说得头头是道。

顾以舟扫了她一眼：“我就在医院上班。”

南佳恩一拍后脑勺：“对。”

顾以舟叹了口气。

“走吧。”他说。

06

医院的过道里人来人往。

朱麟：“佳恩姐？”

南佳恩鬼鬼祟祟地在门口转悠了好几圈，口罩、帽子一个不能少，一边往里面张望一边小声地问朱麟：“包扎伤口需要这么久吗？该不会碰到大动脉了吧？”

朱麟“一头黑线”：“大动脉不是哪儿都有的。”

“哦。”南佳恩瞄了眼周围的人，“我先去别的地方透会儿气，人太多了。”

医院真不是个好地方。

她很怕来医院，生离死别什么的，她看到就会想哭。

沿着走廊一直走，在尽头处右拐，是安全通道。

南佳恩打开楼梯间的门，恍惚间闻到了一股清淡的香气。

好香！

她摘下口罩和帽子，如释重负地舒了口气。

微博提示音在安静的楼梯间响起。

“爆！知名唱作人姜桉（J.A）新作上线不到两个小时，席卷各大音乐门户的榜首之位！”

姜桉这个名字，好像是之前和谈馨儿传绯闻的那个吧？

歌是不错，可惜眼光不咋的。

南佳恩兀自叹惋。

毕竟，姜桉的作品她曾经听过，以前手机音乐播放器里都是他的单曲循环，可惜了。

她点进链接，然后猛地睁大眼睛。

这首歌也太好听了吧！

“哇！”南佳恩发出一声喟叹。

真不愧是天才音乐家！

说起姜桉这个人，也是个极具传奇色彩的神秘人物。

姜桉从不在媒体面前露面，因此总是有传言说，他是个长相见不得人的抠脚大汉。

一首歌听完，回头，忽然发现楼梯上坐了个人。

刚才她还跟着音乐一起扭了好半天，要知道，她可是典型的四肢不协调。

一世英名毁于一旦，她凉了。

楼梯上坐着的男人戴着一副墨镜，因此南佳恩看不到他是什么表情。

利落的短发、高挺的鼻子、殷红的嘴唇，男人穿着一件白色的短T恤和浅蓝色的牛仔裤，整个人看上去很干净。

她尴尬地笑了笑，听见对面的男人说：“你也喜欢听姜桉的歌？”

没有认出她来？

不对啊，按理说知道姜桉的人都是网民，要是网民怎么会不认识她呢？

南佳恩腹诽了半天，随后答：“是啊，你也喜欢吗？”

男人微微一笑，点点头。

“你是南佳恩吧。”他道。

果然！怎么会有人不认识她呢？南花旦的内心已经极度膨胀。

“是啊，你好。”

下一刻，他一定会说他看过自己的什么电影、电视剧，赞叹她的演技如何如何精湛。

然而……

“听他们说，你的演技很棒。”

听他们说？大哥！这意思是没看过她拍的片子吗？

南佳恩扯了扯嘴角：“谢谢夸奖。”

“不用谢，我没看过你的电视剧。”男人站起身来，柔声道，“不过你一定很棒。”

扎心了。

她干笑了两声，眼里掠过一抹尬色。

“可以扶我一下吗？”他问。

语气良好，态度温和。

南佳恩想起在朗空顾以舟对她的警告，顿时气又不打一处来。

她戴上口罩走过去，轻轻地扶住他的手臂。

“你是坐在这儿时间长了，腿麻了？”

“不是。”男人轻笑了一声，没再说话。

走到楼梯间门口，南佳恩问：“你要去哪儿？我扶你去吧？”

话音未落，就听见不远处传来朱麟的声音。

“佳恩姐！”他刺溜跑过来，看到南佳恩身旁的男人，明显愣了一下，“这是？”

一个认识不到五分钟的男人。

南佳恩很想坦白，但是目光触及不远处的一个人时，她瞬间尿了，甚至连手都缩回去了。

如果眼神能杀人，她已经被顾以舟千刀万剐了。

男人礼貌地微微颔首，道：“你好，刚才在楼梯间，是她帮了我。”

朱麟“哦”了一声，下意识地瞥了不远处的顾以舟一眼，瞬间感觉到一股来自西伯利亚的极冷空气。

掐指一算，有大事发生！

南佳恩转过脸来，听见身侧的男人说：“谢谢，不用了，我自己可以。”说罢，他从口袋里拿出了一根伸缩的导盲杖。

他熟练地按下导盲杖的伸放按钮，轻声道：“那我就先走了。”

是个盲人？

朱麟问：“你一个人可以吗？我送你去吧！”

“没关系。”男人笑了笑，“我已经习惯了。”

说罢，他朝南佳恩的方向挥了挥手，转身离开了。

南佳恩的情绪变得有些低落。

她抬起头，望着不远处的顾以舟，问道：“你的手没事吧？”

“没事。”他启唇，“走了，上班了。”

南佳恩追上去：“受伤了还上班吗？你们医院不会这么没人性吧！”

“受伤了，所以要你来帮我。”他斜眼，轻哼了一声，“走吧，乐于助人的南佳恩小姐。”

酸！空气里都是酸味！

今天的顾以舟简直就是个柠檬精。

一下午，顾以舟还是在工作室忙，受伤的手就像是没事似的，丝毫没有影响他工作的热情。

出乎意料，顾以舟也没给南佳恩找事做，只让她在一边看着。

两人鲜少有交流，直到于晓曼的夺命电话打过来。

“南佳恩，我一不在你就搞事情？”电话里于晓曼的声音气到发抖，“你居然要解约？”

南佳恩安静如鸡地听于晓曼骂了几分钟。

于晓曼问：“你干吗不说话？”

“我怕死。”南佳恩呜咽一声，“你不打死我，我就说。”

“你是不是脑子坏了？也不是不让你解约，就是你做决定之前能不能给我一点提示，啊？这个消息我居然是从别人的嘴巴里听到的，我居然是被告知的！”

南佳恩眼睛一亮：“那你的意思是不怪我不继续签在朗空了？”

“你别跟我扯开话题！”于晓曼恶龙咆哮，“虽然你合约到期了，不用违约金，但是，大姐，你告诉我你准备去哪里？还是你自己有一个团队，出来开工作室？”

“不开工作室。”南佳恩小声嗫嚅，“就是因为不开工作室，才和朗空解约的。”

她没有当老板的本事和野心，她也就适合帮人打打工。

而且这三年下来，她也没有自己独立的团队，工作人员都是公司的，除了于晓曼是她带过去的经纪人之外，化妆师、助理之类的，都是朗空的人。

生怕被骂，南佳恩嘀咕道：“你还怕我找不到经纪公司吗？”

“不是一回事！做任何事，你不能这么冲动！这和你找不找得到经纪公司完全不是一回事！你什么退路都没有，也没什么准备，居然就敢直接解约！”说到最后，于晓曼气得已经声音嘶哑了。

南佳恩后怕地把手机往旁边拿开了一点。

“解约不是因为我任性好吧，虽然我是有点任性，但是……”

话还没说完，她的手机突然被人拿走了。

她用力地一扭头，正好撞到顾以舟的胸口。

他拿着手机，对电话里的于晓曼叙述了一下当时的情况。

隔着空气，南佳恩就听到了于晓曼软了的语气。

这是什么差别对待？

末了，他说：“经纪公司我帮她找好了，随时可以去。”

南佳恩一脸蒙。

他什么时候帮她找的经纪公司？不对，他一个搞医学的，哪里跟娱乐圈搭得上关系？

挂了电话，南佳恩嘲讽他：“书上说得没错。男人的嘴，骗人的鬼。”

“哦？”他把手机还给她，拖了一个绵长的尾音，“什么书？”

这个人！南佳恩气得鼓起腮帮子，说：“你明明就没有帮我找经纪公司。再说了，你根本就没有经纪公司的资源。”

“IN 娱乐知道吗？”

IN 娱乐，那不是谈馨儿的公司吗？她怎么可能不知道。

其实她刚出道的时候，最想签的就是 IN，但那时候的她不过是个新人，IN 怎么可能会看得上她？

南佳恩道：“你别告诉我你给我找的是 IN ？”

“就是 IN。”

“别开玩笑了，你怎么可能会……”说到一半，南佳恩突然想到了什么，拿出手机飞快地输入了“IN 娱乐”四个大字，结果在现任 CEO 那一栏里，看到了一个亮眼的名字。

IN 娱乐现任 CEO：顾以则。

他真没开玩笑，他还真有 IN 娱乐的资源！

她就说怎么当初看到 IN 娱乐资料的时候，觉得顾以则这个名字这么眼熟呢！

顾以则，这不就是顾以舟的亲弟弟吗？

“你干吗？你还想让我去 IN 搞事情吗？你还想让我和谈馨儿在一个公司？”

顾以舟低眸道：“想想难道不过瘾吗？”

“是有点过瘾。”南佳恩会意地点点头，转念一想，好像又不是这么回事，她侧脸道，“干吗？你这么想看我和谈馨儿互殴？”

“倒也不是。”他转过身，声音闷闷的，“只是觉得你不太安全。”

南佳恩：“也是，我长得太美，是不太安全。”

“嗯。所以……”他顿了顿，道，“你得留在我身边。”

/ 第四章 顾以舟那不靠谱的总裁弟弟 /

01

“所以，你得留在我身边。”

这种话，居然是从顾以舟的嘴巴里说出来的？！

然而第二天，顾以舟却像个没事儿人似的，依旧一丝不苟地工作。

南佳恩上午在工作室里给顾以舟打下手，下午戴上口罩和帽子去医院里见习。一个星期下来，大部分科室都被她摸了个遍。

每天下班后，顾以舟都会微信告诉她一下明天大概的工作内容。

忙起来的时候，顾以舟基本不回家，隔壁又成了空荡荡的房子。

某天晚上，南佳恩收到了顾以舟的一条微信。

信息内容言简意赅四个大字：“明晚签约。”

她飞快地回了一条信息过去：“为什么是晚上？”

顾以舟：“白天上班。”

南佳恩：“哦。”

隔天下午，南佳恩早早地就在停车场等着了。

顾以舟姗姗来迟，他手上提着两个礼盒，让南佳恩大跌眼镜。

不会吧？这礼盒该不会是为了她去打理好关系的吧？

他把礼盒放进车后备厢，拉开车门坐了进去。

车窗摇下来，南佳恩还在犹豫自己到底应该坐哪个位置。

“上车。”他道。

“哦……”

“副驾驶。”

南佳恩笑道：“好嘞。”

他修长的手指停留在方向盘上，倒车、转弯的操作一气呵成。

真厉害。不像她……到现在驾照还卡在科目三。

她刚刚在停车场等了很久，身上流了很多汗。七月酷暑，她还来了“大姨妈”，整个人都不舒服得厉害。

车内的空调温度控制在25℃，他侧过脸来，问：“冷吗？”

她摇摇头：“不冷。”

“你的脸色不太好。”他道。

她拉下副驾驶座的挡光板，对着上面的小镜子观察了一下自己的脸。

没办法，她一来“大姨妈”整个人都没血色，而且小腹隐隐作痛，虽然不影响她的正常活动，但就是感觉不痛快。

南佳恩摇摇头，道：“没事，反正我长得好看，不打紧。”

顾以舟的手一顿，嘴唇抿了抿，没说话。

她微微偏过脸，余光恰好可以把顾以舟的侧颜看个完全。

他开车的时候就和他工作的时候一样认真，面部绷着，神情淡漠，一点都不可爱。

车子经过闹市区，缓缓往南开。

过了红绿灯上高架的时候，南佳恩才蓦地反应过来：“不对啊，这不是去IN的方向！”

顾以舟淡定地道：“我没说过要去IN。”

“你不是说去签约吗？”南佳恩傻眼了。

“我找我弟还需要去公司找吗？”

被顾以舟的反问噎住，南佳恩说：“那我们去哪儿？去吃饭吗？”

时间是下午六点，正是饭点。

“嗯。”顾以舟应了一声。

半个小时后，车子稳稳当当地停在了一栋别墅的门口。

南佳恩下了车，四处打量了一下，问："这是哪儿？"

顾以舟熄了火下车，道："我家。"

"你家啊。"南佳恩点点头，两秒钟的反应时间一过，她后知后觉地抬起头，不可置信地问，"这是你家？"

"对。"

这个人做事怎么喜欢先斩后奏？提前说一声会死吗？

完了完了，那她今天是不是除了要见顾以则之外，还要见他的父母啊？

南佳恩低头看了眼自己穿着的衣服……好土。

她小声问："你们这儿附近有没有什么商场？我想去买件衣服换一下。"

"没有。"

"我今天好丑。"

"不丑。"

他走到车子后面，打开后备厢，把里面的礼盒拿出来，自己拿了一个，另外一个交给了南佳恩。

她一脸蒙："干吗？"

"事先没告诉你是来我家吃饭，怕你觉得空手来不好意思，帮你买好了东西。"

南佳恩咽了咽口水："顾以舟，你总是习惯性地把所有的事情都考虑好吗？"

他把车钥匙收了起来，目光淡淡地扫过她的脸，轻声道："不是。"

"我总觉得你会把所有的事情都准备好。"南佳恩低头看着手中的礼盒，声音闷闷的。

"不是。"他又重复了一遍，转过身，"我并不是对所有人都这样。"

她一愣。

"走吧。"他迈开步子。

南佳恩小跑着跟上去："喂，你刚才是不是话里有话啊？"

"是啊。"他耸耸肩，侧过脸来，问，"你分析一下？"

"拉倒吧。"南佳恩摇摇头，"高考语文不及格的人，哪里会说什么有深层含义的话？"

顾以舟的脸瞬间就黑了。

他加快步子，跑得飞快。

“你等等我啊！”她追在后面，急得张牙舞爪。

这是一栋位于市区南部的别墅区，有连体别墅和独栋别墅。

顾以舟家住的是独栋，别墅上上下下的每一块砖上都写着“有钱”。

别墅的门是虚掩着的，顾以舟推开门走进去。

玄关处站着的中年妇女应当是别墅的阿姨，她接过顾以舟和南佳恩手中的礼盒，从鞋柜里拿出两双拖鞋递给两个人。

“以舟回来了啊。”阿姨微微一笑，“带女朋友回来啦？”

南佳恩赶忙摆手，顾以舟轻描淡写地说：“还不是。”

阿姨点点头，道：“以则还没回来，说是公司里有个会。”

顾以舟换好鞋子，看了眼挂钟的时间，说：“这个点他不会开会的，他下班之后一分钟都不会想工作。”

阿姨笑了一声：“还是你了解他。”

“去飙车了吧？”问句，却是笃定的口气。

阿姨道：“这几天董事长和夫人不在家。”

顾以则的臭毛病，他还能不知道。

“不急。”他转头看了眼南佳恩，对阿姨说，“拿点水果和小食来吧。”

“好。”

南佳恩换好拖鞋，蹑手蹑脚地走到客厅的沙发前坐下。

顾以舟在一边看平板，她瞥了一眼，屏幕上尽是一些她看不懂的符号。

这两兄弟真是两个极端。

一个是不管上班下班时时刻刻都要扑在工作上的哥哥，一个是下了班根本就不想碰工作的弟弟。

“住这种豪宅……顾以舟，你的命也太好了吧。”南佳恩拿起阿姨递给她的水果盘，吃了起来。

顾以舟忙着看报表，答了一句：“离单位太远了，回来住会浪费我很多时间。”

这个人，除了工作还是工作。

南佳恩小声嘀咕：“你住哪里不都一样，不管你住哪儿都不会回去。”

“花半里的房子我还是回去过几次的。”花半里就是他们住的小区的名字。

“你花半里的房子啥时候买的？你怎么会想到买那儿？那儿距离你当时工作的单位不也是蛮远的吗？”

她问了一大堆，好像戳到了顾以舟的一个未知的点，他没吭声。

南佳恩百无聊赖地刷微博，突然姜浩的群里传来了最新的消息。

“哇，Colin 真不错啊！”她自言自语。

没想到他居然真的过了独木桥，争取到了这部戏男二的位置！

听到 Colin，顾以舟瞥了眼她的手机屏幕，还是没说话，表情有些臭。

“我早就跟你们说过了，这个宣传活动我是不会做的！”门外传来了男人的声音，语气很不好，“有时间给他们几个做宣传，不如让他们几个去磨炼演技！戏都演成什么鬼样子了，还好意思要宣传。说出去这是我们公司的艺人，简直丢我的脸！还有，下班之后请不要给我打电话说工作上的任何事情！挂了。”

然后是大门关上的巨响。

南佳恩盯着刚从门外进来的男人。

玄关处的人忙着换鞋，压根儿就没注意到客厅里坐着的两个人。

直到看到柜子上放着的礼盒，男人才蓦地开口问道：“方姨，我哥回来了吗？”

“回来了回来了！”方姨从厨房里赶出来，“以则回来了？你哥在客厅坐着呢。我去烧菜。”

顾以则这才回头看向客厅的沙发处。

“哥？”顾以则脸上的表情终于舒展了开来。

顾以舟放下手中的平板，起身道：“顾总裁火气不小。”

顾以则反唇相讥：“顾博士的脾气也不小哦。”

这是亲兄弟的相处模式？

“新女朋友啊。”顾以则打了个哈哈儿。

顾以舟忍住暴跳的太阳穴：“她是南佳恩。”

“哦，南佳恩啊。”顾以则本都走到了厨房门口，突然像是想到什么似的，猛地折回来，盯着她，“演《倾城》的那个南佳恩？！”

南佳恩：“对。”

“那个戏不错！”顾以则点点头，“我哥眼光真不错。”

“她是来签合同的。”顾以舟的声音更沉了。

顾以则又点点头：“好啊。”

顾以舟见他两手空空，摊手问他：“所以，合同呢？”

顾以则沉默了足足有十秒钟。

“对啊，我的合同呢？”

02

顾以则这个人，真是南佳恩见过的大大小小各类总裁中的一朵奇葩。

想来这么多年，顾以舟也真是操碎了心。

南佳恩偷看了眼此时顾以舟的脸色，他倒是气定神闲，似乎早就料到会是这样的结果了。

顾以则也偷瞄了一眼自家大哥。

长这么大天大地大谁都不怕，就怕生气起来的顾博士。

顾以舟打开平板电脑，转过脸来道：“我去楼上打印，你们在楼下等我。”

南佳恩和顾以则面面相觑。

顾以则道：“你别见怪，我哥那人就这样。”

南佳恩点点头：“你真的要签我吗？我和你们 IN 的小花旦谈馨儿可是老死不相往来的。”

“知道。”顾以则笑眯眯地说，“我罩着你，你别怕。再怎么说，我哥这半辈子也就委托我干了一件事，说什么也得给他面子。”

合着她能进 IN 全凭顾以舟的面子啊。

顾以则又道：“再说了，就谈馨儿的演技，要不是因为 IN 的资源好，她哪里还当得上什么花旦。”

对自己艺人都充满嫌弃，没想到你是这样的顾以则。

“不过话说回来，虽然我们 IN 的艺人有几个的演技确实拙劣，但剩下的大部分还是能打的。”顾以则咬了一口苹果，含混不清地继续讲述，“你放心，你到 IN 来最好的一手资源一定给你，认真的。”

哇，抱大腿的感觉真好。

“我哥那人就是个老古董，按照他的思维，是根本不能理解娱乐圈里面的事情的。所以……”说到这件事，顾以则气得脸都绿了，“要不是因为他高中毕业就出国远走高飞，学什么医学搞什么研究，我才不会沦落到来当这个娱乐公司的总裁！”

南佳恩噗地笑出了声。

“你见过谁家的大哥不去子承父业，要家里的老二来撑场子的？”顾以则气得浑身发抖，“就是他！只有他！”

“他为什么这么不喜欢娱乐圈啊？”南佳恩不解。

“谁懂他呢，榆木脑袋。”

“以舟从小就对互联网这类的东西不感兴趣。顾家是做互联网起家的，因为网络运营好，有推手，有渠道，后来才开了 IN。大概是真的很不喜欢和互联网有关的东西吧。”方姨端着菜从厨房里走出来，顺嘴说了一句。

原来是这样啊。可是，这未免也太牵强了吧。她总觉得理由不单单只是这样而已。

“现在估计好点了，应该不讨厌了。之前回国那会儿不是还和谈馨儿相亲了吗？”说罢，他挑事儿似的看了南佳恩一眼，“听说那会儿他还问谈馨儿娱乐圈的事呢。”

“他为啥宁愿问谈馨儿也不问你？”南佳恩的关注点让顾以则大失所望，“是不是觉得你还没有谈馨儿靠谱？”

“……”

问谈馨儿关于娱乐圈的事情吗？南佳恩突然想到之前有一次，警匪片杀青之后在餐厅里碰见顾以舟和谈馨儿的事。

该不会他就是在问谈馨儿关于娱乐圈的东西吧？

南佳恩若有所思，冷不丁听到顾以则问：“所以，你跟我哥到底进展到哪一步了？”

她摇摇头否认：“你误会了，我和他其实……”

“别骗我。”顾以则拉开椅子坐下来，“我哥从来就没带过女人回家，更何况是娱乐圈的女人！”

南佳恩自怜自艾道：“可能在他眼里，我还不算是个女人吧。”

“开玩笑！一线花旦！”顾以则无情地拆穿她仅剩的借口，“总之，你不得不承认，我哥对你是不一样的。”

是吗？顾以舟对她真的是不一样的吗？

南佳恩有些怔。

她赶紧把自己的念头掐灭在摇篮里。

对顾以舟这个人吧，她才不会有什么期待。

“我跟我哥很久不联系了，再联系居然是为了个女人。”顾以则摇摇头，“兄弟如手足，女人如衣服。兄弟是蜈蚣的手足，女人是过冬的衣服。世态炎凉，唉。”

南佳恩：“你放心吧，他不止虐你一个人。”要知道，她可是被虐得最惨的那个。

“哦，那我就平衡了。”

打印完合同的顾以舟从楼上下来，手里拿着一沓厚厚的纸。

顾以则啧啧两声：“哥，你啥时候跟我的女秘书勾搭上的？连我们 IN 的签约合同都搞到了？”

顾以舟乜斜了他一眼：“看完再说话。”说着，直接把合同往他脸上丢。

顾以则接过一看，瞬间傻眼。

“啊？这不是小秘书拟的合同吧？”顾以则一脸蒙地看着自己大哥，“你自己拟的？”

南佳恩瞥了眼这么厚的合同，瞬间否定了顾以则的猜想。

这么厚的合同，要拟多长时间？况且顾以舟对娱乐圈的事情一窍不通，要是从零开始研究，他得耗费多少时间？绝对不可能是他自己拟的，有这个时间他宁愿去看显微镜。

估计可怜的朱麟又当了冤大头。

顾以舟没回答，只是轻描淡写地吐出一句话：“你们看下有没有问题，没问题的话，就签了吧。”

然后，顾以则还真的就正儿八经地开始看合同。

“这么细！”顾以则恨不得把眼睛都贴在纸上看，一条条看得他头皮发麻，“我说哥，你从哪儿搞来的这么细的合同？你这完全可以当我们 IN 明年的合同模板。”

“不可以。”顾以舟一板一眼地纠正，“每个人有每个人适合的合同，你们公司法务部和你的小助理会搞定。这个合同只适合南佳恩。”

只适合南佳恩？她的心突然漏跳了一拍。

虽然朱麟当了冤大头，但是只要想到这份合同是只适合她的，是他只为她一个人准备的……

南佳恩的心里还是乐开了花。

“哟！”顾以则夸张地捂住了脸颊，“只适合南佳恩哦！我牙都酸了。”

顾以舟把桌上的螃蟹挪过来，道：“牙酸就少吃点，尤其是这种需要借助牙齿的菜。”

顾以则憋屈得要掀桌：“顾博士，你太偏心了！”

“都是为你好，顾总裁。”

顾以则懒得理他，拿出签字笔就在甲方一栏签了字，随后把笔递给南佳恩。

南佳恩翻了一遍，随后在乙方一栏签了字。

顾以则留了两份合同下来，挥挥手道：“总算搞完了，我要吃饭。方姨帮我盛饭。”

螃蟹近在眼前，蠢蠢欲动的南佳恩在顾以则的龇牙咧嘴中吃了大半盆。

“哇，方姨你的手艺也太棒了吧！”

顾以则没得吃，只能淡淡地说：“谈馨儿每顿就吃你的十分之一。”

南佳恩脸上一热：“我不管，胖瘦不影响颜值！”

南佳恩说着，又扒了几口饭，满意地舒了口气，突然小腹内部一阵涌动。

她站起身，一瞬间，“惊涛骇浪”。

要完。

“我去上厕所。”

“卫生间在二楼右手边，房间里面。”顾以舟提醒。

南佳恩刺溜跑上二楼，晃了一圈之后终于找到了顾以舟所说的卫生间。

果然“血崩”了。

南佳恩欲哭无泪。

等等！她好像忘了什么事！

南佳恩伸手拿卫生纸的那一刻，突然想到了自己放在顾以舟工作室柜子里的那一包卫生巾。

咋办!

南佳恩坐在马桶上寸步难行。

就这样待了足足有五分钟，南佳恩弱弱地喊了一嗓子：“顾以舟。”

没人回应。

她在二楼的房间里，距离一楼餐厅距离不近，于是她使出吃奶的劲儿又喊了一声：“顾以舟！顾以舟顾以舟！快救我！”

楼下优雅吃饭的顾博士总算听到了楼上的呼救，他想了想，走到茶几边拿起南佳恩的包往楼上走。

“喏。”他的人身留在门口，手臂通过门缝把包递了过去。

“那个，”南佳恩小声地说，“我没带卫生巾，这儿有吗？”

“我妹住校，房间锁了。”

“那咋办？”

顾以舟把她的包收了回去。

还能怎么办？顾以舟头都大了。

“我出去买。”

南佳恩注定这辈子也忘不了在这间陌生的卫生间里度过的漫长等待时间。

外面忽然下雨了。

她听见打雷的声音，还有瓢泼大雨的声响。

顾以舟有没有带伞啊？她记得距离这里最近的便利店也有挺长一段距离。

大概等了十多分钟，顾以舟回来了。

他站在门外，问：“你用哪个牌子的？”

“什么？”

什么鬼？他不会全都买了吧？

“棉质还是网面？”顾以舟又问。

南佳恩：“那个，苏菲……全棉的。”

她听见他的手在塑料袋里翻找的声音，不一会儿，一袋崭新的卫生巾递了进来。

他的手上湿漉漉的。

南佳恩的心蓦地一动。

“喂……顾以舟。”南佳恩闷闷地叫他的名字。

“怎么了？”

“那个……”她欲言又止。

“说。”

“我……需要一条裤子……”

顾以舟：“什么？”

南佳恩隔着门，面红耳赤：“我裤子脏了……”

“……”

03

她看着自己裤子上的那一摊血迹，心虚地叹了口气。

没有什么比现在这种情况更丢脸的了。

“先出来。”顾以舟道。

“哦，好……”

南佳恩脑袋在门口停留了片刻，看见了站在不远处的顾以舟，这才慢悠悠地捂住屁股出来了。

顾以舟在房间门口，道：“我去给你买。”

她赶忙阻止：“不用了，实在没有就算了，反正我一会儿就回去了。”

南佳恩望着顾以舟，他身上湿透了，整个人都在滴水。

她良心过意不去：“你先去洗澡吧，别感冒了。”

“我洗完澡送你回家。”

“好……”

裤子上弄脏了一块，南佳恩也不敢坐。顾以则在楼下看电视，见她在二楼的楼梯口晃悠，还捂着屁股，问：“你痔疮犯了？”

南佳恩没好气地答：“你才痔疮犯了！”

她的小腹传来极度不舒服的感觉，上完厕所似乎并没有让她缓解生理上的苦楚。

“南小姐，你手机响了。”楼下洗碗的方姨喊她。

南佳恩跑下楼去。

是于晓曼的电话。

电话那端很嘈杂，震耳欲聋的音乐差点没把她的耳膜震碎。

“你今天钥匙没带吧？”于晓曼问。

“我带了啊。”她记得她早上把钥匙塞进包里的。

“不会吧，我这里有两把钥匙。”

闻言，南佳恩把自己的包里里外外翻了两遍，居然真的没有找到钥匙。

奇怪，她明明记得她放了的！

“我好像是没带。”

“我今晚不回家。”于晓曼在电话里喊道，“我一个朋友来找我了，我俩现在在酒吧。”

南佳恩蒙了：“大姐，你不回家我怎么办？”

“你现在在哪儿啊？”她明知故问。

“早上跟你讲过了，我今天跟顾以舟去签 IN 的合约。”

“你不是跟顾以舟在一起吗？那你怕啥，顾以舟难道还会让你露宿街头？”

“你别说，这种事他可能真做得出来。”

“呸，是个男人都不会这样做的好吗？你真的是一点都不了解他。”于晓曼在电话里把她从头到脚数落了一遍，接着又说，“外面雨下得特别大，我和我朋友都没车，回不去啊。”

“打车……”

于晓曼打断了她的提议：“打车是不可能的，这辈子都不可能的。”

到底想怎样啊？

“我先不跟你说了啊，我朋友喊我喝酒。”于晓曼说着就要挂电话。

“喂，晓曼……大姐！大姐……”

回应她的只有手机挂断的忙音。

南佳恩握着手机在偌大的一楼来回跑了十几圈。

一旁看电视的顾以则被南佳恩的脚步打乱了思绪，他盯着南佳恩的裤子看了好半天，随后忍不住，哈哈大笑起来。

南佳恩扭头：“你疯了？”

顾以则指了指她屁股的位置。

糟了，忘了这回事！

南佳恩火急火燎地转过身，正脸对着顾以则，不让她看到自己裤子上的那一摊血迹。

顾以则笑眯眯地说："看样子，你今天是要住在我们家了啊。"

"谁……谁要住你们家了？"

顾以则撇撇嘴，耸肩，道："你呀。"

"我等会儿要回去……"

"你连钥匙都没有。"顾以则直接驳回了她的话。

这家伙居然还偷听她讲电话！

南佳恩支支吾吾了好半天："我可以住酒店。"

"哦，是吗？你带身份证了吗？"

"没有。"

"哈哈哈！"顾以则笑得毫不避讳。

南佳恩怒道："闭嘴！反正我不会住你们家的。"

"一线花旦雨夜露宿街头，好惨。"

听上去是好惨。

南佳恩穿着拖鞋跑上了楼。

顾以舟买的"姨妈巾"还放在刚才那个房间的桌子上，南佳恩凑近翻了翻，足足有几十包，他怕是把整个超市的"姨妈巾"每一款都买了一包吧？

一想到冷面顾博士一本正经地在逛超市买这个，南佳恩就想笑。

她在想，等会儿怎么跟顾以舟开口。

"喂，顾以舟，我没带钥匙回不去家了，要不然你收留我一晚上吧？"

不行，怎么能语气这么软地求顾以舟呢？

"那个啥，顾以舟啊，是这么回事，我觉得你和顾以则两个人很无聊，对吧，我难得来你们家一次，我知道你们肯定很想留我过夜，所以，我就勉为其难地留下来，算是对你们最好的奖励了。"

到时候那个浑蛋一定会说："你不用勉强自己，你还是走吧。"

"于晓曼说今天不回家，我又没带钥匙，你说我该咋办？"

顾以舟一定会骂她："我看你不仅钥匙没带，脑子也没带。"

她闭着眼睛都能想得出来顾以舟嘲讽她的那张脸。

怎么样才能直接而又不失体面地告诉她，她今晚回不去家了呢？

思考了很久，南佳恩做了一个大胆的决定。

她拿出手机，编辑了一条微博，三分钟后，点击发布。

“出门居然没带钥匙。怎么办？我好慌。在线等，挺急的。”

她特意配上了一张精致的自拍照，刚发出去，她听到隔壁房间里有手机的提示音。

听声音，应该是微博的提示音。

啊，那不是顾以舟的手机吗？

她一发微博，他的手机微博就有提示音，该不会……

好奇心作祟，她悄悄地走到了隔壁房间，缓缓地往放着顾以舟手机的床头柜边上移动。

这是顾以舟的房间没跑了，看这个色调就知道。

他总是喜欢黑白灰三色，他喜欢的颜色就跟他本人的个性一样冷淡，所以他房间的陈设是这个样子，南佳恩一点也不奇怪。

黑色的桌椅和橱柜，灰色的沙发和台灯，白色的床和墙壁，窗帘也是浅灰色的，就连墙壁上挂着的钟也是黑色的。

手机的屏幕还没有熄，南佳恩蹑手蹑脚地凑过去，发现的确是一条微博的推送，而且是特别关注。

她只看到弹窗最上端的“特别关注”四个字，还没来得及看内容，手机就息屏了。

南佳恩伸出手，食指在半空中悬了很长时间，没敢往下摁。

虽然她知道，只要一按键，刚才的弹窗内容就会跳出来，但要是被顾以舟知道了，应该会很生气吧？

他是一个很注重隐私防范意识的人，应该最不喜欢别人随意翻看自己的东西了。

再好奇也憋着吧……南佳恩泪目。

她想了想，决定离开这个是非之地，结果刚一转身，一只手就覆住了手机，她没想到顾以舟会突然出现，而且还是以俯身的姿势，她一个没站稳，直接一屁股坐在了顾以舟的床上。

他的右手撑在床头柜上，整个人弯曲着身子，脸上还冒着热气，头发湿漉漉的，没吹。

顾以舟穿着一件浴袍，乳白色的浴袍下，性感的锁骨若隐若现，南佳恩的眼睛正对着他喉结的位置，她明显看到顾以舟的喉头滚动了一下。

“来都来了，不看一下再走？”他问。

他用了漱口水，唇齿间有好闻的薄荷香气。

南佳恩赶忙摇头：“我不是故意想来的……”

顾以舟表示赞同：“嗯，是你的脚走过来的，和你没有关系。”

这个人，真是喜欢戳穿别人。

南佳恩鼓起嘴巴，说：“我没有看……”

他点头：“我知道。”

“你能不能让开一下……你身上好热。”

说着，她往后缩了缩，别开视线，不敢继续看他身体的线条，谁料她往后缩的同时，突然想到了自己裤子上的血渍。

完了，他的床单可是白的！

南佳恩当即弹起来，结果脑袋结结实实地磕到了顾以舟的下巴。

“啊……对不起！”她伸手想要揉自己的脑袋，又撞到了他的手。

她赶忙往后躲，慌乱中扯到了他腰间的系带，顾以舟身体失衡地往前倾，她就这样倒在了顾以舟的床上，顺带把顾以舟也带倒了。

南佳恩：“……”

顾以舟：“……”

他的双手及时地撑住，才没有整个人都压在她的身上。

顾以舟的鼻尖擦过她的唇畔，她只觉得自己嘴唇被蹭过的地方一阵火辣辣。

他头发上的水滴在了她的睫毛上，她下意识地闭起眼睛，再睁开，是他放大的脸。

04

时间仿佛静止了一般，南佳恩在黑白两色的世界里捕捉到了唯一的一抹光。

此刻，万物静默，只剩下彼此的心跳和呼吸。

上一次和他这样近的距离，还是在学校毕业的时候。

那时，青涩懵懂。

但南佳恩始终记得，夕阳下，体育器材室的那个无意间发生的吻。

她和他的初吻，是蜻蜓点水似的轻微触碰，然后迅速地分开。

南佳恩在夕阳的余晖下羞红了脸，推开门跑了出去。

那是她全部的记忆。

猛然从回忆中抽身，南佳恩睁大眼望着顾以舟的脸。

他不再青涩稚嫩，和印象中的少年相比，他的五官长开了，鼻子更高挺，目光更深沉，下巴有细细的胡茬，被他修整得很干净。

她看着他，他也看着她。

四目相对，南佳恩努力平复自己的心，结果发现不论她怎么努力，在看到顾以舟的时候，自己的心还是扑通扑通地跳个不停。

两个人维持着这样尴尬的姿势，南佳恩极力寻找不那么苍白无力的开场白，直到门口忽地传来顾以则的咳嗽声。

“咳！”

南佳恩像是触电一般，猛地推开顾以舟，她慌慌张张地站起身，手都不知道要放到哪里。

顾以舟的眉头微微一动，他紧抿着唇，脸上没什么表情。

站在门口的男人啧啧了两声，一头金色的头发格外招摇，顾以则摊手道：“不好意思，我也不是故意打扰你们的。只是我没有想到，你们这么大胆，连门也不关。”

南佳恩赶忙摆手：“不是你看到的那样……”

顾以则走过去拍了拍她的肩膀，安慰道：“好啦，大家都是成年人了，不用解释的。”

顾以舟淡漠道：“知道自己坏事还赖着不走。”

“行行行，我走。”顾以则被嫌弃，不满地说，“方姨刚才让我来问你们吃不吃水果，不过我看你们这样，就算饿，也对水果没什么兴趣吧？”

顾以则走之前还不忘把门给关上。

南佳恩往旁边撤了几步，双手捏在一起，压根儿就不敢抬头看顾以舟。

顾以舟拿起手机，沉声道：“下次想看手机就看吧。”

南佳恩惊讶地抬起头：“你不是最讨厌别人窥视你的隐私吗？”

“我拦得住你的人，拦得住你的好奇心吗？”顾以舟一个反问。

她闷闷地答：“我才不想看你的隐私，我对你的秘密可是一点兴趣都没有。”

“哦？是吗？”顾以舟看了眼手机的信息，继而道，“既然如此，我送你回去吧。”

南佳恩头皮发麻，回不去啊，大哥！

南佳恩清了清嗓子，说：“那啥，要么你先刷会儿微博。”

“不刷。”顾以舟一口拒绝。

“看一下！微博上有很重要的事情！”

“有话快说。”

顾以舟一脸冷漠。

“哦。是这样的……”南佳恩硬着头皮地阐述了一下自己的窘境，“我出门的时候……”

她一边说，一边偷偷地瞄顾以舟的臭脸，生怕他把自己丢出去。

末了，她小声地问了一句：“你们家这么大……客房有的吧？”

“有。在楼上。”

“那我……”

顾以舟把她拎了回来：“你住我这儿。”

“啊？”她一愣。

顾以舟解释道：“楼上客房已经很久没有人住过了，需要整理打扫。”

南佳恩赶忙说：“我去打扫就行了，你不用担心。”

“我是担心我们家客房。”

顾以舟找出吹风机，回到卫生间里开始吹头发。

南佳恩走到卫生间门口，双手扶住门框，脑袋凑过去，想说话又不好意思开口。

她就这样站在门口看了顾以舟将近十分钟。

而后，顾以舟关上吹风机，目光静默地扫过南佳恩的脸。

“内裤我妈房间里有新的，可以给你。”顾以舟打开房间的衣柜，找了一件白色的衬衫，递给她，“穿这个，挺大的，当裙子吧。”

“哦……好。”南佳恩接过他手中的衬衫。

“洗澡去吧。”他说。

南佳恩做梦都没有想到，居然会在顾以舟的房间里洗澡！

莲蓬头里哗哗地流水，南佳恩站在浴室里，脑海里全是刚才在他房间里的“意外”。

她伸手捂住脸，娇嗔了两声，满脑子的胡思乱想。

砰砰砰！有人敲门。

“南小姐，衣服我给你放在门口的置物架上了。”是方姨的声音。

“好，谢谢方姨！”

南佳恩胡乱地冲洗好自己的身子，拉开浴室的磨砂玻璃门走出来。

置物架上放着一件叠得整整齐齐的男士白色衬衫和一条崭新的蕾丝花边内裤。

顾以舟的衬衫……

右手覆在他宽大的白色衬衫上，柔和的触感萦绕在她的指尖。南佳恩用指腹轻轻地摩挲了几下他的衣服，眼前浮现起顾以舟穿白衬衫的好看样子。

他一直都很喜欢穿白衬衫。以前高中的时候，他就喜欢穿白衬衫，这么多年了，一点儿都没变。

男士衬衫对于她来说很大，她的个子本来就不是很高，顾以舟的身材却很精壮。

南佳恩看了一眼衬衫上的尺码，默默地记下了。

等等……她为啥要记他的尺码啊？

自从来了顾以舟的豪宅之后她就变得很奇怪。

南佳恩拍拍脸，试图让自己恢复正常。

南佳恩把浴室里收拾了一下，换好衣服拖着拖鞋跑出了门。

顾以舟在三楼，南佳恩一股脑跑到三楼，晃了一圈之后，找到了顾以舟口中的客房。

他正在收拾东西，背对着她。

南佳恩四处看了一眼，发现客房比他的房间小了一半，而且很长时间没有住人，虽然似乎也打扫过，但空气中还是弥漫着一股让人闻上去不舒服的异味。

听到了南佳恩的脚步声，顾以舟头也没回，问：“洗好了？”

“洗好啦。”

“还有事吗？”

她老实巴交地答：“没有……”

“早点休息吧。”他铺好了被子，转过身来，一瞬间，波澜不惊的眸子微微闪了一下，目光微沉，移开视线，“别晃来晃去了。”

南佳恩跑到他面前，恨不得把手机举到他的脸上：“拜托，大哥，现在才几点！这才九点钟！”

好不容易不用看到她，她又跑过来，顾以舟的头都大了。

他再次转移视线：“我要睡了。”

南佳恩像是泄了气的皮球似的，有些无奈地耸耸肩。

她抬起眼皮，试探性地问：“你不会生气了吧？我没把你的床单弄脏……要不你还是睡楼下去吧，我睡这里。”

反正有床就行了，以前她跑外地剧组的时候，什么样糟糕的环境她没睡过。

“下去。”顾以舟的语气有些生硬，他转过脸来，眼睛停留在她穿着的衬衫上，又很快看向了别的地方，“总之你别在我面前晃。”

“哦。”南佳恩有些委屈地应了一声。

“喂。”

走到门口，顾以舟在背后叫她。

她顿了一下，随后佯装满不在乎的模样扭过头去，没好气地问：“干吗！”

他的眼神飘忽不定，随口扯了一句：“明天早上你想吃什么？”

这个人怎么突然问她明天想吃啥？

南佳恩气鼓鼓地说：“不吃！不在你面前晃！再见！”

在气势上完胜，南佳恩心满意足地回过身走了。

顾以舟叹了口气，手心里沁出了细密的汗珠，差点……就白洗澡了。

05

凌晨一点。

南佳恩猛地从睡梦中惊醒。

小腹传来愈加清晰的疼痛感，南佳恩靠在枕头上。

窗帘摇动，冷气吹得她头疼，即便是裹着被子，她也觉得凉。

似乎这一次的痛经比以往更厉害一些。

南佳恩缓缓地从床上爬了起来，打开卫生间的灯，她发现镜子里的自己脸色苍白。

她在马桶上坐了几分钟。

小腹传来的疼痛更加剧烈，她右手撑在自己的大腿上，喘着粗气。

好痛……是不是吃了什么刺激性的东西，疼得这么厉害。

她已经丧失了思考的能力。

南佳恩拖着疼痛的身子，打开顾以舟卧室的门，找了半天也没找到走廊灯的开关。

她折回去，拿起手机给顾以舟弹语音电话。

打了好几次，顾以舟都没有接听。

“好痛……”

南佳恩捂住小腹，疼得直抽气。豆大的汗珠顺着她的额角往下落，她每吸一口气，都牵动着全身上下的神经。

找不到走廊灯的开关，南佳恩只能借助手机的手电筒摸索出上三楼的路。

“顾以舟……”她靠在三楼客房门外的墙上，弱弱地喊他的名字。

没人回应。

南佳恩欲哭无泪地挪动着身子，东倒西歪撞进了客房。

“喂，顾以舟……”她有气无力地喊了一声。

“嗯？”

漆黑的夜里传来喑哑的嗓音，南佳恩的鼻子瞬间就酸了。

啪！

房间里的灯亮了，南佳恩眯起眼睛，顾以舟坐在床上，睡眼惺忪得像个小孩子似的，他揉了揉有些凌乱的头发，问：“怎么了？”

“我肚子疼……”她指着自己的小腹，略带哭腔，“你家里有止痛药吗？我疼得受不了了。”

顾以舟顷刻间清醒了许多，掀开被子走下床，伸手探了探她的额头。

温暖的手背贴在她沁出汗的额头，柔腻的触感像是有小猫用爪子在挠他的心口，一下一下，痒呼呼的。

“不发烧。只是肚子疼吗？”顾以舟收回手。

“对，就是肚子疼。”

顾以舟叹了口气，道：“吃了冷的？”

“没有……”南佳恩摇头，“我这几天都有特别注意的。”

顾以舟突然想到了什么：“你今天螃蟹吃太多了。”

“螃蟹是热的！”南佳恩一本正经地纠正他的错误。

“螃蟹是寒性的。”他道，“经期不能多吃。”

南佳恩心里一惊。难怪了……她吃了这么多，今晚他们家的螃蟹基本上都是她吃的。

顾以舟上下打量了她一眼，问：“能走吗？”

能……南佳恩刚想说话，想了想，眼珠子一转，“哎哟”一声，戏上身：“走不动了……”

意料之内的答案。顾以舟显得很平静，甚至都懒得戳穿她的谎言。

他微微躬身，伸手扶住她的肩膀：“我扶你走。”

静谧的夜里，昏黄的廊灯下，两个影子紧紧地贴合在一起。

顾以舟把她扶回了房间，又去楼下给她倒了一杯热水。

他不知道从哪里变出来一个热水袋，灌满了热水之后递给她：“放在肚子上。”

她靠在枕头上，一张小脸苍白得吓人，顾以舟坐在床边，等了她一阵子。

南佳恩闷头喝了一口热水，一缕碎发落下来，顾以舟下意识地伸出手，随后手停留在半空中，他愣了愣，很快又收回了手。

“我不是故意打扰你睡觉的……”得了便宜，她赶忙认错。

顾以舟的声音淡淡的：“没事。你早点休息，我走了。”

他站起身，还没来得及走一步，手腕处突然传来了微弱的触感。

南佳恩一把抓住了他的手腕。

顾以舟浑身上下像是流过一阵热烈的电流，像是要把他的脑袋都炸开。

他的喉头轻微动了一下，理智告诉他，他不应该再在这里逗留一秒钟了。可是……

顾以舟回过头，漆黑的眸子一沉，里面流转着某种南佳恩参不透的意味。

她像是个小猫似的蜷缩着身子，可怜巴巴地说：“你别走。”

步步生风的顾博士立马就走不动道了。

尽管如此，他还是绷紧一张脸："说。"

"肚子疼……好疼！"南佳恩夸张地指着自己的肚子。

她的动作一帧一帧地拆开来，都像是电视剧里貌美的女主角。

顾以舟内心一动，搞不懂，他怎么也变成了看脸的男人。

她戳戳手指，望着顾以舟："真的……"

窗帘微微拂动，沙沙作响，南佳恩的心被撩得痒痒的。

顾以舟坐了下来，轻轻地掀开了她的被子。

"那我帮你揉一会儿。"

她来不及反应，一只宽大温热的手覆在她的腹部，顾以舟试探地揉了几次，似乎是找到了最合适的力度，这才缓缓且有规律地移动着自己的手。

这让南佳恩想起了过去……

"南佳恩，你是不是来例假了啊？"

"你怎么知道？"

"你裤子脏了。"

"天呀，不会吧？！"

高中时候的体育课，他把自己的校服外套给她系在腰间。

南佳恩面红耳赤，他却像是没事儿人似的，还在叮嘱她。

"南佳恩，不能吃冷的。"

"晚上早点睡觉。"

"是不是有点疼？我帮你揉一会儿吧。"

任何平凡细小的事情冠上了顾以舟的名字之后，都会变得生动。

总有人问爱情是什么。

对于南佳恩来说，爱情就是每一个不起眼的瞬间和每一件不停重复的琐事，在顾以舟的陪伴下，都会脱离事物本身的无趣和困难，转而熠熠生辉起来。

这么多年，她再也没有遇到过一个人，会缓解她的每一次痛苦，让她正在经历的和即将经历的，变得有意义和有所期待。

可是……那是十年前的他。

她偷偷地看了一眼顾以舟，惊讶地发现他也在看自己。

"咳。"顾以舟干咳了一声，"你躺下来睡吧。"

"你要走了吗？"

顾以舟摇头："我不走。"

得到想要的答案，她这才乖乖地闭上了眼睛。

不知道过了多久，南佳恩终于睡着了。

顾以舟收回自己有些发酸的手，抬眼确认了一下时间，已经是凌晨两点半了。

折腾到现在，他已经没有困意了。

空气中传来她均匀的呼吸声，熟睡中的南佳恩不吵不闹，安静得就像是等待王子采撷的睡美人。

顾以舟望着她的脸，眼神温柔。

她的睫毛轻轻地颤动着，像雨天的蝴蝶扑闪着自己脆弱的翅膀，每动一下，都格外迷人。

长发凌乱地散在枕头边，酣睡的南佳恩真乖，乖得有些犯规。他这样想。

顾以舟站起身来，给她掖好被角。

他说不清自己的心为什么会颤抖，更不明白自己为什么会关灯之后即将离开的那一秒，低下头去，轻轻地吻住了她的额头。

他甚至不知道，自己为什么会想，要是时间能永远停留在这一刻就好了。

雨不会停，天不会亮。

要完。

这是南佳恩醒来之后的第一反应。

没什么比口水流满了顾以舟的枕头更让人想死了。

趁顾以舟没发现，南佳恩偷偷地把他的枕套拆了下来，顺手塞进了自己的包里。

还好带的是个大包，不然肯定会被顾以舟发现，被他发现她就死透了。

她翻箱倒柜找到了新的枕套，笨手笨脚地换完之后，准备开溜。

等她把他的枕套洗完，再悄悄地送过来，那就没有人会知道她睡觉流口水了。

"喂，南佳恩！"这两兄弟喊人都是一个德行。

顾以则抓了抓自己的金色鸡窝头，站在门口，目睹了全部作案过程。

"干吗？"

"你睡觉流口水哦？我要告诉我哥！"

这个浑蛋。

南佳恩伸手拧住顾以则的脸颊，疼得顾以则当即就清醒了。

“哇，你干吗！好疼！”

“疼就对了！”南佳恩瞪他，“敢说你就死定了！”

顾以则嗷嗷直叫：“南佳恩，我是你的老板……”

/第五章 今天也是后台贼硬的南花旦哦！/

01

吵归吵，闹归闹，该做的事情南佳恩还是一丝不苟地完成了。

白天实习，晚上看书、背剧本，南佳恩一夜回到解放前。

在顾以舟那儿受虐了半个月，姜浩终于发信息来说，让他们去摄影棚拍定妆海报。

终于可以逃离苦海！

南佳恩一溜烟跑得比谁都快。

然而合约转到 IN 才一个礼拜，就出事了。

她和 IN 是秘密签约，除了顾家兄弟、于晓曼还有顾以则的小秘书之外，就没有对外说过这件事了。

毕竟改签公司也没什么奇怪的，况且之前在朗空还是发生了点不愉快，她可不想再搞出什么幺蛾子来。

可是，她不想惹事，总归有人想来碰瓷。

南佳恩还在化妆间化妆，在场所有人的手机齐刷刷地都响了，清一色的是微博的推送消息。

几个娱乐圈的八卦大 V 号纷纷转发了朗空娱乐十分钟之前发布的长

博文。

博文没有指名道姓，但凡涉及南佳恩名字的内容，全部用“N某某”替代。

不知道撰文是谁，通篇都是朗空清一色的哭惨。

“爆！国内当红女演员、一线小花旦N某某（疑似南佳恩）被曝：拿着朗空最好的资源，火了之后就忘恩负义，拒绝续约的原因是狮子大开口，要天价的续约金！”

长博文刚发出十多分钟，就已经转发、评论过万，微博瘫痪。

网友A：“天哪，居然有这种事？纯路人，但是觉得这种过河拆桥的事真的恶心。”

网游B：“我到底喜欢了个什么玩意儿？这种人品，还能做公众人物？”

网友C：“没文化就算了，演技可以补上。但是没人品，拿命都补不上来。”

网友D：“恶心！”

一长串的网友评论都是负面的，一看就是郎空做了一手好文章。

离开朗空的时候，她是和金总闹得不太愉快，但是本来就是合约到期，她有权选择不续签，怎么现在搞得好像她不续签就是对不起朗空一样？

于晓曼当场就发飙了：“金磊真不是个东西！”

化妆间里的吃瓜群众已经就位，拿着手机就等给广大看戏的网友传递一手信息。

南佳恩吸了吸鼻子，把热评都看了过去。

网友1：“怎么回事？南佳恩怎么还不出来说话？她平常不是最喜欢蹦跶的吗？评论区的人的差评她都在线回怼，这都二十分钟了，她还不出来？”

网友2：“等着呗，事情闹得这么大，她怎么可能不出来说话？”

网友3：“没文化的人最喜欢跳脚了，等着就是了。”

网友4：“听说南佳恩以前上学的时候成绩特别差，她怎么考上的大学啊？文凭是买的吧？”

南佳恩拧着眉头看了半天，打开自己的刷评App就准备开始行动。然而，她看了眼铺天盖地的差评，这好像不是仅靠她App多开几个小号就能解决的事情。

于晓曼道：“我去趟朗空。”

“别……”

南佳恩话音未落，于晓曼就风风火火地离开了。

房间里还有几个其他的演员，Colin 也在，他刚定完妆，看到新闻，赶忙走过来安慰她。

“佳恩，你也不用放在心上，这种事情明眼人都知道你不是这样的人。”

“呵。”角落里传来一个女演员的笑声，“这大腿抱得真卑微……”

南佳恩顺着声源的方向看去，是一个叫秦可依的女演员，三线，人气一般，配角专业户，是 IN 的艺人，和谈馨儿的关系很好。

“没办法，有瞎子，还不少。”南佳恩笑眯眯地说，“以前我总以为，瞎子也就是眼瞎，今天我发现，有些人不仅仅眼瞎，嘴巴还长了疮。”

“你说什么？”秦可依跳了起来，怒道，“南佳恩，你不要以为你现在火，就可以为所欲为！”

南佳恩白了她一眼：“你急什么，我又没说你。”

“你除了说我还能说谁？”

“说谈馨儿咯。”南佳恩直接把谈馨儿搬出来了事，反正大家都知道她和谈馨儿面不和心也不和，能用谈馨儿解决的事，绝对不扯到其他人。

秦可依不依不饶地说：“南佳恩，我劝你还是好好做人吧！你现在在朗空做的那点破事娱乐圈尽人皆知，你和朗空解约了，哪个公司会要你这样的人？”

“也是……”南佳恩点点头，“那我就只能自己去当老板了……好惨。”

秦可依脸都绿了。

“要不我当了老板，你来我这儿吧。”南佳恩对秦可依说，“要不要考虑一下来当‘南佳恩工作室’的扛把子？先到先得啊，要是我的工作室做起来了，你可就没机会了。”

秦可依蔑笑了一声：“谁稀罕。”

“IN 怎么样？”南佳恩坏坏地笑起来，“要不我去 IN 吧？跟你当好伙伴。”

“你以为 IN 是你想来就能来的吗？我们顾总可瞧不上你。”

南佳恩若有所悟地点点头：“原来那个‘杀马特’总裁这么严苛的啊。”

“‘杀马特’总裁？”秦可依瞪大眼睛，“你怎么能这么说我们顾总？！”

没想到还有捍卫顾以则尊严和名声的迷妹。看来这个总裁当得还不算太失败。

可秦可依的道行太浅，没法缓解她现在内心的波涛汹涌，南佳恩瞬间失去了兴趣。

不知道于晓曼这会儿去朗空有什么说法，会不会被那个金总欺负。

南佳恩越想越乱，微博上不断有人在@她，南佳恩屏蔽了，看都不想看一下。

话题的热度还在持续上涨，很快就霸占了微博热搜第一名，还附带了一个深红色的“爆”后缀。

“南佳恩解约！”

解约就解约，下一个更乖。

她看着手机上不断上涨的评论和私信，头都快炸了。

她手机一振，是顾以舟发来了信息。

顾以舟：“微博一条都别回。”

南佳恩：“你看到了？”

顾以舟：“看到了。”

南佳恩：“我想骂人。”

顾以舟：“骂吧，在我这儿骂，别在网上喷。”

南佳恩闷着头，情绪非常低落。

顾以舟：“以则正在处理，你放心，IN的公关团队很强。”

她当然知道IN的公关团队很强。

当初她和谈馨儿掐起来的时候，就被IN的公关团队给摆了一道。

这些搞公关的人，一个个的都是人精。黑的说成白的，白的说成黑的。

南佳恩：“我就是生气！”

顾以舟：“回来报仇。”

回来报仇？回哪儿？找谁报仇？

难道IN的公关这就搞定了？不会吧，这还没到半小时呢。

南佳恩匆匆忙忙地给于晓曼打了个电话，于晓曼没接，发了条微信过来。

于晓曼：“我先回家了，我累死了。”

南佳恩：“你不是要去朗空的吗？”

于晓曼：“去啥，我才不去，怪远的。”

敢情这副生气的样子就是做出来骗人的啊！

于晓曼：“你跟 IN 签约了，我还去什么啊，要去也是 IN 带人去。”

南佳恩：“你太让我失望了！”

要是朗空点名道姓地骂她就好了，她也不至于现在缩在化妆间里，像个二愣子似的什么都做不了。

可惜了，人家朗空没有指名道姓，人家说了“N 某某”，又没说是她南佳恩，她要是把屎盆子往自己脑袋上扣，这才傻呢。

没一会儿，制片人喊他们去摄影棚。

南佳恩的妆用时最长，她换好拍海报的服装出来的时候，大家都已经先走了，她赶忙往摄影棚走。

门口，姜浩在和制片人说什么，她听到了自己的名字。

“姜导，这部剧是你这么多年的心血之作，要是因为演员的问题出了纰漏，你的心血不就白费了吗？要是负面新闻继续发酵，她以后可就是污点艺人了啊。”

姜浩道：“没那么严重。”

制片人又气又急：“姜导，这部戏不仅仅是你的心血，也是我们所有人的心血啊！我们投入了这么多的成本，演员的片酬也这么高，要是因为她南佳恩最终导致我们整个剧组都凉了，这损失可怎么办？”

“不会。我相信我看人的眼光，南佳恩就是个小姑娘，她不会做出这种事的。”

“真真假假谁说得清……”

“行了。”姜浩打断制片人的碎碎念，“马上要拍摄了，你少说点吧。”

制片人吃了瘪，没说话就走了。

南佳恩站在门外，姜浩出来抽根烟的工夫，没想到会在门口看到南佳恩。

她低着头，说：“谢谢你，姜导。”

姜浩笑了笑，拿出一根烟点燃。

“我相信顾以舟看人的眼光。”他说，“我也相信自己的眼睛。”

南佳恩的头埋得更低了。

“姜导……”

“你还年轻，佳恩。这个圈子你要记住一件事情，有本事是第一位，有个性也很重要。不要为了想要得到某样东西就做违背自己初衷的事情。”

她似懂非懂地点点头。

姜导望着不远处的天空，声音有些沙哑："人活着，就是在学着坦然接受失去。失去机会、失去青春、失去朋友、失去至亲……到最后，失去生命。我们所得到的，最后都会尽数失去，所以为什么要为了这些注定要失去的东西，让自己痛苦呢？没必要。"

他又重复了一遍："没必要。"

南佳恩愣愣地望着姜浩，他说的每一个字都直击她的心口，这些话，没有人对她说过。

"顾以舟这个人，你别看他年轻，他看人的眼光非常毒辣。"姜浩自然是不知道她和顾以舟的这层关系的，只当她和顾以舟是因为实习才见到面的陌生人，"你跟他相处了半个月，也该看出来了，这人看上去很冷漠，本质上却是个热心人。"

南佳恩颔首："我知道。"

姜浩转过头来看南佳恩，说："你记住，这个圈子没你想得那么简单，也没你想得那么复杂。一句话，没必要，开心就好。"

"谢谢你，姜导，我记住了。"她微微躬身以表感谢，转过身走进了摄影棚。

定妆海报拍摄很顺利，前后用时不超过两个小时。

南佳恩拍完照出来，好奇心作祟，还是去看了眼微博。

热搜还在，营销号一个接一个地转发，想让热度下去都难。

她今天一天都在拍摄，根本没时间去 IN。

准确来说，她稀里糊涂签完约之后都不曾去过 IN。

她最近一直在跟着顾以舟实习，之前顾以则也说过让她先去 IN，给她安排一下助理，南佳恩想着这段时间反正不在拍戏，也不去赶通告，没必要让 IN 的助理跟来跟去的，就没有去，这事儿也就搁浅了一个多星期，顾以则也没跟公司的人说。

她站在门口看手机，秦可依从她身边走过，问："怎么，还没回应？"

南佳恩抬头："回应什么？"

"算了，不跟你说了，我回公司了。"秦可依摆摆手。

抓到重点，南佳恩问："你要回 IN 了？"

“不然呢？”

“带我一个呗。”她厚脸皮地说，“我说真的，我现在要去你们公司那儿，你带我一起。”

“你去我们公司干吗？你该不会真想签我们公司吧？”秦可依觉得她简直不可理喻，“你死了这条心吧，我们顾总裁是不会签你这种污点艺人的……”

话音刚落，不远处传来跑车的声音，那辆嚣张的法拉利就停在了两人面前。

“好帅的车……”身边传来工作人员的议论。

虽然在这个圈子里，跑车已经司空见惯了，但大家还是想知道这辆改装过的百万豪车里坐着的到底是谁。

车门拉开，黑色的皮鞋踩在地上，南佳恩一眼就看到了那头蓬松的鸡窝。

顾以则摘下墨镜，笑得牙齿都发光。

“顾总裁……”一见到顾以则，秦可依整个人就贴了上去，“您是来接我的吗？您怎么亲自来了啊？”

说着，她挑衅似的看向了南佳恩。

顾以则往前走了两步，走到了南佳恩面前，直接忽略了秦可依的问题。

他道：“走吧，我哥说了，回去报仇。”

“顾总裁……”秦可依不可置信地看着顾以则，不甘心地说，“她是背弃了朗空的人，您真的要签她吗？”

“已经签了啊，也不好后悔了。”顾以则看向不远处的IN的面包车，对秦可依说，“喏，那边公司的车在等你，快点吧。”

秦可依大惊失色，围观群众都蒙了。

南佳恩看了眼顾以则的拉风跑车，啧啧两声。

搞不懂男人这么热衷于在自己的车上烧钱是为什么，像顾以舟就很朴素，车买回来是什么样，就是什么样，动都不动一下。

南佳恩拉开车门坐了进去，双座的跑车是真的拉风。

“我们现在去哪儿？朗空？”南佳恩问。

“去朗空干吗？”顾以则发动车子。

南佳恩疑惑道：“你不是说要去报仇的？”

“是要报仇啊，不过我们IN报仇，还需要总裁亲自上阵吗？你等着看就行了。”

02

车子直接开去了 IN 娱乐。

嚣张的停车声响彻公司门口的空旷土地，立刻有保安过来帮顾以则挪车。

南佳恩推开副驾驶座的车门走出去，映入眼帘的是“IN 娱乐”四个大字。

IN 的招牌可比朗空的招牌招摇多了，完完全全是顾以则的风格——要多嚣张有多嚣张。

前台的小妹看到顾以则回来了，纷纷脸上挂笑，柔声喊他，然后目光转向南佳恩，足足愣了有半分钟。

“南……南佳恩？”

南佳恩微微一笑道：“你好，以后请多多指教。”

IN 娱乐，会议室。

偌大的会议室里坐满了人。

不论是艺人还是工作人员，但凡接到了顾以则发的消息，只要不在外地参加活动或是拍戏的，统统在会议室集中。

掐指一算，今日有大事发生。

IN 咖位大的艺人不少，然而咖位大的都在外地拍戏，因此今天的 C 位依旧由谈馨儿掌控。

“你说顾总今天把我们叫过来干吗？”艺人 A 问。

“年中了，估计是要考核还是啥的吧。”艺人 B 答。

“你们今天看了新闻没？”说话的是角落里一个不起眼的小女艺人，“南佳恩又上头条了！”

谈馨儿闻言嗤笑道：“负面新闻闹得满城风雨，这种头条不上也罢。”

小艺人悻悻地说：“我还蛮喜欢南佳恩的……”

一言既出，谈馨儿的脸都黑了。

艺人 A 笑了一声，说：“你不知道我们馨儿姐和南佳恩的关系吗？你是 IN 的人，怎么胳膊肘向外拐啊。”

小艺人摇摇头：“我没有胳膊肘向外拐……我就是觉得她演的戏还不错。”

艺人 B 说：“你也不看南佳恩的资源有多好，这么好的资源她演烂了，没天理吧。”

小艺人还想说话，旁边的工作人员轻轻踢了一下她的脚，用眼神示意她不要再说了。

在一个公司里说喜欢另外一个公司的艺人，自家公司前辈的马屁都不拍，不是惹人排挤吗？

事实上，这个名叫陶桃的小艺人在 IN 确实没什么生存空间。

两年前，陶桃通过考核进了 IN，在同一批的新人当中综合实力还是很强的，奈何上面的资源一直轮不到她，像是故意打压似的，她一直没有什么好的戏接。

迄今为止她接过的最好的资源是去年一部抗日战争题材的剧，她演了女四，不过，那部剧因为剪辑问题还没有面世。

换句话说，她就是个没作品的小演员。

谈馨儿笑了笑，说：“演员呢，还是要钻研自己的戏路，要知道自己适合什么样的角色，演什么角色比较出彩，不要是个剧就接。这样，就算你拍十部烂片都不会火。”

几个艺人点点头，纷纷附和。

会议室里仿佛上演着宫斗戏一般，每个艺人脸上笑嘻嘻，却暗自心怀鬼胎。

“我看啊，这次南佳恩除了自立门户之外，没别的路行得通了。”艺人 A 哼笑了一声，“不过朗空这么多年也没给南佳恩培养什么心腹，朗空的演员团队都不行。所以就算南佳恩自己出来开工作室，估计也不会有什么好的资源。”

谈馨儿满意地勾起嘴角，道：“这么大的新闻出来，南佳恩肯定会受到不小的影响。再说了，这次新闻的持续发酵可多亏了我们顾总，绝对不会这么容易就平息下去的。”

得意过头的谈馨儿没忍住，直接说漏了嘴。

经纪人压根儿没想到谈馨儿会说出来，措手不及，拦都没拦住。

“什么？顾总？”

“长博文不是朗空发的吗？怎么会跟我们 IN 有关系？”

一时间，会议室传出了此起彼伏的议论声。

谈馨儿看到经纪人的脸色，这才意识到自己说错话了。

她摆摆手，道：“哎呀，我说错了……你们别当真啊。”

现在补救显然已经来不及了，大家纷纷左顾右盼、窃窃私语起来。

“不管怎么样，这次的事件一定会给南佳恩带来极坏的影响。但是，南佳恩的事情和我们 IN 无关，她是好是坏不需要我们来评判。”谈馨儿的经纪人作为公司的元老，说话总归还是有几分分量，“等会儿顾总来了，就不要再议论这件事了，明白了吗？”

“好……”大家稀稀拉拉地回应着。

陶桃看了看周围的人，有些无奈地趴在了桌子上。

其实她那天路过总裁办的时候，也听到了顾以则说的话。

“把所有的营销号全部都买一遍，南佳恩的负面新闻一出，十分钟之内必须全部转发，头条保证二十四个小时掉不下来，听到没？”

顾总裁早就知道朗空那边会发南佳恩的负面新闻了,还去买营销号……也就是说，这一次的新闻出来，顾总裁从中捣了不少鬼。

她对顾总裁很失望。

突然，会议室里多数人的手机都响了。

IN 的员工群里，前台小妹发了一条信息：“南佳恩来我们公司了！”

谈馨儿第一个跳起来：“她来我们公司干什么？”

“该不会想来我们公司吧？”

谈馨儿隐约感觉到事情不对劲。

开玩笑，要是南佳恩来了，她在 IN 的地位往哪里摆？

会议室的大门被人从外面推开，迎面走来的顾以则格外亮眼。

在看到顾以则身后的人时，所有人都齐刷刷地闭上了嘴巴。

谈馨儿瞪大眼，和南佳恩的目光在空中无缝对接。

怎么这么多人？

南佳恩恍然惊醒，这是欢迎大会？

顾以则双手插在口袋里，眼睛扫过在场的所有人，而后道：“好，IN 的各位，让我们欢迎新加入我们这个大家庭的南佳恩！”

在所有人的瞠目结舌中，顾以则率先鼓起掌。

见到南佳恩本尊，陶桃直接跳了起来，她乐呵呵地拍手，全然不顾旁边人的眼光。

谈馨儿皮笑肉不笑，扯出了比哭还难看的表情，她佯装大度地欢迎南佳恩的到来。

她站起身来，故意在顾以则面前伸出手，想要和南佳恩握手。

“干吗？”南佳恩低头看她的手，并没有动作。

谈馨儿的笑容凝固在嘴角：“作为前辈，欢迎你的到来。”

“哦。”南佳恩笑眯眯地伸出手，用力地握住了谈馨儿的手，力道之大，让谈馨儿一秒内就变了脸。

她使出了吃奶的劲儿，恨不得把谈馨儿的手给捏碎。

“南佳恩！”谈馨儿好不容易挣开，她猛地晃动着自己吃痛的右手，怒道，“你……”

南佳恩吐了吐舌头：“对不起。好久没见到你了，特别想念，下手重了点，让你不开心了，虽然我就是故意的。”

谈馨儿气得头发丝儿都分叉了。

比起所有人都恭恭敬敬地喊她一声“佳恩姐”，还是这里的生活更具有趣味！

谈馨儿娇嗔了一声，往顾以则的身边靠了靠：“哎哟，顾总裁，您看她……”

然后，顾以则就认真地上下看了南佳恩一眼。

“看完了，长得不错。怎么了？”

谈馨儿：“……”

南佳恩差点笑出鱼尾纹。

谈馨儿气不过：“顾总，您让南佳恩来IN我能理解，她流量高，人气足，是有话题度，可是，她现在算是半个污点艺人了！您看看今天微博的头条，都成什么样子了，难道我们IN现在收入都不审核了吗？就让这样的艺人败坏我们IN的名声吗？”

这变脸变得比唱戏的都快。

会议室里的其他艺人纷纷闭嘴。

虽然现在谈馨儿在IN也算是一姐了，但保不定南佳恩这种空降的和顾总关系好呢？所以现在最正确的做法就是谁都不站。

“什么污点？”顾以则无辜地望着谈馨儿。

“她都被朗空骂成什么样子了，顾总！难道您希望我们IN成为下一个朗空吗？”

没等顾以则说话，南佳恩开口了：“谁被朗空骂了？”

“你别告诉我你没看微博。”谈馨儿冷笑了一声。

“看了。”南佳恩拿出手机，直接举到她面前，手机碰到了谈馨儿上个月刚做的鼻子。谈馨儿惊呼了一声，赶忙扶住。

南佳恩问：“你找，朗空哪里骂我了？”

“这上面哪一个字不是在骂你？”

南佳恩翻了个白眼：“谈小姐，我发现你不仅演技不好，眼神也不好。”

“被自己的老东家骂成这样，你还有脸？”

南佳恩摊手：“可是人家没指名道姓呀。”

“N某某，除了你南佳恩，还有谁？”

南佳恩耸肩道：“爱是谁就是谁咯。”

顾以则觉得自己是被自家老哥给坑了。

南佳恩叹了口气，道：“哎，你放心，我不跟你抢一姐……”

“谁担心你跟我抢一姐？”谈馨儿的脸唰地红了。

“哦，随你。”南佳恩撇撇嘴，作总结陈词。

顾总裁这才敢开口：“晚上在云顶餐厅订了位子，大家七点钟准时到，我们一起给南佳恩接风。”

03

南佳恩又胡吃海塞了一顿，肚子上的肉多了一圈。她看了眼时间，已经将近晚上十点钟了，吃到现在，顾以则没说散，没人敢散。

唯独谈馨儿，吃了几口直接拎包走人了。

南佳恩水喝多了，去了三趟洗手间。

第三次从洗手间出来的时候，南佳恩在门口听到了顾以则的声音。

他似乎是在打电话，语气有些急躁。

“南佳恩在我这儿，我在云顶啊！我说哥，你这个人能不能靠谱点啊！我都帮你拖到现在了，你到底搞定没有啊？”

电话那端应该是顾以舟。

不知道顾以舟说了什么，顾以则叹了口气，说：“搞定了？行，你在那儿等我，我把南佳恩送回家就来接你。放心，我不会跟她说的。不过，我觉得一直瞒着她不好吧？我总觉得南佳恩要是知道了，我俩都得死……”

“知道什么？”南佳恩问。

顾以则愣住，背后阴风阵阵，大事不妙。

“我晚点再跟你说，拜拜。”他赶忙挂了电话，回头一看，发现南佳恩一脸杀气。

“快说！”

“你不用知道……最后我们都会帮你搞定的。”

“说啊！”

“我不能说啊！”顾以则急得冒汗，“我哥不让我跟你说……”

“说！不说我现在就去找顾以舟！我就说你把他卖了！”

“我告诉你才是把他卖了……”

“朗空发的那个博文，我们其实早就知道了。我一个媒体朋友告诉我，金磊那天喝醉了告诉他的，说朗空要倒打一耙。金磊不知道从哪里得来的风声，知道你会来IN，你也知道，这些年朗空和IN一直都是死对头，与其让自己培养的艺人给对方带来流量，倒不如让你南佳恩直接成为污点艺人。你也懂的，白眼狼艺人在这个圈子里很难生存的。”

南佳恩有些惊讶，但这一切似乎又都在情理之中。

“那这和顾以舟有什么关系？”

“要帮你反击，肯定要证据啊。你跟金磊谈判的时候肯定没有录音，要帮你平反，我们总得有证据控告朗空是在诽谤吧？”顾以则解释道。

“你的意思是……他去帮我找证据了？”

“对啊，IN的法务部都拟好告朗空诽谤的通知书了，公关团队现在也都在待命。为了在这件事情上让朗空彻底闭嘴，IN买了营销号转发，让事态极速恶化，所以才会有这么多人对你人身攻击。事情闹得越大，最后朗空所要承受的舆论压力和法律责任就越大。但是我们需要证据。”

好像是这么回事。

可是顾以舟要怎么样去帮她弄来证据呢？

顾以则叹了口气，索性全部都摊牌了：“金磊有个二十多岁的那啥……

我哥找关系拿到了证据。他去搞事情了，现在金磊的老婆估计拿着杀猪刀在路上。”

南佳恩：“啥？”

“也就是说，我哥通过金磊的情人搞定了金磊，让金磊把你离开朗空的真相说出来了，他刚把录音拿到手。”

南佳恩还是不懂：“怎么搞定的？金磊难道还会主动说吗？”

“当然不是主动说……哎，这事儿讲起来比较复杂。”

“快说，我听得懂。”

“金磊的情人是我哥的学姐，那个学姐一直都喜欢我哥……然后我哥就去找学姐了，故意让金磊以为我哥和学姐关系匪浅，金磊一怒之下就和我哥打了起来，然后我哥趁机把话套出来了。”

南佳恩惊讶地问：“打起来了？”

“对……”顾以则有些尴尬地挠了挠头，“他能屈能伸，又牺牲色相，又被人揍。”

顾以舟是疯了吧？居然去打架？

“顾以舟在哪儿？”

“UNA 酒吧……”

酒吧？

“他很讨厌酒啊！”

“是……”

南佳恩话都不想和顾以则说，从兜里掏出口罩戴上，就往UNA酒吧赶。

晚上十点钟的 UNA 酒吧，刚开启这个城市少男少女的夜生活。

南佳恩下了出租车，闷热的夏夜像是一个大烤炉，她浑身上下都在淌汗。

和酒吧里的喧闹相比，酒吧外显得格外冷清。

昏黄的路灯下站着一个人，白色短袖衬衫，她一眼就认出来，是他。

顾以舟靠在电灯柱上，看上去整个人非常疲惫。

燥热的天气没有一丝凉风，南佳恩的额角有汗水淌下来，流进她的眼睛里，她眯起眼，再睁开的时候，从眼眶里滚落出晶莹的液体。

她知道，那不仅仅是汗。

顾以舟的手里握着一支蓝牙录音笔。他低着头，看着自己的影子失神。

她的手机振动了一下。

IN 娱乐 V：“针对今天朗空娱乐发博污蔑我司艺人南佳恩事件，在此，IN 严正声明。博文中提到的南佳恩女士（即 N 某某）‘忘恩负义’‘为非作歹’‘狮子大开口’‘要天价续约金’实乃恶意造谣。IN 原想本着对同行公司的尊重，不让此事继续发酵，只希望朗空娱乐删除微博并诚恳道歉。但由于其网络影响力实在巨大，已对南佳恩女士造成了空前严重的困扰。现 IN 已向司法部门反映情况，控告朗空娱乐有限公司恶意诽谤！我司将继续跟进此事，依法追究责任。”

下面贴出了金磊的音频。

南佳恩的眼泪唰地就掉了下来。

“顾以舟……”她哽咽着喊他的名字。

闻声，顾以舟抬起头，目光里闪过一抹讶异。随后，他把录音笔收进了口袋。

南佳恩狂奔过去。她站在顾以舟的面前，哭得像个没长大的孩子。

“你怎么哭了？”

“你……”她呜咽道，“你不是最讨厌娱乐圈的吗？你干吗还要来蹚这浑水啊？”

他微怔。

“你这个大浑蛋……”她哭着哭着，说话都没力气了，“居然还打架。”

“……”

“喂。”她伸手抹眼泪，一边抹，一边问，“你看我哭成这样，就一点安慰都没有吗？”

她抬起头，哭得红肿的眼睛紧紧地望着顾以舟。

他伸手抹去她脸颊上的泪痕。

过了很久，他轻轻地揉了揉她的脑袋。

“别哭了。”他说，声音微微喑哑，“你再哭，我怕我会忍不住要抱你。”

04

南佳恩脸一红，咕哝道：“你要抱就抱好了，又不是没抱过！”

顾以舟犹豫了片刻，伸出手，把南佳恩抱进了怀里。

他拍了拍她的后背：“别哭了。”

他身上有烟酒的气味，这和平日里干净体面的顾以舟显得格格不入。

南佳恩把头埋在他的胸口，嗫嚅道：“对不起……我以后做事一定会谨慎一些的。”

“没事了。”他轻声道，“在 IN，你是安全的。”

她固执地摇了摇头：“我不会让你再有机会去找学姐了……”

原来是因为这个事儿。他哭笑不得。

顾以舟呼了口气，说：“我没跟她怎么样。”

“我知道。”南佳恩用脑袋撞了一下他的胸口，像是惩罚，又像是撒娇，“毕竟我们冷漠的顾博士对女人都是提不起兴趣的！”

“谁告诉你的？”顾以舟驳回。

“难道不是吗？”

“不是。”他松开手，漆黑的眼睛望着她，沉静又迷惑。

南佳恩心虚地往后缩了缩：“不是就不是……你这么看着我，我害怕。”

说着，她像是突然想到什么似的，上上下下把顾以舟看了个遍：“你不是打架了吗？你没事吧？”

顾以舟眸光一沉：“难道我打架会输吗？”

这一反问让南佳恩无语凝噎。

读书人，会打什么架。

“算了，还是去医院吧。”她拉着顾以舟就要走。

“不去。”他回答得很坚决。

南佳恩回头瞪了他一眼：“顾以舟，你这个人！”

“我好累。”他的声音很低，低得像是从很远的地方传来，低得她几乎快要听不见，“别去医院了，我很想睡一觉。”

他的唇齿间都是酒味，看样子应该喝了不少酒。

他明明很排斥喝酒的。

南佳恩自责地说：“那……我们回家？”

“嗯，回家。”

到底是欠了顾以舟一个大大的人情，南佳恩一路上话都不敢说，生怕吵得他头疼。

顾以舟的精神状态很不好，她也不敢问他到底和金磊之间发生了什么，又是怎么把金磊的话给套出来的。

他像是刻意在回避和金磊的正面交锋，她再傻这点还是看得出来的，要是再问的话，她就真的是傻得无可救药了。

那些细枝末节，顾以舟不愿意说，她也不愿再问。

她只是觉得……现在靠在车后座上昏昏欲睡的男人，帅呆了。

“我后天要出差。”到了家门口，顾以舟说。

两个人背对背站着，分别解锁了自家的大门，准备各回各家。

南佳恩的手一动：“去哪儿？多久？”

“两个礼拜，去Y国。”

两个礼拜……她想了一下，她的实习期总共也就一个月，四个星期，他分了一半给Y国。

“我不在，医院里你有什么事就去问朱麟。”

“好。”

他打开门，迟迟没有进去，南佳恩也没动。

“在IN，有事就找顾以则。”

“好。”

他又说：“别再闯祸了，这下我飞不回来了。”

“知道了。”

顾以舟说了声“晚安”就匆忙回家去了。

南佳恩失落地把门打开，突然发现贴在门口的于晓曼，她当即跳了起来：“你在这儿干吗？你要吓死我啊！”

于晓曼啧啧两声：“先是夜不归宿，现在又是深更半夜才回家，南佳恩，了不起哦。”说罢，她夸张地竖起了大拇指。

“是有事才晚回来的……”

“看到最新的微博动向没有？”见南佳恩一脸蒙，于晓曼就知道不能指望她这个脑回路，“算了，忙着谈情说爱的人没空理会微博。”

“我没有啊……”

于晓曼捶胸顿足：“是我不配拥有爱情！”

“你疯了吧？”南佳恩伸手拧住了她的脸。

于晓曼把南佳恩的手给拍了下来，翻了个大白眼：“你都没看到你刚才那个脸，人家顾以舟说要出差去，你那表情就像全世界都欠了你五百万那么苦。”

有这么明显？

是很苦，尤其是她的手机收到信息后。

姜浩发了通知：“明天全员进组。”

“这是什么人间疾苦啊。”南佳恩看了眼手机的信息，“我明天就要进组了……”

于晓曼道：“因为今天的你很火。话题度这么高，明天开机也会有很高的热度啊，未播先火，懂不？”

可是明天……这也太赶了吧？

姜浩又单独给南佳恩发了一条私信：“过几天创作主题曲的歌手会联系你。”

南佳恩：“联系我？”

姜浩：“主题曲你唱。”

南佳恩：“我五音不全。”

一直到南佳恩洗完澡，姜浩都没有回复她的信息。

她上网看了一下微博，“南佳恩解约”的话题已经下了，取而代之的是“IN 控告朗空”“南佳恩签约 IN”“做个人吧，金磊”……

她咽了咽口水，不得不说，IN 的公关团队是真的强啊。

这才多长时间啊，风向都变了，打开她的微博，清一色的评论都是支持。

网友 A：“我们恩恩真的好委屈啊，没想到朗空的人居然是这么对我们恩恩的，太过分了吧！”

网友 B：“我就知道恩恩不是这样的人！真相终于大白了！朗空，滚出来给我们恩恩道歉！”

网友 C：“金磊道歉！”

顺带一起上热搜的，还有顾以则。

“IN 娱乐总裁顾以则好帅！”

哪里帅？你见过这么非主流的总裁吗？这届网友的审美真的是非常奇怪了。

南佳恩 V：“是很不好的一天，但是遇到了很好的人。@IN 娱乐”

其实真正想 @ 的人就在隔壁，可是她没有他的微博。

等等，她记得那个时候有一个账号……

她飞快地在搜索栏输入了“南佳恩的前男友”七个字，随后发现了一个微博账号。

就是她之前看到的那个！

点进去一看，微博主页很干净，没发过任何动态，但是点开他的点赞，里面的每一条都是她的微博，而且他基本上把她发的每一条微博都赞过了！

最早的点赞，是她刚开通微博的那一条动态。

那个微博账号的定位是海外，头像是一张纯白色的图片，没有任何可以挖掘的内容。

要不是这个号在一分钟之前赞了她刚发的微博，她差点以为这号是个僵尸粉。

不会是顾以舟吧……他怎么可能会起这么直男的微博名？

她陷入思考，冷不丁收到了顾以则发来的信息。

顾以则：“今天这事儿，干得漂亮！哥，这么多酒你没白喝，你的脸也没白牺牲，朗空凉了！”

她一看，顾以则拉了一个讨论组，名字叫……相亲相爱一家人。

南佳恩：“这是什么群名？”

这个总裁的脑回路怎么跟上一辈的人一样？

顾以则：“不重要！现在朗空的评论区已经炸了，他们把之前的帖子删了，而且吓得把评论权限都关了。”

顾以舟：“你不是说下班之后不谈工作？”

顾以则：“不重要。重要的是有钱！论买热搜、买水军、买营销号，谁买得过我们 IN ？我们 IN 真不愧是娱乐圈的扛把子。”

南佳恩：“哦。”

隔天，南佳恩就自带光环进组了，一行人浩浩荡荡地赶往影视基地。

趁着之前南佳恩头条的热度，新片的开机仪式搞得声势浩大，又占了热搜半天。

中午的时候，大家聚在一起讨论剧本。

这部戏的名字叫《暗医》，编剧团队有六个人，每一个都是经验丰富的老牌编剧，其中有一个就是当初写南佳恩爆火的那部网剧的编剧。

六个编剧全部进组，准备根据拍摄的实际情况尽可能地完善或是修改剧本。

姜浩是个要求很高的导演，对剧本的苛求近乎完美，这六个老牌编剧要不是看着这次是姜浩的片子，是绝不可能放下手头的其他工作专门进组的。

“我觉得这里有点不合理……”说话的是一直在认真看剧本的南佳恩，她抬起头来，对坐在对面的编剧说，“男女主角即将分开，女主角的台词也太文绉绉了吧？这么紧急的情况，说不定都九死一生了，哪里还有心思去说这样的台词？”

“我觉得也是。”说话的是这次担任男主角的影帝楚朝阳，他指着剧本的这一页说，“姜导，你觉得呢？”

楚朝阳出道二十多年，童星出身，从小火到大，也是实力过硬的选手，拿过两次影帝，虽然已经三十多岁了，但依旧处在巅峰状态。

从小就深谙演艺圈生存之道的他，除了有实力，还有高情商。但南佳恩知道，这人很花心。所以私下两人没什么交集。

她第一次参加国剧盛典的时候，正好和楚朝阳坐在一起，楚朝阳开口就是暗示性的话，她当时就觉得恶心。

那时候她还在演配角，也很想火一把，但是理智告诉她，如果答应了楚朝阳的邀约，这会成为她演艺生涯最大的污点。

很多人费尽心思走捷径，可正直正确的路总得有人坚持往前走。

没想到时隔多年，她居然会和这个“道貌岸然”的影帝合作。

大家又提了几个问题，姜浩就招呼大家去午餐。

南佳恩一直在埋头看剧本，大家都走了，就剩下她一个人。

她收拾好东西，准备要走，发现身后还有一个人。

楚朝阳站在门口，微微一笑：“你不去吃饭吗？”

“等你一起。”他说。

南佳恩点点头，然后又听见楚朝阳说：“其实，一直以来我都蛮欣赏你的，自从三年前你拒绝我后，我就觉得南佳恩和这个圈子里的其他女人不一样。”

南佳恩有气无力地应了一声：“谢谢你的夸奖啊。”

“不过，南佳恩，你也二十七岁了吧？也该是时候安定下来了。”

南佳恩眨眨眼："不劳烦你操心。"

楚朝阳道："我只是善意地提醒你。与其把所有的时间和精力都扑在工作上，不如早点给自己找好后路，女演员的职业寿命可都是很短的。"

"不短啊，别人七八十岁还在演戏呢，我要是能活到七八十岁，我也一直演。"

楚朝阳脸上的表情僵了僵，很快恢复了正常："你真是一点没变。"

南佳恩讥诮一笑："你也是。"

一点没变，还是那么恶心。

这个剧组,有她觉得恶心的男主角,有昨天刚跟她掐过又吃瘪的秦可依，她顿时觉得这部戏拍下来，自己可能会掉一层皮。

好在这部剧里她还有唯一的安慰，那就是 Colin。

Colin 是个乖乖男孩，在剧组里他就只跟南佳恩比较熟，所以剧组里有三分之二的话他都是和南佳恩说的。

两个人的对手戏也不少，休息时间，他经常来找南佳恩试戏。

顾以舟一出差，就像是从人间蒸发了一样，一条信息也没有，朋友圈更是别指望了。她每天眼巴巴地看着微信，等白了头。

剧组的一拨人都在 C 市的影视基地，剧组包了一个距离影视基地不远的民宿，大大小小十几个房间，全组的人都住在一起。

好巧不巧，于晓曼这几天恰好有事，还没来得及进组，南佳恩一个人住。

她隔壁的房间是秦可依和另外一个小演员的，在最角落里。

凌晨两点，南佳恩从睡梦中惊醒，听见了一声无比亢奋的尖叫。

"啊——朝阳哥，你好厉害……"

05

南佳恩从床上坐起来，空调吹得窗帘沙沙作响。

她找了半天没找到耳机。

隔壁还在继续，比电视剧精彩多了。

南佳恩靠在枕头上，叹了口气。

这种事情得跟喜欢的人做才对吧？跟楚朝阳这种人，她怕是连房间都不想进。搞不懂秦可依怎么就这么动情。

民宿的隔音本来就差，再加上秦可依的声音很尖，极具穿透力，南佳恩只觉得自己的每一寸耳膜上都附着她的声音带来的成吨垃圾。

就这样持续了半个多小时,南佳恩辗转反侧睡不着,踩着拖鞋去了隔壁。

走到房间门口，南佳恩敲了两下门：“大哥，大姐，行行好。还能不能让人睡觉了？”

里面的人恍若未闻。

真想现在把门踹开，拍个视频发微博。

南佳恩朝着空气翻了个白眼，双手塞进裤子口袋里，蓬头垢面地走出了民宿。

凌晨两点。

南佳恩吸了吸鼻子，低着头在民宿外走了一圈。

七月份的天气，闷热又聒噪，知了没完没了地叫，她十分沮丧。

南佳恩低头看了眼手机，还是没有任何消息。

虽然在圈里的表面朋友很多,但是真的能玩到一块去的,也就那么几个。演员嘛，大家都很忙，平时在朋友圈点个赞、回复一下评论的交情就差不多了。

说来说去，这么多年来，能算得上是她的真朋友的，大概也就只有于晓曼了。

真朋友少得可怜，酒肉朋友她又不愿意花时间去维系感情，这样的人际交往让南佳恩觉得很疲倦。

最重要的是，她没有男朋友。

准确来说，是没有她执着的男人。例如……

南佳恩伸手拍了拍自己的脸。

想他干吗？喜欢她的人千百万，她哪里需要在一棵树上吊死？

她正想着，忽然听到不远处传来一阵吉他声。

顺着声源望去，南佳恩看见石凳上坐了一个男人。

男人背对着她，两个人大概隔了十几米的距离。

凌晨两点钟出来弹吉他？

她驻足了一会儿之后，发现自己走不动道了。

真好听。

节奏不疾不徐，那种旋律给她一种舒适感和慰藉。

“心情不好吗？”音乐戛然而止的瞬间，弹奏吉他的男人蓦地发问。

那个声音……她好像在哪里听过。

男人背对着自己，因此南佳恩压根儿就没有想到他是在跟她说话。可当她环顾一周之后发现，附近除了她和他之外，并不存在第三个人。

男人又道：“我是在跟你说话呢，南佳恩。”

她愣住了：“你怎么知道……”他刚才可一直都没回头啊。

“刚才听到你说话了。”男人答。

她还是蒙：“你怎么知道我心情不好……”

男人没有回答，过了片刻，他转过身来，微微一笑道：“大概是因为，眼睛看不见的人，心里都有一扇窗户。”

是他！

南佳恩忽地想起来了，之前在医院的楼梯间，她见过这个人。

她惊讶不已：“在这里也能碰见你，好巧啊！”

男人脸上挂着笑意，声音很温柔：“嗯，真巧。”

“你怎么这个时间出来弹吉他？”说完，南佳恩就后悔了。

他眼睛看不见，应该不会在意时间吧。

男人大概是知道了她的心思，道：“我晚上十一点刚下飞机到这儿。我就住在这间民宿，但是这里的隔音不太好。我恰好这会儿有灵感，所以就出来弹了。”

隔音是非常差好吗……

南佳恩一想到秦可依的叫声，鸡皮疙瘩都掉了一地。

她突然捕捉到他刚才说的话里的关键词：“你是做音乐的吗？”

他放下吉他，摆摆手：“不算是做音乐，业余爱好。”

“刚才的曲子是你自己写的？”

“嗯。”

南佳恩竖起大拇指，然后意识到他看不见，又弱弱地把手指给收了回去：“很好听，我超喜欢！”

“你喜欢就好。”

“你一个人来的吗？没有朋友、家人一起来之类的吗？”

“有，朋友在楼上，我写歌的时候他一般都会自动消失，不会在我身边打扰我。”

南佳恩“哦”了一声，又听见他问：“所以你为什么心情不好呢？”

“遇到了不好的人，不好的事。”她想了想，随后道，“很想冲上去把他们骂一顿、揍一顿，但是……不可以。”

她也很想随心所欲，但是一想到之前和金磊闹掰了之后，这么多人跟在她身后给她擦屁股，还让顾以舟牺牲了那么多，她就觉得憋屈。

“你没有必要取悦每一个人，你也做不到取悦每一个人。”

南佳恩望着面前的男人。

他的双眼失去焦点，显得有些无神，但凑近看，他瞳孔的颜色很漂亮，睫毛又密又长，眼睛弯弯的，整个人看上去非常柔和。

他的刘海遮住了眉毛，五官并不生硬，唇边总是带着弧度。

真是温柔的男人啊。要是顾以舟有他一半温柔，她也不至于天天生闷气了吧。

“但是，我每一次冲动之后，倒霉的都是别人……”

男人噗的一声笑了起来。

他无奈地摇摇头，说：“你比我想象中还要可爱。”

“……”

男人抿唇，道：“扶我一下？”

“哦，好。”

南佳恩俯下身把男人从石凳上扶了起来，他另外一只手摸到了吉他，拿好吉他之后，随着南佳恩指引的方向缓缓地向前走。

他的身上有洗衣液的香味，南佳恩嗅了嗅，没说话。

走到二楼楼梯口的时候，他抽回手，让她不用再送了。

南佳恩跟他说了句再见，转过身往自己的房间走。

刚走了没几步，只见楚朝阳慢悠悠地从秦可依的房间里走了出来。

秦可依穿着一件吊带睡衣站在门口，一头大波浪卷发放下来，别说，还真挺性感。和谈馨儿比起来，还是秦可依更诱人一点。

不得不说，楚朝阳找女人的眼光还可以。

南佳恩和楚朝阳在走廊里碰了头，她尴尬地扯了扯嘴角，楚朝阳侧过身，让她先走。

“不请我进去坐坐？”在南佳恩经过楚朝阳身边的时候，她听见楚朝阳用只有他们两个人才能听到的声音问。

“秦可依，朝阳哥说明天还来找你。”南佳恩抬头望向秦可依，提高声音道。

楚朝阳的眸子里闪过一抹冷色。

她打了个哈哈儿，说：“我先去睡了，今天得好好睡，毕竟明天晚上又没有好觉睡了。”

楚朝阳转过身离开了，南佳恩走到房间门口，突然一只手横在她的房间门口，长长的指甲擦过门把手，发出尖锐的声响。

“你干吗？”南佳恩皱眉问。

“南佳恩，还是你厉害，欲擒故纵玩得好。”秦可依嘲讽道。

南佳恩扫了秦可依一眼，语气里满是鄙夷：“欲擒故纵？对谁？楚朝阳？”

“不然呢？”

南佳恩摊手道：“拜托，他有老婆的好不好？”

秦可依笑了一声，讥诮道：“南佳恩，别装清高了，你都有本事巴结顾以则进我们 IN 了，你还有什么事情做不出来？”

“和楚朝阳这事儿，我还真做不出来。”

秦可依脸色一变，道：“你还真以为自己多高尚？你千方百计地拒绝他，不就是为了让他觉得你是不一样的？”

“大姐，你狗血言情剧看多了吧？你觉得这种事对于我来说能有什么好处？”南佳恩真的搞不懂这些女人的脑子里除了男人女人就不能有点别的东西吗？

“这还用问？不就是上位吗？”

“大姐，你活在梦里？你以为我跟你一样？”南佳恩移开她的手，拿出卡开门，“什么资源我没有？我还需要上位吗？”

“你……”

“你想通过楚朝阳上位也好，你跟他是真爱也罢，都跟我没关系。你别把我当成假想敌。”南佳恩打开门，走进去，想了想，继而道，“在这个剧组里我们井水不犯河水，我不管你的闲事，你也少管我闲事。你也知道我是有顾以则这条大腿的人，对吧？”说罢，她没等秦可依回答，直接把门关上。

终于能睡觉了……

南佳恩撒丫子奔向她的床，眼皮子已经撑不住要黏在一起了。

叮咚！

她的手机响了。

趁着还有最后一点意识，南佳恩点开微信一看，当即所有的睡意都烟消云散了。

她像是个傻子似的看着发光的手机屏幕。

她没看错吧？

顾以舟：“我想你了。”

/第六章 顾博士吃醋了？/

01

他是不是吃错药了啊？还是喝多了？

“我想你了”这种话居然是顾以舟这种人说出口的？太惊悚了吧。

那么问题来了，自己应该回什么？

南佳恩点进顾以舟的朋友圈，发现他设置了三天可见，她已经看不到他前面的内容了。

她沉思了很长时间，最后慢悠悠地回了一个字：哦。

稳住阵脚不能慌，她怎么可以因为顾以舟的四个字就继续吊在这棵树上呢？

等了几分钟，顾以舟迟迟没有回应。

是不是因为她回得太冷漠了啊，导致他不想回复了？

南佳恩想了想，又加了一句：“你还没睡？”

这一次，顾以舟回得很快：“你不也没睡吗？”

这个语气，她怎么觉得怪怪的。

今天的顾以舟很不正常，南佳恩得出了结论。

但是……这不正常的样子正合她意啊！如果可以，她希望他每天都不太正常。

南佳恩：“我在剧组包的民宿里睡不着。”

顾以舟：“怎么了？”

南佳恩：“隔壁很吵。”

顾以舟：“在为爱鼓掌？”

“为爱鼓掌”这种东西顾以舟都知道？

南佳恩：“你在干吗？”

顾以舟：“在想你。”

南佳恩：“你认真的？”

顾以舟：“不然呢？”

顾以舟：“难道你不想我吗？”

南佳恩：“嗯……有一点点吧。”

她说完这句话之后，顾以舟就匿了。

不出一分钟，他的头像换了。

与此同时，“相亲相爱一家人”的微信群里发来消息。

顾以则：哈哈哈，哥你快看！

这个头像！

南佳恩猛然惊醒，她连忙返回去看刚才那个名为“顾以舟”的对话框。

顾以则知道她的微信因为手机内存的原因有经常清空聊天记录的习惯，于是今天他把昵称改成了“顾以舟”，把头像、朋友圈背景图全部复制粘贴，朋友圈改成了三天可见。

她就说！顾以舟怎么可能会说这么肉麻的话！

顾以则把自己和南佳恩的聊天记录截图之后直接发到了群里，南佳恩看着自己一分钟之前发的那句“嗯……有一点点吧”，简直头皮发麻。

她私聊顾以则：“赶紧撤回！你要死啊！”

这个浑蛋。

顾以则在群里 @ 顾以舟：“哥，快看！我们佳恩姐想你了！”

南佳恩：“你能不能更无聊一点？”

顾以则：“南花旦你春心荡漾哦！”

南佳恩：“等我回去，看我不撕烂你的嘴！”

不论两个人怎么在群里扯，顾以舟始终都没有回话。

她刚开始还觉得尴尬，没多久，满脑子就只剩下气愤。

顾以舟是在装死？别告诉她，Y 国这个点儿他就已经睡了。

怕是顾博士觉得他们俩的对话内容太过无聊，压根儿都不想参与吧？

两人在群里闹了一阵，冷不丁南佳恩收到了顾以舟的微信。

她反反复复把他的微信号确认了一下，嗯，这次没错了，不是冒牌的。

顾以舟：“想我就直说。”

南佳恩：“谁想你了？！”

顾以舟：“你还没睡？”

南佳恩：“明知故问干吗？”

顾以舟：“没想到你会想我想到夜不能寐。”

这里哪里来的自信？

南佳恩冷冷地回过去一条：“我骗骗顾以则的话你也信。我怎么可能分不出你们俩的微信？”

顾以舟：“哦？是吗？”

这两个问号问得南佳恩心虚不已。

南佳恩：“你这是在质疑我的智商？”

顾以舟：“不存在的东西不需要质疑。”

南佳恩：“睡了！告辞！”

顾以舟：“晚安。”

晚什么安……我巴不得你想我想得夜不能寐。

隔天一大早，南佳恩就赶去片场拍戏了。

到底是奔三的人了，熬个夜，眼袋都要掉下来了……

才六点多，影视基地还不算很热，助理给南佳恩拿来了一个迷你电风扇和早餐，南佳恩一边啃包子，一边看微博。

昨天《暗医》官博晒了剧组的定妆照，底下清一色都是好评。

“哇，好期待啊！我男神和我女神强强联手！”

“这部剧会爆吧？男主演和女主演都演技好！”

官博下面无比热闹。

南佳恩啃包子啃得喉咙疼，Colin 适时地给她递过来一杯水。

“谢谢。”

Colin 长得很干净，虽然出道时间不长，在圈子里也没有什么名气，却是很有实力的男演员。

和楚朝阳比，他少了一些经验和技巧，但不得不说，未来可期。也许等他到楚朝阳这个年纪，会收获比楚朝阳更加有影响力的奖项也说不定。

“我昨晚看到你出去了，发生什么事了吗？”Colin 问。

这大半夜的大家都不睡觉？

南佳恩摇摇头：“没什么事，就是出去散散心。”

“我还看到你和一个男人……”

南佳恩一愣：“啊，你是说他啊。”

然后南佳恩的话凝在了唇边，她突然想起来，自己根本就不知道那个男人的名字。

只知道他那双好看的眼睛看不见，还有，他很温柔。

“他是你的男朋友吗？”

“怎么可能……”南佳恩摆摆手，“他不是我男朋友啦。再说了，我怎么可能在这个荒郊野岭约会啊？”

“你还没有男朋友吧？”

这个问题，南佳恩迟疑了。

这个迟疑，很可疑，在所有人看来，应该都是这样。

但凡听到一个问题，产生了迟疑和犹豫，那就是有问题。这个道理，Colin 还是懂的。

南佳恩啃完最后一口包子，说：“没有。但是……”

但是后面的内容，南佳恩也不知道应该说什么。

Colin 追问：“那就是我还有机会？”

今年的桃花，比以往更多一些。

不管是 Colin 这种她压根儿就想不到的桃花，还是楚朝阳那种她正眼都不高兴瞧一瞧的烂桃花，总归都算是桃花了。

南佳恩尴尬地笑了笑，补充完了“但是”后面的内容：“但是，我想，我短时间内都不会找男朋友。”

“没关系，做朋友也很好。”

“……”

这放弃得也太快了吧？虽然南佳恩一点都不希望和 Colin 之间有超越

朋友的任何情感，她不善于打理这些复杂的关系。

南佳恩吃完早饭，姜浩喊她。

她放下手中的水杯走过去，看见姜浩正在和两个编剧说话，楚朝阳站在一边，人模人样的。

“佳恩啊，昨晚临时改了一下剧本。这边加了个吻戏。”姜浩把新剧本交给她。

她抬眸看了眼楚朝阳，他双手插在口袋里，没什么表情。

“这边为什么要加吻戏？这里加吻戏不合理吧。”她问姜浩。

“昨天收工之后，朝阳来找我，说这里的情感不够激烈，我想想也是，这部戏还是很重要的。”其中一个姓张的编剧说。

南佳恩在心里呵呵冷笑。

还不够激烈？戏外这么激烈还不够，要到戏里面激烈一下？

这场戏要过几天才拍，南佳恩也懒得跟姜浩纠缠那么多了。

一码归一码，工作是工作，生活是生活，楚朝阳再怎么花心也跟她没有半毛钱关系，她拍她的戏，拿她应该拿的片酬罢了。

再说了，一部剧里头怎么可能没有吻戏？反正大多都是借位，除了靠得近了点找个角度之外，她没什么损失。

好在楚朝阳这个人，最基本的职业操守还是有的，和他演对手戏，她能很快地入戏，两个人在休息的时间也会经常对戏。

不管怎么说，对待工作，楚朝阳还是花了百分百的心思的，和楚朝阳对戏，也是一种成长。

毕竟他比她多演了几年的戏，对剧本和对角色的理解都要比她透彻得多，所以很多她捕捉不到的小细节，他都会带着她一起深入体会。

在片场，楚朝阳对剧组所有的工作人员都很和善，对一些年纪比较大的老演员，也表现得很谦卑好学，剧组里的人都很喜欢他。

和楚朝阳不一样，南佳恩虽然态度也很认真，但其他的方方面面就没有楚朝阳这么会打理了，很大程度上，更像是楚朝阳在照顾她。

至少剧组里的人都是这么认为的。

楚朝阳确实也挺“照顾”她的，尤其是在晚上的隔壁房间。

没睡好的第二天，南佳恩就去附近的店里买了个耳机，塞上之后，与世隔绝，接下来的几天，她总算能睡安稳觉了。

安稳了没几天，很快，看似平静的片场终于爆发了。

02

事情发生在南佳恩拍吻戏的那天下午。

“卡！”

上午有一场秦可依和楚朝阳的对手戏，南佳恩坐在导演边上看着，姜浩跟她说了一些下午的戏要注意的地方，她就安安心心地坐在一边啃冰棍了。

七月的天气，拍这种室外戏简直要把人折磨死了。

秦可依NG了好多次，每一次都在楚朝阳的怀里NG。

“行了，先休息一下吧。”姜浩喊。

秦可依走到一边，拿了个冰棍给楚朝阳递过去，楚朝阳礼貌性地接过秦可依的冰棍，却没有理会秦可依期盼的目光。

秦可依明显想跟他说话，他恍若未闻。

南佳恩在心里为秦可依默哀了三分钟。

“佳恩，我们对一下下午的戏吧。”在一边看戏的南佳恩没想到楚朝阳扭头就过来找她了。

下午的戏？不就是吻戏？吻戏有什么好对的？难不成还要实战演练一下？

南佳恩回眸一看，果不其然，秦可依的眼睛简直要冒火。

她悻悻地往后缩了缩，道：“你不要休息吗？等会儿你还要跟秦可依拍呢。”

听到秦可依的名字，楚朝阳的眉头微微皱了一下。

姜浩看了眼手表：“行了，就到这儿吧，这都十二点了。”

“好。”

几个工作人员去拿快餐，南佳恩没有要跟楚朝阳走的意思，他有些尴尬地扯了扯嘴角，随后站起身，往影视基地的厕所走。

楚朝阳前脚刚走，后脚秦可依就跟了上去。

有情况！

南佳恩的眼睛都亮起来了。

她四处张望了一下，决定去打探一下八卦。

“朝阳哥。”

在不远处的小山丘后头，南佳恩听到了秦可依的声音。

“你放手。”说话的是楚朝阳，他一改往日的温柔，此刻的声音冷得吓人。

“我做错什么了吗？朝阳哥……”

“工作的时候，我们不谈别的事情。”楚朝阳道，“晚上在房间里，我随你怎么闹、怎么疯，但是在工作的时候，你必须认真一点。”

秦可依的声音略带哭腔：“朝阳哥，人家不是故意的……”

“行了，下午好好拍。”

“知道了。”

“佳恩？”南佳恩正猫着身子听八卦，冷不丁后面传来 Colin 的声音。

一瞬间，南佳恩的汗毛都竖了起来。

她机械地转过头去，还没来得及跟他打招呼，秦可依就从她背后绕了出来，一同出来的，还有楚朝阳。

南佳恩脸上堆着笑，很尴尬。

“佳恩。”楚朝阳喊她。

“怎么了？”

楚朝阳笑眯眯地说：“下午的戏，你记得提前准备一下。”

“哦。”南佳恩道，“你记得刷牙。”

说着，她扭头就走。

走了没几步，她突然发现了一个熟悉的面孔。

南佳恩一愣：“朱麟？”

他怎么来了？

难道……顾以舟也来了？

她满脸兴奋，结果被朱麟泼了一盆冷水：“老大还在出差，他没来。”

“哦。”她干咳了一声，“我又没有什么期待的。”

“我来探班！”朱麟笑嘻嘻地说，“我们院里正好派我出差学习，我就顺路过来看看 Colin，还有你，佳恩姐。”

南佳恩哼了一声：“我是顺带的？”

“专程的，别这么小气嘛。”

剧组探班这种事，在影视基地还是很常见的。

IN也来了个探班的，是正好昨天到这里参加活动的陶桃。

陶桃是来看南佳恩的，之前在欢迎会的时候，她就滔滔不绝地向南佳恩阐明了自己的仰慕之情，今天一趟，更是带了无数好吃的好喝的。

末了，南佳恩把东西都分给了剧组，陶桃才看到了同为自家艺人的秦可依。

“哎呀……”陶桃一拍后脑勺，“我忘了你也在这个剧组了。”

秦可依翻了个白眼，冷哼了一声。

没过一个小时，解决好私人事务的于晓曼也赶到了影视基地。

后来秦可依好像又跟楚朝阳说了什么，说完之后，秦可依整个人的情绪非常低落。

用脚趾想也知道秦可依为什么低落了——楚朝阳的正牌夫人来了。

谁都没想到楚朝阳的老婆会来探班。

圈里的人大多都知道，楚朝阳的这场婚姻只不过是明面上的作秀，两个人私下里就像是毫无交集的陌生人。

而南佳恩正好在拍那场该死的吻戏。

“佳恩，稍微靠近一点！”姜浩在一边喊。

她一抬头，就看见了楚朝阳那张油腻的脸。

她闭上眼，又往前靠了靠。楚朝阳伸出手搂住她的腰，她身子猛地一僵，整个人都感觉不好了。

这里有一个慢镜头，大概要持续一分钟。

楚朝阳贴在她的耳畔，轻声问：“是不是觉得很刺激？”

“什么？”

“我老婆在那儿。”楚朝阳笑起来。

“明天微博热搜又要有‘楚朝阳老婆探班’了，你们真是大众眼里恩爱夫妻的代表。”

“南佳恩，我可以离婚的。”他又说。

“哦，所以呢？”

楚朝阳的脸凑了过来：“你要不要考虑一下？”

在他的唇即将贴上她的那一刻，南佳恩偏过头，一把推开了他。

“卡！”

真恶心。南佳恩要吐了。

她抬眸望着楚朝阳，道：“拍戏的时候能不能认真拍戏？别扯那些有的没的。”

楚朝阳耸耸肩：“我晚上来找你。”

“别。”她赶忙摆手，“你还是去找你的秦可依吧。”

“你吃醋了？”

她还能吃他的醋？

说了几句话，楚朝阳去边上招呼自家老婆去了。

南佳恩走到一边，浑身鸡皮疙瘩都掉了一地。

陶桃给南佳恩拿了一杯水，一不小心撞到了秦可依，冰水洒了她满身。

“你干吗？”秦可依当即跳了起来。

陶桃赶忙伸手想去擦：“对不起，我不是故意的！”

“你让开！”心情极差的秦可依一把推开陶桃，用力过猛，直接把她推向了后面的摄像机上，当即，价格不菲的摄影机就摔在了地上。

朱麟见状赶忙把陶桃从地上扶了起来。

陶桃的手臂撞到了摄像机，当即手红了一片。

南佳恩火大得要命：“你干吗推人？”

“是她自己不长眼！”秦可依指着自己的衣服，“你看不见她泼了我一身的水？”

“就因为她不小心泼到你，你就要故意把她推倒？”南佳恩怒道。

“谁知道她是不是无意的，毕竟她背后的主子这么厉害，我是得罪不起。”

“我呢，你确实是得罪不起，不过陶桃是我朋友，奉劝你嘴巴最好干净一点。”

于晓曼想拦，结果发现自己拦不住。

南佳恩就是这个性格，要是自己的人被欺负了，她不把对方欺负死，她就不叫南佳恩。

“呵，是，我嘴巴要干净一点，毕竟您是我们 IN 现在当红的花旦，您可是踩着我们顾总裁的关系进来的，我哪儿敢跟您作对啊！”说着，秦可依提高嗓门，故意说给一边的楚朝阳和他的正牌夫人听，“我们南花旦可是万年不NG的人！怎么一到跟楚朝阳拍吻戏就开始NG了？”

南佳恩冷嘲道：“上午在楚朝阳怀里NG了十多次的人，好像不是我吧？我这才一次，哪儿到哪儿？”

“你！”

“干吗？你还嫌不够丢人？难道要我把这几天隔壁房间的事情说出来给大家听听？”

“好了，好了，佳恩。”说话的是这部剧的女二岑秋，“大家都是一个剧组的，说话别伤了和气。”

南佳恩转头去看陶桃：“你的手没事吧？”

朱麟道：“肿了，最好还是去医院看一下吧。我带她去医院。”

姜浩看了眼地上屏幕漆黑的摄像机，语气很不好：“摄像师过来看一下。”

楚朝阳的正牌夫人拍好了秀恩爱可以发微博的照片之后就离开了，楚朝阳过来想缓和一下气氛。

“朝阳哥。”秦可依眼泪都下来了。

南佳恩瞠目结舌。

这个演技确实比谈馨儿好多了，跟着谈馨儿混，真的是太屈才了。

“好了，可依，别闹了，陶桃也不是故意的。”楚朝阳开始做和事佬。

“她就是故意的，她是受南佳恩指使的。”秦可依指着南佳恩，“都是因为我撞到了她前几天半夜出去和陌生男人幽会，她这才百般刁难我！朝阳哥，你要为我做主啊！”

南佳恩惊了。

03

南佳恩甩了甩头发，说：“能挖到我子虚乌有的八卦，你很棒哦。”

子虚乌有是个成语吧？南佳恩猛地发现自己的文化造诣又上升了一个台阶。

“我可是亲眼看见了。”秦可依冷哼一声，“凌晨两点，你挽着一个男人的手，对吧？南佳恩，当时可不止我一个人看见了。”

于晓曼赶忙走上前来抓住南佳恩的手臂，问：“真的假的？我不在你就放飞自我？”

“怎么可能？”南佳恩对天空翻了个白眼。

她喜欢的可是知识分子。

用南佳恩的话来说：“我自己就这个脑子，再找个脑子不好的，以后我的孩子直接输在了起跑线上。所以不管怎么说，吸引我的只有脑子好的！”

“朝阳哥，那天晚上你也看到了的，对吧？”秦可依向楚朝阳求助。

“你怎么知道朝阳哥也看到了？”南佳恩抿抿嘴，笑起来，“哎，不是说是半夜吗？你半夜还跟朝阳哥在一起吗？”

说罢，南佳恩眨了眨无辜的眼睛。

秦可依瞬间就吃瘪了。

南佳恩笑得纯良无害：“哎呀，我是不是说错话了？”

片场的人闻到了八卦的味道，都纷纷竖起了耳朵。

“南佳恩，你别狡辩了，我有证据！”说罢，秦可依拿出手机，翻出了相册里的一张照片，漆黑的背景下，两个人影站在一起。

即便是夜拍，手机也拍得很清晰，上面的的确确是南佳恩和一个男人。

南佳恩也的的确确是挽着那个男人的手臂。

南佳恩做梦都没想到自己搀扶盲人的照片会成为证据。

楚朝阳伸手拿起了秦可依的手机，锁屏。

他道：“可依，那是佳恩的私事，你我都无权干涉。”

另一边的摄像机似乎是损坏了，没法开机。

“我就是看不惯她总是在人前摆出一副冰清玉洁、与世无争的样子，其实背地里不干不净，到处抱大腿！人前人后两副面孔，我已经忍她很久了！馨儿姐人好，不和她计较，可是我咽不下这口气！当初她这么欺负我们馨儿姐……”说着，秦可依哭了起来。

南佳恩在心里把秦可依问候了一千遍。居然在这个时候还能把谈馨儿拉出来说事？看来谈馨儿在秦可依面前没少说南佳恩坏话，这才让秦可依心甘情愿地当了大炮。

于晓曼道：“秦小姐，说话可是要讲证据的。”

“这还不是证据？”秦可依指着楚朝阳手中的自己的手机，“我都拍到了，南佳恩！我要是想在背地里算计你，早就把这个照片公开了，到时候，你的人设早就崩塌了。我不喜欢玩阴的，你却处处为难我。在IN打压我和馨儿姐，在剧组又给我脸色，还在朝阳哥那儿说我的不是……”

于晓曼头疼，刚赶到剧组就摊上了这种破事，她反问道：“你知道这个男人是谁吗？就按照自己的推断，说南佳恩夜晚幽会陌生男子。秦小姐，诽谤可是要负责任的，你该不会忘了前段时间朗空诽谤的后果吧。”

秦可依嘴上还是不依不饶：“我诽谤她干什么？”

“踩着她往上爬呗，这不是秦小姐的惯用伎俩吗？”于晓曼反唇相讥，“前阵子和小模特的事情还没消停呢，秦小姐又这么急着碰瓷上我们佳恩了？也不扪心自问，南佳恩是你这种货色能碰瓷的吗？”

于晓曼嘴巴毒辣得很，把秦可依反驳得无话可说。

于晓曼不是惹事的人，却和南佳恩一样，都护犊子护得厉害。如果有人搬弄是非、颠倒黑白，她才不会顾及什么情面。

之前秦可依和国内一个人气爆棚的新晋模特闹绯闻，闹得沸沸扬扬，结果人家小模特微博上直接澄清了说两个人只见过几面，压根儿就没有秦可依字里行间若有似无地透露出的那种关系，搞得秦可依只好发微博说，广大网友都误会了她微博的意思，她和小模特只是普通的朋友关系，她是单纯地很欣赏小模特这个人。

微博下面网友嘲讽：“朋友吗？人家说只跟你见过几面啊。”

秦可依因为这条新闻涨了不少粉，也有了一段时间的热度，可惜昙花一现，瞬间又回归十八线。

“你们就是仗着南佳恩名气大，才敢在这里给我脸色看！离开了南佳恩，你们什么都不是！”秦可依叫嚣道。

“不，你错了。”于晓曼冷声道，“我要给你脸色看，不用仗着谁的面子。”

岑秋又劝了一句：“好了，都别说了，一点小事而已，何必搞成这样。”

姜浩在一边处理完摄影机的事情，走过来，道：“我不希望一个剧组里的人，整天朝夕相处，却人心隔肚皮。有什么事情大家今天在这里说开了，从这里离开之后，就全部翻篇。”

南佳恩扫了眼秦可依，道：“你还有什么要说的吗？没什么要说我要和楚朝阳去拍戏了。”

“你就是咬死都不承认？”秦可依还在纠缠。

岑秋叹了口气，懒得管了。

这么多人都给台阶下了，也就秦可依这个奇葩，还不下。

南佳恩问："承认什么？秦可依，不存在的事情我不能承认吧？"

"铁证如山你还不承认？"

用脚趾想都知道秦可依为什么今天非要南佳恩承认自己私会男人。

南佳恩这种脑子都想明白了，秦可依就是要当着楚朝阳的面让她下不来台。

好不容易抱到了楚朝阳这条大腿，要是这条大腿这个时候选择了比自己名气更大的南佳恩，那她这么多天的心血不就付诸东流了？

在秦可依的认知世界里，楚朝阳无非就是被南佳恩的人设给吸引了，出道几乎没有任何绯闻，看似冰清玉洁的女演员，私生活却无比混乱，楚朝阳一定会对南佳恩失去兴趣的。

南佳恩气得要吐血。

"如果是搀扶我这个盲人这件事的话，的确是没什么好承认的。"声音来自于南佳恩身后几米远。

听到这个声音，南佳恩本能地一愣，她转过身去，果然是他。

男人手拄着导盲杖，脸上还是挂着得体的微笑："如果搀扶盲人这种事都能被称为是桃色八卦的话，那么恐怕这个世界上愿意伸出援手去帮助别人的人会越来越少了，不是吗？"

看到面前的男人，秦可依怔住了。

这的确是照片里的男主角没错，可是……怎么会是个瞎子？

"我和南小姐曾经在医院里有过一面之缘。"他缓缓道，"在这里我又遇到了南小姐，所以她扶我走了几步路，请问，这也值得被抨击吗？"

秦可依的脸瞬间被打肿了。

"我以为……"秦可依支支吾吾地想要撇清关系。

"很多时候，伤害和误解都源于'我以为'。"男人微微颔首，"如果可以的话，以后还是少说'我以为'这种话吧。毕竟不了解，就擅自抹黑，对别人来说是一种伤害。"

秦可依的脸唰地红了。

被当事人打脸还被教导一番，这滋味真是……绝了。

南佳恩对姜浩道："姜导，我已经解决完了，可以继续工作了。"

谁知道姜浩一直盯着面前的男人，抿着唇，像是在思考什么。

“姜导？”南佳恩又喊了一声。

姜浩回过神来，道：“坏了一个摄像机，可能暂时不能拍了，今天收工吧。”

这就收工了？

收工也好，省得去拍吻戏。

南佳恩站在原地，望着男人，问道：“你一直在这里吗？”

“嗯。”他轻声道，“我在这儿很久了，不过你应该在拍戏，没有注意到我。”

“是没有注意到……”南佳恩老实巴交地答。

男人有些抱歉地开口道：“不好意思，给你带来了麻烦。”

“没关系。”南佳恩笑得满面春风，“拍戏太无聊了，找点事来玩也好。”

“你怼人的时候很有意思。”男人也笑了。

“是你说的呀，我没有必要去讨好每一个人。”

男人的笑意更浓了。

04

回到民宿的时候，南佳恩并不惊讶地在房间门口看到了秦可依。

“干吗？刚才在影视基地没撕完，现在还要来找我算账？”

“没想到啊，南佳恩，你果然厉害。”秦可依阴阳怪气地说，“不过我告诉你，劝你死了这条心吧，朝阳哥是不会和你在一起的。”

“他一个有妇之夫我惦记他什么啊？哎，我的秦小姐，你也真的是，被人家当枪使……你太蠢了，我不想跟你交流了。告辞。”

结果南佳恩还没得意多久，半夜就被疼醒了。

接着多年没有去医院体检过的南佳恩被人送进医院，还被医生告知：姐妹，你有肾结石了。

南佳恩疼得在床上打滚。

肾结石？她居然会有肾结石？！

“医生，肾结石这种病……”她难以启齿。

医生扶额："喝水太少了。"

"哦。还有救吗？"

"多喝水，多跳绳。"

"啊？跳绳干吗？"

"把结石跳出来。"

南佳恩躺在床上输液。

隔天早上前赴后继赶来一群人，朱麟买了水果过来，道："我一想到你得肾结石……就想笑。"

"哦。"南佳恩白了他一眼，"现在我告诉你哦，不仅会得结石，还会放屁。"

"……"

事发突然，南佳恩必须在医院里待两天。姜浩的助理给她送来了剧本，让她在医院里也不忘背台词。

值得安慰的是，当天晚上，在她喝完第二十五杯水的时候，有人来看她了。

"啊？你怎么来了……"南佳恩看到来人，愣住了。

盲人兄弟居然摸到这儿来了？手里还提了个吉他。

"听说你病了，所以来看你。"男人回答得理所当然。

"哇，你还认识我们剧组的人吗？"除了剧组里的人，别人都不知道她病了，所以他的消息一定是从剧组里面来的。

男人点头："嗯，我正好认识你们剧组的一个工作人员。"

"真的好巧！"南佳恩从床上坐起来，"我发现我跟你真的好有缘分！"

"是吗？"男人抿唇笑了笑，"其实，这世界上所有的缘分都是安排好的。"

"上天安排的？"

"嗯，有的是上天安排，有的是人为安排。"

南佳恩似懂非懂地"哦"了一声。

"我那天写了一首曲子，在民宿楼下的时候，我还没写完。今天早上刚写完，要听吗？"

“要要要！”她开心得不行，在医院里待了一天，她都快闷死了，还好有个人过来给她解闷。

男人腼腆地笑着，摸了好久，终于摸到了琴弦。

他的准备时间有点漫长，南佳恩等着等着，望着男人的脸。

真好看啊……

虽然和顾以舟比起来还差一点，不过这个颜值也算是很能打了。

说到顾以舟，南佳恩的气又不打一处来。

这个人，说好了出差半个月就回来的，这都多少天了，还没回来！还是说，他已经回去了，没有告诉她？

男人真的是不能有所期待。

不一会儿，如水的乐声从男人的指尖倾泻而出。

是上次的旋律。

她没什么乐感，但是勉强记忆力还可以，和上次他弹的比起来，今天的曲子似乎完善了一些。

他的技法娴熟，难以置信一个眼睛看不见的人，居然能把吉他弹得这么好。

她就这么静静地靠在床边，安然地听男人弹奏曲子。

这个男人很神奇，他总是给人一种很定心的感觉，他很温柔，却又很神秘，她甚至……还不知道他的名字。

一曲终了，南佳恩激动地鼓掌。

“好听！比上次的还要好听！”

男人道：“其实弹错了几个地方，抱歉，我眼睛看不见，压弦压不准。”

南佳恩有些惋惜，不过她听不懂这些东西，反正她五音不全，不管弹错了几个音，反正好听就是了。

她想了想，问：“你从小就看不见吗？”

“不是。”男人摇了摇头，“五年前，出了个事故，所以看不见了。”

“不可以做手术吗？”南佳恩又问。

“可以。”

南佳恩惊讶地问：“可以手术治愈？那你为什么不去呢？”

“黑暗让我更加安心。”男人解释道，“况且手术的成功率也并不是很高。现在我已经习惯了，眼睛这扇窗户关闭了，会有别的窗户打开。我觉得我现在写出来的曲子，比以前写的要好很多了。”

“有想过去发表曲子吗？我认识一些音乐公司，有一些资源。”

男人并没有回应南佳恩，只是换了另外一个话题：“你上次在医院里说，你喜欢姜桉？”

见南佳恩点头，他又问：“可以唱一首姜桉的歌吗？”

南佳恩赶忙拒绝。

之前她发了一个福利视频，给影迷唱了一首歌，结果当天热搜“南佳恩五音不全”高居不下，弄得她再也没有在公共场合唱过歌。

后来她就有了心理阴影，只要提到唱歌，她的第一反应一定是拒绝。

“我唱歌五音不全的，我要是唱歌，你会没命的。”南佳恩弱弱地说。

男人道：“我给你伴奏，你不会走调的。”

她还想拒绝，但转念一想，人家眼睛看不见，大老远过来看她，还给她弹吉他，她要是不唱歌，实在是对不起人家……

最关键的是，这里只有他们两个人，反正也没有第三个人会听见……

“那我……唱一首《得不偿失》？你会弹吗？”南佳恩小心翼翼地问。

“可以，都行。”

《得不偿失》是姜桉四年前刚出道时候的作品，是他的成名作。

曲子写得好，歌词异常动人，南佳恩最喜欢那句“我始终不明白自己，早知道爱你是得不偿失，为什么偏还要孤注一掷”。

他找到了合适女生的调，弹了一小段之后，道：“要从这里开始了哦。”

南佳恩深吸了一口气，满脑子都在回忆《得不偿失》的调子和歌词。

她一开口，男人拨弄琴弦的手指抖了一下。

完了……南佳恩捕捉到他的小动作，恨不得找个地洞钻进去。

开口就凉？没这么惨吧？

南佳恩一边注视着男人的表情，一边唱完了副歌部分。

她停下来，有些沮丧地问：“好难听吧？”

男人放下吉他，沉默了片刻，答：“有点。”

一点面子都不给的吗？

“不过问题不大。”男人道，“音色很好，不懂得怎么去发声，你的声音都是从嗓子里出来的，不是用的气，所以高音部分你扯着嗓子喊也上不去，不仅上不去，声音还会变得又刺耳又不在音准上。至于走调，也没有很厉害，其实还是发声的原因，因为不会发声，所以你唱歌的时候嗓子出来的声音往往会偏离你找到的音准，这是问题的关键。”

南佳恩惊了。

当年朗空一直想要帮她解决的疑难杂症，居然被他说得这么简单？

南佳恩叹了口气：“你别安慰我了，之前我的经纪公司不是没有想过让我去唱歌，但是我真的……”

“经纪公司的选择很多，他不是一定要你去唱。而且朗空本来就有很多歌手资源，他要培养新的歌手一定是要嗓音条件好的。乍一听你唱歌，一定会觉得你是五音不全、无药可救的。最重要的是，南佳恩，你自己都不相信自己会唱歌。”

她还会唱歌？这怕是本年度最大的笑话了吧？

“我相信也没用啊，我是真的不会唱。”

“你看，你还是不相信。”男人想了想，道，“要不我们打个赌吧，给你三天的时间，我会让你知道，你会唱歌。虽然达不到歌手的水平，但有个不错的后期的话，你的歌还是可以发行的。”

成为活在录音棚里的歌手吗？

南佳恩想到圈子里几个靠百万后期修歌出名的歌手，现场唱跑调的场景就哈哈大笑起来。

两人有说有笑了好一阵，外面有人喊男人回去了。

南佳恩挥挥手：“谢谢你，我今天很开心！”

男人前脚刚走，后脚她就躺在床上，兴奋地搓手。

新世界的大门好像为她打开了，以后“南佳恩五音不全”这样的话题终于要被她消灭了吗？想想还有点小激动。

喝多了水的南佳恩从床上蹦了下来，出门就准备往洗手间跑。

她开心得不行，一直在哼《得不偿失》这首歌，也不管自己唱得有多难听了，仿佛此时此刻，她的脑门儿上都刻着“行走的 CD 南佳恩”几个硕大无比、金光闪闪的大字。

直到她刚出门右拐，目光触及一个身影的时候，兴奋劲儿这才猛地消失。

他的脚边还有一个行李箱。

此刻，他站在病房外，像是一尊没有感情的雕塑。

“顾以舟……”她试探性地叫了一下他的名字。

他没说话，嘴唇抿得很紧，目光很冷，所及之处就像是十二月的暴雪。

05

好可怕的气场。

南佳恩明显感觉到情况有些不对劲。

顾以舟站得很直，却也掩盖不住他浑身的疲惫。

南佳恩哽住了，问：“你回来了？”

“嗯。”他的声音有些冷漠。

她像是做了什么坏事被抓包似的，一瞬间心虚得不行。

“好吧，朱麟说你还在出差。”

“我没告诉他。我临时改签了机票。”

“你的意思是，你本来还要在Y国待着？”

“嗯。本来那边没打算这么快就放我走。”

“那你……”

“我提前回来了。”

“你怎么知道我在这儿？”

“朱麟告诉我你生病了。”

一问一答像是例行公事，南佳恩差点就不知道该怎么把舌头捋直了。

“也不是生病，就是有肾结石了。”南佳恩难为情地捂住自己的肚子，二十五杯水让她现在必须要去厕所解决问题了。

南佳恩挪动了一下步子：“那个，我先去……”

话音未落，她的手腕突然被他一把抓住。

顾以舟一手拖着行李箱，一手把她拽进了病房里。

偌大的病房里，空荡荡的，有些吓人。顾以舟把她拖进来，一把摁在了墙上。

空调吹开窗帘，沙沙作响。

南佳恩猛烈地战栗起来。

太近了。

南佳恩连大气都不敢喘一下。

顾以舟的身上有淡淡的汗味，外面天气很热，他流了不少汗。

大概是带了滤镜，就算是汗味，南佳恩也觉得顾以舟的汗味比别人的汗味要清新得多……

顾以舟的双手撑在墙上，他俯身，鼻尖呼出的气息拂过她的额头，南佳恩抓住衣角，像是个做错了事的孩子一般，手足无措。

她被禁锢在他的臂弯里，四面都是顾以舟的味道。

“你就没有什么想对我说的吗？”他问。

南佳恩一愣，要说什么？

她思考了片刻，偷瞄了顾以舟一眼，他眉眼淡然，一副“全世界我都不关心”的样子。

南佳恩道：“我要说什么啊？要不你给我点提示？”

于是，南佳恩下一秒就见识到了什么叫瞬间变脸。

顾以舟的表情变得比刚才更臭了。

南佳恩心里一怵，他该不会是生气了吧？

看这眉头拧成这样，大概率是生气了。可是……他生什么气啊？搞不懂。

“没有提示。”他的脸又凑近了一些。南佳恩连他脸上细小的毛孔都能看到，她的脚后跟都软了，要是后面没有墙，她现在就要瘫倒在地了。

南佳恩咽了咽口水，问：“你是不是生气了啊？”

“我为什么要生气？”顾以舟反问。

她往后缩了缩，道：“我也不知道你为什么要生气，但是你现在的表情就是生气了。”

顾以舟似乎并没有察觉到自己表情的异常。

他沉默了半晌，道：“你在微信里说的话，怎么到现实生活中就说不出来了？”

在微信里说的话？南佳恩回想了好半天，然后想到了顾以则假冒顾以舟的事，脸当即红了。

南佳恩躲闪他的目光：“那是顾以则诈我的……”

“可是，话是对我说的。”

这个逻辑没错是没错，但是他该不会要告诉她，他是因为她没有说微信里的那句话才生气的吧？

见南佳恩迟迟没有回应，顾以舟长叹了一口气，他漆黑的眼睛紧紧地盯着她，目光清冷。

“南佳恩。”他突然喊她的名字。

她“嗯”了一声，听见顾以舟说：“这么多年，你有再谈过恋爱吗？”

听到这个问题，南佳恩的大脑直接宕机了。

她不知道顾以舟为什么要问这个问题，她甚至不知道应该怎么回答。

如果她老老实实地回答他，这么多年了，她没有找过男朋友，顾以舟是不是会觉得她的心里始终放不下他，然后得意扬扬呢？

才不要，这个人已经够嚣张了，她不想再让他骄傲。

顾以舟没有等南佳恩的回答，侧过脸来，兀自开口，道：“我没有。”

她呆呆地望着顾以舟，看见他的嘴唇一张一合，他又重复了一遍：“这么多年，我没有再找过别人。”

他是不是……在给她传递什么信息？

有一瞬间，有一句话她几乎要脱口而出，但南佳恩还是退缩了。

“那当然了……顾博士这么多年来一直潜心学术研究啊。”

“你明明知道我说的不是这个意思。”

她怎么知道！真是的！

南佳恩气得要跺脚：“有什么话你就直接说！你又不是不知道我这个脑子！要是你每说一句话我就要想半天，那我天天跟你说这么多话，我的脑细胞早就死光了好吗！”

“……”

她又没犯什么错，他总是一副兴师问罪的态度干什么，她又没有欠他钱！

顾以舟大概是觉得自己挖了个坑把自己埋进去了，他正色道：“所以刚才那个人到底是谁？”

南佳恩一脸蒙，他绕了这么大的弯子就为了最后的这句话？

那个人到底是谁？她这才发现自己原来不知道那个人是谁啊！

她居然跟一个不知道是谁的人聊了这么长时间！

南佳恩眼巴巴地看着顾以舟：“我也不知道他是谁……”

“嗯？”

她暗戳戳地低下头，嗫嚅道：“你刚才一说我才想起来，我好像也不知道他是谁。”

顾以舟的脸顷刻间黑了，张口就来：“南佳恩，你是猪吗？”

“喂，你干吗骂我？”她挺胸叉腰，反驳道，“我影迷这么多，我哪儿能每一个都认识？”

“所以他是你影迷？”

好像也不对……

南佳恩摇摇头：“他都没看过我的电视剧。”

“所以你跟一个你不认识的人，而且连你的影迷都不是的人，唱歌唱了这么久？”

南佳恩点头：“好像是这么回事。”

顾以舟冷声道：“哦，那你很优秀呢，南佳恩。”

“干吗这么阴阳怪气的！”

顾以舟扫了她一眼，声音闷闷的：“你都没有给我唱过。”

“啊？”

南佳恩把他的话消化了好久。

他的潜台词难道是：你给陌生男人唱歌，都没有给我唱过，你很过分，我很生气。

南佳恩狐疑地望着顾以舟的脸，有点得意地问：“喂，你是不是吃醋了？”

她意识到顾以舟的脸色明显一僵，大概是被她说中了。

可下一秒，顾以舟就绷着一张脸，撇清关系：“吃醋？你想得美。”

南佳恩：“顾以舟，你口是心非！”

他微微一笑：“成语学得不错。”

她反唇相讥：“过奖，高考语文还是比你高那么点的。”

顾以舟：“哦。”

“南佳恩，我现在真的是很服气你，只要我一不在，你就给我闯祸……”门外传来于晓曼的碎碎念，“我才刚来第二天，就要到医院来当你的……”

门从外面推开，于晓曼的抱怨戛然而止。

她茫然地看着病房里两个姿势怪异的人。

她在脑海里比画了一下这个亲密的姿势，然后恍然大悟自己来得不是时候。

“打扰了，告辞。”于晓曼刚要走，就被南佳恩拉住了。

南佳恩推开顾以舟，一把抓住了于晓曼的手。

“事情不是你想的那样，我……”

南佳恩的话还没说完就被于晓曼给打断了。

“顾博士，你是学医的，你照顾佳恩肯定比我照顾她要好多了。哎，我这刚才又接到电话，出了急事，我现在要去处理。”

南佳恩：“这大晚上的谁会给你打电话去处理事情啊？而且你是在外地好吗？你在外地谁喊你去啊！”

于晓曼抽出手，扭过头，恨铁不成钢：“你知道你为什么到现在还单身吗？”于晓曼说着看了眼顾以舟，从顾以舟的表情中就可以得出结论，他已经秒懂了于晓曼刚才话里的玄机。

“单身是有理由的，南佳恩宝贝。你真的是凭实力单身。”说罢，于晓曼转向顾以舟，“顾博士，那么佳恩我就交给你了，拜托咯。”

“喂……晓曼……”

门被无情地关上。

南佳恩转过头，大眼对小眼。

“那个，医院里也不方便住，你要是觉得不太好的话，可以……”

“挺好的。”顾以舟道，“我只要有床就可以了。”

一向对生活要求很高的顾博士什么时候变得这么粗糙了？

“我出去洗个澡，换身衣服。”顾以舟拉住自己的行李箱，吩咐道，“我大概会在十点钟之前回来，你有没有什么想吃的夜宵，我给你带。”

听到吃的，南佳恩的眼睛都亮了：“真的可以吗？”

“不要算了。”

“要要要！”她渴望的小眼神投向了顾以舟，“小龙虾！花甲粉丝！还有烧烤！还有……”

顾以舟：“闭嘴。”

“你让我点的……”

南佳恩委屈极了。

尽管如此，她还是在一个多小时之后，等到了顾以舟带回来的小龙虾、花甲粉丝、烧烤，还有水果和蜂蜜水。

南佳恩兴奋地从床上跳起来。

这个世界上还有比顾以舟更美好的事物存在的吗？

当然没有啊！

从前没有，现在没有，将来更不会有。

/ 第七章 不能接吻？你确定？ /

01

顾以舟刚洗完澡，结果浑身都沾染了夜宵的烟火气息。

他把七八个塑料袋放在病房最里面的桌子上，没等他说话，南佳恩已经从床上下来准备大快朵颐了。

顾以舟一只手拦在她面前，语气硬邦邦的："肾结石的人先把水喝了。"说完，一杯蜂蜜水递到她面前。

南佳恩撇撇嘴，道："知道了，顾大博士。"

白天的时候，有小道新闻把"南佳恩生病住院"的话题顶到了热搜，偷拍图中的她一脸憔悴，工作人员帮她拿着吊瓶，她在走廊里，正准备去上厕所。

看到微博偷拍图，南佳恩不禁感慨：我被偷拍都这么好看！

底下的评论分为两派。

一派："我们恩恩要注意身体哦！虽然就算是生病的素颜，还是很好看！"

另一派："去个医院都要买热门，呵呵。"

南佳恩直接开了大号怼回去。

南佳恩 V：“我去医院都是热门，唉，你就说你气不气吧？”

楼下清一色评论：“哈哈哈哈哈哈哈哈。”

顾以舟顺带把水果也给了她：“吃水果。”

“你是要我吃水果吃饱吗？吃完了水果我哪里还有肚子吃其他的啊！”南佳恩气急败坏。

“嗯？你的食量还会吃不下吗？”

南佳恩气鼓鼓地问：“喂，你确定要和一个病员吵架吗！”

“一个病员在微博上这么嚣张，一看就没什么事吧？”

“哇，你这个人还偷窥我微博。”

顾以舟一本正经地纠正：“光明正大。”

她歪着头，追问：“你的微博账号叫什么？我们互关！”

“不要。”顾以舟一口回绝。

“哦。”南佳恩慢悠悠地拖了一个绵长的尾音，目光一斜，眼睛里满是狡黠，“该不会，你的微博里有什么三俗内容不能让我看吧？”

顾以舟掀眸道：“你就是我微博热搜那一页里最三俗的内容。”

这个人真的是！

南佳恩一把抢过顾以舟面前的小龙虾。

“我要吃！”

顾以舟挑挑眉，没说话。

“你吃饭了吗？”南佳恩问。

“没有。”说着，他从另外一个牛皮纸袋里拿出了一个盒饭，“我买了。”

南佳恩看着满桌子的好吃的：“你不是买了这么多东西吗，一起吃啊。”

“怕你不够。”顾以舟打开盒饭，“毕竟你的胃口，谁都说不准。”

干吗？还真把她当成猪了？再说了，桌上的这些东西，就算是猪也吃不完的好吗？

顾以舟幽幽开口：“于晓曼明天看到这么多吃的，该收拾你了。”

“我不管，这些都是你给我买的。”南佳恩笑起来，望着面前的“背锅侠”，毫不在意地说，“于晓曼追究起来，我就说是顾博士亲自给我买的，我是被迫吃下去的！”

不给顾以舟行动的机会，南佳恩将桌上的一堆吃的都护在怀里，宣告了占有权。

顾博士无奈地摇摇头，真是怕了她了。

他慢条斯理地吃完了盒饭，发现南佳恩依旧在和龙虾搏斗。

到现在为止，她一共战胜了三只龙虾。

南佳恩抬起头来，欲哭无泪："我的指甲不好剥龙虾……我怕剥坏了……"

然后一盆十三香龙虾就被推到了顾以舟的面前。

他低头，平静地看了一眼桌上的龙虾。

"南佳恩，告诉你个秘密。我的手是用来搞研究的。"

南佳恩无辜地眨巴眨巴眼睛："研究一下小龙虾是以怎样的方式进入我的嘴巴里的吧？"

他几不可闻地轻哼了一声，声音里竟有些宠溺的意味。

顾以舟想不通，自己怎么就开始帮她剥龙虾了。

他一边剥一边想，然后发现这是一道无解的送命题。

南佳恩坐在椅子上，双脚悬空，没穿鞋子，两只白嫩的脚丫子在半空中画圈圈，她一只手拿着筷子，一只手拿着勺子，恨不得把脑袋都放在桌子上，像个三四岁的小孩子，就等着好吃的。

顾以舟难得抬头，对上她的眼睛，不知怎的，心口一个角落突然坍塌了。

"快点哦！我等不及了！"

"闭嘴。"

"不闭嘴，闭嘴我就吃不了东西了。"南佳恩笑眯眯地说。

顾以舟剥一个，往她碗里丢一个，再剥完一个的时候，原先碗里的那个已经消失了。

"……"

"所以让你剥快一点嘛……"

"你就不能先吃别的？"一想到难得出完差放两天假，还要被差使当剥虾工，顾以舟骤然间觉得自己人生黯淡。

"也对！"南佳恩解开旁边的花甲粉丝，闷头吸起了粉丝。

其实这样的生活也挺好的。

南佳恩低着头，她想顾以舟看不到她脸上的表情，所以她一边吸粉丝一边无声偷笑。

结果还是被顾以舟抓了个正着：“你的嘴是漏的吗？汤水飞得哪儿都是。”

南佳恩收敛笑意，正经地吃完。

她低头的时候，长发柔柔地落在肩头。顾以舟知道她看不见自己，所以他剥龙虾时，偶尔会看看她。

他说不上来此刻这种安心的感觉是怎么来的，甚至，他都不想去思考这些。

之前网上有个问题很火：会有人让你在跟她在一起的时候忘记时间吗？

顾以舟当时否定了这个命题，可是现在，他突然想说，会的，会有这样一个人。

“顾以舟。”

“嗯？”

“你有没有给别人剥过龙虾？”

“你觉得呢？”

南佳恩抬起头，像是突然想到什么似的，有些闷闷不乐：“你和谈馨儿相亲的时候，是不是也帮她剥龙虾啊？帮她拉椅子、夹菜什么的。”

顾以舟顿了顿，说：“是。”

南佳恩哼了一声，把顾以舟剥好的龙虾肉全部又还给了他：“我就知道！”

“吃醋了？”

南佳恩气急败坏：“谁吃醋了？关我啥事！”

“哦？”

“我吃饱了，我要去刷牙睡觉了！”南佳恩说罢站起身。

她抬腿要走，手被顾以舟一把扯住，她“啊”地尖叫一声后，一屁股坐在了顾以舟的大腿上。

她的身子被他整个圈住。

南佳恩背对着顾以舟，他的手绕过她的小腹和腰，炙热滚烫。

“我没有。”他柔声道，“我就和谈馨儿见过三面。相亲一次，潮辣火锅店门口一次，还有餐厅一次。其中两次，你还都在场。”

这个人……说话就说话，干吗非要让她坐在他大腿上！

他又说："我哪里有时间给她剥龙虾？"

南佳恩假装淡定地答："那你刚才骗我干吗？"

"想看你吃醋。"

南佳恩矢口否认："不，我才没有吃醋！"

"嗯，你没有。"顾以舟顺着她的话往下说，"还吃东西吗？"

"吃！"再怎么样，也不能跟吃的过不去啊。

南佳恩风卷残云地解决了桌上的东西，心满意足地打了个饱嗝。

她眼睛一斜，生怕被顾以舟骂没有形象。

顾以舟倒是很淡定，正缓缓地收拾桌上的垃圾。

病房里有一个洗手池，南佳恩刷完牙又洗完脸，顾以舟刚好扔完垃圾回来。

房间里有两张床，一张是病患用的，一张是病患家属用的。

南佳恩走到柜子边，拿出了一床被子放到家属用床上。

"怎么不回去睡？白天来挂水不就行了。"顾以舟问。

"医生建议我在医院住一天观察一下。"

"太小题大做了。"顾以舟开口道，"肾结石哪是住两天院就能好的，你平时还是要多喝水，不能一拍戏就半天不喝水。还有……"

南佳恩打断他的话："知道啦顾博士！"

这个人真的是越来越啰唆了……

"睡觉吧。"她说。

"嗯。"

已经是晚上十一点了，四周很安静，南佳恩躺在床上，在距离她左手不到两米的床上，是顾以舟。

他平躺着，呼吸很均匀。

第一次和顾以舟在一个房间睡觉，这种感觉让她觉得很奇妙。

南佳恩侧过脸来，借着微弱的月光，她勉强能看到顾以舟的脸。

"你睡了吗？顾以舟。"良久之后，南佳恩问。

他道："还没。"

"你在Y国是不是很忙啊？"

顾以舟"嗯"了一声，道："基本上每天都在跑，每天晚上九点多才能回去。”

“你出差就跟人间蒸发了一样。”南佳恩有些低落。

“我们有时差。我休息的时候国内已经半夜了。”

“那你可以给我发个信息，我第二天醒来会回你的。”她认真地纠正他的错误行为。

顾以舟沉默了片刻：“好。”

然后，空气陷入了良久的沉默。

顾以舟问她：“南佳恩，你真的没什么想对我说的吗？”

“说什么呀？”她的声音带着疲惫的困意。

顾以舟想了很久。

“我其实……”话音未落，就被右手边的呼噜声掩盖了。

顾以舟在心里暗笑自己不正常，然后无奈地闭上了眼。

02

隔天南佳恩醒来的时候，顾以舟已经收拾好东西走了。

床铺整理得干干净净，她的早饭也已经准备好了放在桌子上，还冒着热气。

南佳恩看了眼手机，上面顾以舟发了信息：我先走了，醒来把早饭吃了。

包子、蒸饺，还有粥。

吃完之后，南佳恩拍了一张照片给他发过去：光荣完成使命。

不一会儿，于晓曼就来了。

她吃的东西还摊在桌上，整个人深陷在椅子里，像个孤独的思考者。

于晓曼问：“怎么了？昨晚进展太快，现在还没缓过来？”

“没有啊，你在想啥？”

“不会吧？你别告诉我你和顾以舟昨晚一点进展都没有！”

南佳恩一脸蒙：“应该有什么进展吗？”

于晓曼无语，孤男寡女大晚上共处一室的，居然……毫无进展？！

“你们昨晚干吗了？”

“昨晚？昨晚顾以舟买了夜宵，我们一起吃了夜宵，然后……就睡觉了啊。”

“怎么睡的？几张床？”

“当然是两张床啊。”

“他就没跟你说点什么？没对你做点什么？”

“没有啊……不对，他应该对我做点什么吗？”

这两个榆木脑袋！于晓曼想吐血。

南佳恩这么白痴就算了，顾以舟居然也是这副样子？情况不太妙啊，于晓曼感觉头疼。

可更头疼的紧随而来，南佳恩下午刚回到片场，在影视基地门口就遇到了一群影迷。

听说南佳恩在这里拍戏，很多本地的影迷，成群结队地来到影视基地探班。

前前后后大概来了三四十个人，南佳恩被围在一群人中间，拿着记号笔一个一个签名。

对待影迷，她总是很温柔，她珍惜自己的每一个影迷，也明白对于很多还没有长大的学生影迷来说，她的每一个行为、每一句话都极有可能影响他们三观的养成，她更加相信，一句简单的鼓励，也许会让她的影迷从中受到鼓舞，走向更好的生活。

于晓曼虽然总骂她不会说话，但在面对影迷的时候，不得不说，她还是很欣赏南佳恩的。

她从不接收除信件之外影迷交给她的任何东西，这几年来她保存着收到的每一封信件，家里的大箱子已经被信件塞得满当当的，她一封信都舍不得扔。

这个圈子里的很多人把影迷当成是赚钱的工具，无可厚非，影迷的数量的确会影响到他们的收入，但总有一些人，为了自己的利益，丝毫不顾及影迷的感受。

只要金主给的钱够多，就算他们的产品是垃圾，很多人也会去当代言人，没命地宣传。

从出道至今，南佳恩接的广告很少，每一次的产品她都要亲测一下，确定不错，才会去做宣传。

这个女人虽然一根筋，但却是个实打实的好人。

因为影迷的缘故，南佳恩赶到片场的时候，已经迟到了半个小时。

大家伙儿在一边等她，于晓曼赶忙上前去和姜浩说了一下原因。

姜浩挥挥手：“化妆师来。”

南佳恩自觉抱歉，对剧组的工作人员又是点头又是哈腰。

另一边，楚朝阳本来在跟岑秋对戏，看到南佳恩过来，放下手中的事情过来找她。

“佳恩，你身体还好吧？”

“还好，没什么大事，谢谢朝阳哥关心。”

她来之前就已经把妆自理过了，化妆师只要稍微修一下就好。

南佳恩坐在一边的椅子上，听到姜浩跟她说话。

“明天下午晚点，负责主题曲的人会来找你。”姜浩说。

南佳恩口齿不清地问：“这次谁负责主题曲啊？”

姜浩看了她一眼：“姜桉。”

“姜桉？”南佳恩惊了，“真的是姜桉吗？”

哇，居然要和姜桉合作了！南佳恩激动得手都在抖，那她这也算是影迷见偶像了吧！

姜浩笑了笑，说：“别太激动，你应该认识他。”

“啊？我不认识啊！”南佳恩愣愣地望着姜浩，“他是幕后型歌手啊，我都不知道他长什么样子。哈哈，不过我马上就可以见到了，想想还有点小激动！”

说到姜桉，南佳恩不禁想起前段时间，微博上还有人说姜桉和谈馨儿闹绯闻呢。

她就不明白了，怎么她好不容易欣赏两个男人，还都跟谈馨儿有瓜葛？

“对了，今天还有个你认识的人要来。”

“谁啊？”

“你的实习导师。”

顾以舟？他来这儿干吗？难道……是来找她的？

嘴上不说，身体总归还是很诚实。

南佳恩心里美滋滋，冷不丁被姜浩泼了一盆冷水：“他正好休假，来做专业指导。”

一颗心碎了。

敢情顾以舟是为了来剧组做指导才来的啊？她还以为他是来看她的呢！

果然，不能对男人抱太大期待。

“之前我三邀四请了几次他都说没时间。能请他来也真是不容易啊。”

南佳恩眨眨眼：“顾以舟很难请吗？”

姜浩笑了笑，答：“你跟他实习了这么长时间还能不知道吗？他的日程，都是满满当当的。当初他可是克服了很大的困难才从国外回来的，他的学术研究在国际上都是很有影响力的。”

回来的第一场戏，正如她原先料想的那样——没错，就是那场该死的吻戏。

她在医院待了两天，剧组拍了一些没有涉及她戏份的剧集。

现下她回来了，一大堆的戏等她拍。

这本来就是一部讲述女主角成长的大女主的戏，南佳恩的戏份很多，而且非常具有挑战性。剧本的编排非常巧妙，不得不说这部戏的编剧真的是无敌。

如果这部戏毁在她手里，那真的是暴殄天物。

之前跟顾以舟实习的时候，她就拿到了一部分的剧本，每天背台词。

进组之后，每天休息的时间不是在试戏，就是继续背词。她会揣摩人物角色，把自己代入，思考着女主角在每个时期的不同境遇下会产生什么样的性格变化。

剧组里还有一些后辈，一开始他们都不怎么好意思跟南佳恩说话，后来看到 Colin 和南佳恩经常对戏，就过来问南佳恩一些演技上的问题，结果发现这个在微博上气势汹汹的女演员，其实性格很好。

南佳恩准备就绪，一旁的楚朝阳正在背词，南佳恩走过去，道：“大哥，求你个事儿呗。”

“怎么了佳恩，你说。”

“别让我 NG 了，行不？”南佳恩扯了一个借口，“我昨天去看病，医生说我现在的状态很不好，我现在不能接受和男人接吻。如果接吻了，我怕是会死在现场。”

“……”

开拍之前，南佳恩深呼吸了十几次。

“乔曦，你不用说，我都明白……”楚朝阳的台词功力很强，他一开口，瞬间带入剧情。

南佳恩深情款款地望着他，眼眶里有泪水在打转：“不，你根本就不明白……”

“乔曦！”楚朝阳一把拉住南佳恩的手，“求你，不要离开我！”

“对不起……”

她话音刚落，楚朝阳就搂住了她的腰，瞬间那张脸又贴了过来。

好在这一次，他还算是规矩，两个人抱了足足有一分钟，他和南佳恩的脸错位地凑在一起，镜头来回切换，不知怎的，南佳恩突然觉得自己后背直发凉。

“卡！”姜浩打断了两个人的深情演绎，“佳恩，你绷得太紧了，你要放松一点！”

南佳恩在心里爆粗口，又要重来。

她不动声色地在楚朝阳的怀里挣开，回过头，看到了不远处一个身影，顿时整个人都僵住了，她的视线毫无偏差地和顾以舟的对上了。

难怪刚才她觉得背脊发凉……是因为顾以舟？

姜浩朝南佳恩挥手，南佳恩硬着头皮走过去，听见姜浩指导她说：“你不能一直这么紧绷着，前面还行，后面你的状态应该舒缓下来，毕竟和喜欢的人接吻是一件令人感到幸福的事。”

姜导，你也知道哦，是和喜欢的人接吻。

但是……楚朝阳？

南佳恩心虚地点点头，都不敢看一边站着的顾以舟。

顾以舟面上依旧是让人看不透的沉着冷静，他问姜浩：“姜导，你之前给我看的剧本里，好像没有这场戏吧？”

“你的记忆力真好啊，这么多页的剧本你还记得。这场戏本来是没有的，后来剧组加了。”

顾以舟又问：“之前的那版不是挺好的吗？”

“是这样，之前我们剧的男主角觉得这边的感情戏份不够浓烈，所以建议编剧加的。”

“哦。”顾以舟若有所思地点点头，目光停在不远处的楚朝阳身上。

不知道是不是她的错觉，南佳恩竟觉得他的眼神里闪过一丝……杀气？

五分钟之后，南佳恩又去拍了。

这场吻戏来来回回大概拍了五六遍才告一段落。

南佳恩从镜头前撤下来，顿时感觉天空又蓝了好几个度。

于晓曼给她递了杯水，道：“顾以舟一直在看你拍吻戏哦。”

南佳恩的汗毛都竖起来了，她偷偷瞄了一眼不远处的顾以舟，小声说：“你别提他，我现在听到他的名字就害怕。我老觉得他今天不正常。”

“是不太正常。”于晓曼附和，“你自求多福。”

吻戏拍完之后，南佳恩和 Colin 还有一场对手戏。

Colin 在剧中扮演的是女主角乔曦的青梅竹马，也是乔曦的父亲唯一认定的女婿人选。但是乔曦对他从来都只有妹妹对哥哥的感情，即便她知道对方是喜欢自己的。

这场戏是男二在得知女主不得已要和男主分开之后，赶过来安慰她的。

在这场戏里，女主角一直在哭，哭得声嘶力竭、撕心裂肺。

刚从吻戏里出来，南佳恩的状态调整得很快，分分钟入戏。

她失魂落魄地坐在地上，双眼无神，没有焦点，只是呆呆地望着不远处。

“乔曦！”匆匆赶来的 Colin 跑过来，蹲下身，按住了她的肩膀，“你怎么了？”

“他走了。”南佳恩平静地说。

Colin 安慰道：“他很快就会回来的。”

“你不用骗我，我知道，他不会回来了。”说着，她转过脸来，苍白的脸毫无血色，红肿的眼睛死死地望着他，嘴巴里一直重复着那句话，“他不会回来了。”

下一秒，南佳恩开始哭。

她捂住眼，号啕大哭起来。

泪水顺着她的指缝往下流，南佳恩蜷缩着身子，如同受伤的小兽发出最后的悲鸣。

“乔曦……”Colin 的手停在半空中很久，之后，他轻轻地把她抱在了怀里，“你还有我。”

她窝在 Colin 的怀里，哭得像是个泪人。

拍摄现场所有的演员和工作人员都停止了闲谈，所有人的目光都聚集在南佳恩和 Colin 的身上。

这场戏酣畅淋漓，不仅南佳恩的哭戏让人感同身受，就连 Colin 的细节也拿捏得很好，把备胎的辛酸演绎得淋漓尽致。

每一个人都皱着眉头，像是在一同为女主角的遭遇而心痛。

姜浩过了很久才喊了停，现场掌声四起。

南佳恩从 Colin 的怀里站起身来，她伸出手，把脸上的眼泪擦干净。

“太棒了，佳恩！”岑秋给她递了一张纸巾。

南佳恩微笑着接过纸巾，道：“谢谢！”

“全程无槽点！”说话的是旁边的一个小配角，之前因为研究戏和南佳恩有过几次交流，“佳恩姐，你真的太棒了！”

就连饰演女主角父亲的老演员也过来夸赞她的演技。

现场唯独只有一个人面无表情。

顾以舟站在镜头的旁边，还没从那场吻戏里缓过来，居然又来了一场拥抱的戏。

这不是严谨的医学片吗？怎么活生生被演成了八点档的肥皂剧？

于晓曼提醒道：“完了，你看顾博士的脸。”

顺着于晓曼的目光看去，南佳恩果然看到了顾以舟那张臭脸。

她咕嘟咕嘟喝了半瓶水，问：“他又怎么了？”

“不懂，估计是被你的演技给震慑到了。”

南佳恩点点头，觉得这个理由说得通：“第一次看我现场的演技，顾以舟估计都傻眼了吧？他内心肯定想，南佳恩这么会演戏的吗？！”

虽然乐观得有些不在点上，不过于晓曼还是很期待她等会儿被顾以舟修理的画面。

本来还有一场戏，但是时间已经不早了，再加上天气燥热，再拍外景戏的话，大家都吃不消。

姜浩决定结束今天的拍摄：“今天就到这里吧。”说罢，他转过身看向几个主演，“我们一起去吃个饭，正好迎接一下顾博士。”

03

姜浩之前就在饭店订好了位置，等车子抵达饭店门口的时候，早就有人在门外等待了。

进了空调房，南佳恩摘下口罩和帽子，长长地舒了一口气，拍了一下午戏，简直要把她热死了。

顾以舟今天占了 C 位，因为她之前跟着顾以舟实习过，所以姜浩理所当然地把她的位置安排在顾以舟的旁边。

刚一坐下，南佳恩就觉得这会儿顾以舟的气场更加恐怖。

更可怕的是，顾以舟居然拿着自己的酒杯说："我喝白的。"

他不是不喝酒的吗？！

楚朝阳坐在顾以舟的对面，冷菜刚上完，顾以舟就站起身来给楚朝阳倒酒。

礼貌起见，楚朝阳也站了起来。

"你好，我是顾以舟。"说着，顾以舟把自己的酒杯举了起来，"一直都很喜欢看您的戏，从小到大都在看。"

楚朝阳皮笑肉不笑地点点头，把杯中的白酒一饮而尽。

刚一喝完，顾以舟又给楚朝阳倒了一杯。

"实不相瞒，姜导的这部戏男主角原型其实是我。"

南佳恩："……"

顾以舟这话说得……怎么感觉怪怪的？

"所以当我看到您将这个角色诠释得这么好的时候，真的非常感动。"顾以舟微微颔首，将酒一饮而尽，"这杯我先干了，您随意。"

说是随意，怎么好意思随意。敬酒的那个人全喝了，被敬的人自然也要同样奉还。

这么一来，楚朝阳还没开始吃，就直接被灌了两杯白酒。

和楚朝阳短暂结束之后，顾以舟又把目光转向了 Colin。

南佳恩一脸茫然地看着顾以舟像个陀螺似的，这才刚开席五分钟，他就已经喝了四杯酒。

等他坐下，南佳恩小心翼翼地拉了拉他的衣角，低声说："你没事吧？

喝这么多酒？”

“我没事。”

南佳恩已经不记得顾以舟晚上喝了多少酒了，只依稀记得，晚饭结束的时候，除了顾以舟和姜浩之外，其他男人基本上没有一个是能正常走出包厢的了。

她目瞪口呆地看着顾以舟面前放着的杯子，如果她记得没错的话，他大概喝了有十多杯……白酒。

其他男人最多也就喝了顾以舟的一半，结果个个都东倒西歪，站起来走路都困难，唯独顾以舟除了脸色有点红之外没有半点异常。

意识很清晰，动作也很协调。

南佳恩算是知道他为什么不爱喝酒了，因为没有对手！

岑秋看了眼大多走路都困难的男演员，转头问其他几个女演员：“怎么办？”

“叫车啊。”南佳恩拿出手机开始喊车。

谁都没有想到顾以舟一来竟然把在场的几个男演员都喝趴下了。

在等待叫车的时间里，楚朝阳去了一趟厕所，他前脚刚出去，后脚顾以舟也出去了。

过了几分钟，顾以舟回来了，他看了眼房间里的其他人：“楚朝阳吐了，我一个人扶不动。”

“我跟你去吧。”姜浩说着走出了包厢。

岑秋道：“我们也一起去看一下吧。”

看热闹这种事，南佳恩最在行了。

她幸灾乐祸地跟着顾以舟和姜浩往厕所跑，结果在女厕所看到了楚朝阳。

他瘫倒在女厕所隔间的地上，双手抱着马桶，已经彻底没了意识。

南佳恩唏嘘不已，然后，她疯狂地想把楚朝阳这个样子拍下来！

事实上，她用开了静音的手机照做了。

岑秋说：“楚朝阳不会有事吧？喝成这样。”

一边一个女演员小声道：“哎，喝酒喝成这个样子，好丢人哦。”

姜浩和顾以舟把楚朝阳从地上搀扶起来，迎面进来两个上厕所的女孩儿。

“天哪！那是不是楚朝阳啊！”

“应该是的吧！你看，旁边还有南佳恩和岑秋！肯定是楚朝阳没错了。”

“怎么喝成这个样子啊！”

凄惨的楚朝阳被一群人扛回了民宿。

Colin 和另外两个男演员虽然喝得不少，也摇摇晃晃的，但意识还算是清醒，勉强能自己回房间。

听外面有声音，于晓曼从房间里出来打探情况，结果看到了顾以舟。

她赶忙回房间里拿出自己的钱包，佯装火急火燎地和南佳恩打了个招呼：“我例假来了，我去外面买个卫生巾啊！”

南佳恩“啊”了一声，劝阻道：“我房间里有，你不……”她话还没来得及说完，就被顾以舟一把扯进了房间里。

“啊……”她没反应过来，就直接被顾以舟推倒在床上。

她的长发散落在被子上，顾以舟欺身而下。

“你干吗啊？”她结结实实地撞在床上，虽然软绵绵的，她还是决定撒个娇。

顾以舟的眼睛里布满了血丝，大概是喝多了的缘故，整张脸微微泛红。

“我喝多了。”他说。

南佳恩被他压在身下，扑面而来的是刺鼻的酒味：“哪有真的喝多了的人说自己喝多了的，你别骗我好吧。”

“真的喝多了。”

南佳恩满脸惊恐：“你不会要跟我撒酒疯吧？”

到底还是喝了不少，即便吃饭之前他吃了两粒醒酒药，十几杯酒灌下去，还是吃不消。

顾以舟拧着眉头，一脸不高兴：“你和楚朝阳接吻了六次。”

南佳恩反驳道：“我这是在演戏好吗？大哥，这是我的工作！”

“那你拍了这么多次。”

南佳恩欲哭无泪：“不是我想 NG 的，是姜导 NG 的！”

“哦。早知道把他也灌了。”

“什么逻辑？”他该不会是故意把楚朝阳给灌醉的吧？

顾以舟揪出了她言语里的漏洞，强调：“我不管是谁 NG 的，你就是和楚朝阳接吻了六次。”

“其实两天之前还有一次……”

顾以舟怒道：“南佳恩！”

她怎么觉得喝多了的顾以舟生起气来还是蛮可爱的。

“我没跟他接吻。借位的。”

“嗯？”顾以舟顿了顿，“没接吻？”

他当时站的位置距离南佳恩和楚朝阳还是有一段距离的，因此他也没有看到两个人的具体情况，但是吻戏，不接吻的怎么能是吻戏呢？

“嗯。”南佳恩解释道，“我真没跟他接吻。我跟他说了，医生说我情绪不好，不能受刺激，我不能和男人接吻，接吻了我会‘死’的。”

顾以舟双手撑在床上，一双黑曜石般的眼睛紧紧地盯着南佳恩。

他嗓音喑哑，问道：“不能接吻？你确定？”

“唔……”还没等她回答，柔软温热的触感从嘴唇传递到她的每一处神经末梢，南佳恩只觉得自己身体的每一处毛孔都快要喘不过气来了。

她睁大眼睛，身体酥麻，根本不知道应该如何是好。

顾以舟闭着眼睛，纤长的睫毛轻轻地抖动着。

南佳恩这才后知后觉地反应过来。

她居然在和顾以舟接吻！

“闭眼。”他离开她的唇说。

“哦。”于是，南佳恩就乖乖闭上了眼睛，甚至不去思考自己为什么要按照顾以舟说的做。

他的唇齿间有辛烈的酒味。

和刚才的试探完全相反，顾以舟已经完全了解此时此刻南佳恩彻底接受了他。

不温柔，如同猛兽一般，顾以舟的吻带有浓郁的入侵色彩。

这是南佳恩第一次真真切切地感受到什么是接吻。

和多年前器材室里的那个蜻蜓点水的吻完全不一样。

他或是挑逗，或是勾引，他的每一次动作都让她的心狂跳不止。

如狂风席卷海岸，如暴雨淹没城市。

南佳恩伸出手，环住了他的脖子。

“南佳恩。”喘息的工夫，他睁开眼，唇瓣在她的眉梢处辗转几番，他道，

“我没想到你会让我彻底失控。”

04

“我‘死’了。”

南佳恩刚发完朋友圈，朱麟的聊天窗口就亮了。

朱麟：“佳恩姐你咋了！”

南佳恩：“我‘死’了。”

朱麟发来三个问号。

没几分钟，顾以则的信息发了过来。

顾以则：“你又上头条了。”

南佳恩：“什么！”

南佳恩火急火燎地打开微博，结果发现上头条的并不是她，她只是入了个镜。

楚朝阳可以说是很惨了。估计是被之前他们在厕所里撞见的几个人给偷拍了，照片还发到了网上……

“影帝楚朝阳醉酒不省人事！”

图片上的楚朝阳满脸潮红，抱着马桶，大梦不醒的样子。

底下的评论各式各样。

网友 A：“天哪，我偶像的形象崩塌了！”

网友 B：“怎么会喝成这个样子……影帝私下里居然是这样子的吗？”

网友 C：“旁边的是岑秋和南佳恩吧？”

网友 D：“恩恩真的好好看哦！”

南佳恩现在完全没有心情去管楚朝阳的新闻，她满脑子都是那个吻，还有顾以舟放大的脸，以及那句“我没想到，你会让我彻底失控”。

所以……这到底算什么？和初恋男友的一个失控的吻？这个吻又能代表什么呢？毕竟顾以舟喝多了。

南佳恩呆呆地坐在床上，眼睛盯着不远处墙壁上一个虚幻的点放空。

她伸手覆上自己的嘴唇，那里似乎还残留着顾以舟的温度。

她转头看向房间闭着的大门，几分钟前顾以舟刚从这里离开。

走之前他说：“我明天再来看你。”

明天再来看她？

他不是很忙吗？怎么有时间再来看她……敷衍她吗？

她正想着，冷不丁房间的人被人从外面打开。

于晓曼回来了。

她看了眼脸还红着的南佳恩，顿时心里明了大半。

于晓曼慢悠悠地问：“死灰复燃了？”

“燃不起来了……”

于晓曼乜斜了她一眼：“咋回事？”

南佳恩想了想，沉重地说：“顾以舟喝多了。”

于晓曼又一个白眼飞了过去：“喝多了他又没有丧失理智，怎么的，他不能控制自己的行为了？”

“他说他失控了。”

“什么？”

“我总觉得，他是在耍我。”

“你疯了吧？人家堂堂一个博士，没事做到外地来喝酒，然后来耍你？南佳恩，你就没想过他对你这样，一定是有别的原因吗？”

“你可别说他喜欢我。怎么可能？”

于晓曼叹了口气，决定停止和她交流。

南佳恩发了一个小时的呆还是没反应过来，她拿出手机，切换了好几个账号一直在楚朝阳的那个帖子下面刷评论。

最后，她切换了自己的账号，在文本框里写了一行字：和前男友接吻了，怎么办？在线等，挺急的。

“佳恩，帮我拿一下衣服……”浴室里的于晓曼喊她。

“哦，来了。”她跳下床，手指不经意地拂过手机屏幕，等她拿好衣服重新回到床上的时候，才发现自己的微博炸了。

她什么时候点了发送？！

她还想发个仅自己可见的微博，怎么就直接公开发出去了？！

完了，这下彻底完了。

全世界的人都知道她和前男友接吻了。

没两分钟，顾以则的电话直接打了过来。

“你什么情况？你发的那是什么微博？是不是看楚朝阳一个人在头条

上太寂寞了，你要过去陪他！”

南佳恩看着自己的那条微博，删也不是，不删也不是。

“怎么办，我觉得我的演艺生涯要在今天画上句号了……”

出了这么荒谬的事情，顾以则好像也不着急，电话里的语气变得懒散起来：“你前男友谁啊？是不是我哥？”顾以则一针见血。

“我是不是你哥的前女友你还不知道吗？”

“哦，那就不是了。”

南佳恩闻言，不禁有些着急：“咋？我就不能是你哥的前女友了？我哪里配不上顾以舟那个浑蛋了！”

顾以则顿了顿，说：“我哥长这么大好像就谈过一次恋爱吧，高中那会儿……我也是后来才知道的。那都多少年之前的事情了，怎么可能是你啊？而且最关键的是，那个女生是他的高中同班同学，当时我哥成绩那么好，在 A 班，你一看就不可能跟我哥是一个班的同学了。”

她很想骂顾以则一句：不会说话你就不要说，不说话没人把你当成是哑巴。

南佳恩冷笑两声：“不好意思，我高中的时候就跟你哥在一个班。”

她当初分班考试的时候超常发挥，本来是 D 班的水平，直接考到了 A 班的……最后一名。然后上了 A 班之后，发现 A 班老师上课的速度堪比火箭，她脑子根本就转不过来，就这样，成绩一年不如一年。

顾以则没回她。

没一会儿，“相亲相爱一家人”的聊天群就亮了。

顾以则：“顾博士，你的前女友真的是南佳恩？”

这个总裁真的是闲得慌，没事做不去谈谈生意，非要来套话？这两兄弟之间是有多生疏啊，顾以舟的事情，顾以则还要通过她的嘴巴才能知道。

半分钟后，顾以舟给南佳恩发了一条信息。

顾以舟：“去拿于晓曼的手机，屏幕上放你之前很喜欢的一个动漫人物，然后对着屏幕亲一口，拍自拍，编辑一下微博，把照片加上去。”

南佳恩：“……”

顾以舟：“难道你要明天营销号牵着你的名字走？”

南佳恩：“不要！”

顾以舟："还不快去！"

南佳恩："我去了！"

她很快拿于晓曼的手机搜了《灌篮高手》中樱木花道的图片，对着手机亲了一口，拍了张自拍，编辑了一下她刚才发的微博。

南佳恩问顾以舟："你都不问我为什么会蠢到发那条微博吗？"

顾以舟："要么是没有切换小号，要么是不小心碰到，你会犯的错误，我用脚指头想都能想到了。"

南佳恩哼了一声，给他发了一条语音："那你的脚指头很厉害哦。"

顾以舟也回了一条语音："早点睡吧，明天还要拍戏，乖。"

乖？！顾以舟居然会发这么肉麻的话？

她听完的瞬间，顾以舟就撤回了。

随后发来的是一条文字消息："早点睡。"

南佳恩："我听到了。"

顾以舟："……"

隔天，南佳恩一睡醒就看到微博的评论画风齐刷刷地变成了："哈哈哈，南佳恩真逗。"

早上七点，南佳恩去了片场，今天又全部都是她的戏份，从上午八点钟化完妆之后，一直拍到了下午六点。

外场的戏特别痛苦，炎热的夏天在户外，到处都是蚊子。她喷了很多驱蚊水，效果很差，大概是她的肉质鲜美，蚊子前赴后继。

一整天，南佳恩的情绪都很沮丧，最让她沮丧的是，说好要来看她的顾以舟一直到傍晚了连个影子都没瞅见。

她记得今天她还要和这次电视剧主题曲的主创姜桉见面。

收工之后，姜浩来找她："姜桉在民宿一楼的客厅等你。"

"好，我这会儿就去找他。"

"他说他很欣赏你。"

"啊？"南佳恩一愣，被偶像夸赞的感觉让她有些得意忘形，"他真的这么说吗？他都没见过我啊！"

姜浩抿唇："见过。"

"啥时候啊？"

姜浩摇摇头，道："一会儿你就知道了。"

南佳恩腹诽了好半天，最终在工作人员的陪同下回到了民宿。

一楼的客厅里站着一个女人，见南佳恩过来，她道："你好，南佳恩小姐，姜先生现在有个很重要的电话在接，您先稍微等一会儿。他说您可以先听一下曲子。"

"哦，好。"

女助理打开桌子上的笔记本电脑，将 U 盘的音频拷在电脑里。

南佳恩看了眼音频的标题：南佳恩《渴望》。

"还有，这是词。"女助理将一张纸递给她。

看到歌词的第一秒，南佳恩就被吸引住了。

"曾以为此生已习惯黑暗和孤独，却未曾想到有一天会因为遇见你而渴望重见光明。"

重见光明……

她的思绪突然回到了很久之前的某一个时间点。

南佳恩的后背开始淌汗。

这个旋律……她听过！她太熟悉了，就是这旋律！

她听过两遍，一次是在民宿的楼下，一次是在医院里。

两个看似毫无关联的人影在一瞬间毫无违和感地重叠在一起。南佳恩被自己大胆的猜想吓到了，但很快她就意识到，这也许不仅仅是简单的猜想，而是真相。

所以他才会问她是不是喜欢姜桉，才会让她唱歌，才会……

"南佳恩小姐。"

不远处传来清澈好听的嗓音，南佳恩抬起头，目光毫无预兆地与对面的男人交织在一起。

她瞪大眼，毫不掩饰自己的惊讶，因为她知道，他根本就看不见。

他微微一笑："你好，我是姜桉。"

05

南佳恩足足愣了有一分钟说不出话来。

姜桉没有等到她的回应，于是问："吓到了吗？"

“吓到倒没有，就是完全没有想到你会是姜桉。”

他脸上的笑意更浓了：“我还以为你多少能听出来一点我的声音呢。”

“抱歉……”

“没什么好抱歉的。”姜桉在助理的搀扶下走了两步，走到了沙发前坐下，“曲子和词你觉得怎么样？”

南佳恩赶忙道：“棒极了，曲子很好听，歌词也写得相当好。”

“其实，有一半的灵感是来源于你的。”

南佳恩怔住：“来源于我？”

“嗯，就是一想到这首歌是给你唱的，旋律和歌词自然而然就写出来了。”姜桉顿了顿，又说，“我们以前见过。在很久很久之前。”

见过？他们什么时候见过？

“我是影视学院毕业的，你比我低一届。”姜桉道，“我是音乐系的，我们的教学楼不在一起，所以你应该对我没什么印象。”

不，她不是对姜桉没什么印象，准确来说，她上大学的时候对任何男人都没有印象……

“在我眼睛还看得见的时候，我见过你，我记得你的长相。”

好凄惨……南佳恩不觉有些惋惜。

一个好好的天才音乐家，居然看不见。

“以后叫我学长吧，我的脑海里只有你上大学时候的样子。”

南佳恩甜甜地叫了一声：“学长好。”

和姜桉交流总让人有一种如沐春风的感觉，温柔又睿智，在这个圈子里，很少有姜桉这样的清流了。

她和姜桉聊了很久，久到她回到房间之后，才发现顾以舟三个小时之前给她发的微信消息：“单位有急事，我回 A 市了。”

顾以舟的工作是真的好忙啊。

南佳恩回了一句：“就知道会有意外。”

顾以舟几乎是秒回：“三个小时才回。”

南佳恩：“我在工作啊。”

顾以舟：“你今天六点多就收工了。”

南佳恩：“剧组居然还有你的眼线！”

顾以舟：“你自己六点多发了个朋友圈。”

南佳恩：“哦。”

她今天是发了个“收工啦”的朋友圈……

顾以舟：“所以你干吗去了？”

南佳恩：“工作啊，电视剧的主题曲制作人跟我聊天。”

顾以舟：“谁？”

南佳恩：“姜桉，你认识吗？就是唱《得不偿失》的那个！”

顾以舟：“你好像很兴奋？”

南佳恩：“当然啦！他是我的偶像！”

信息刚回过去还没一分钟，顾以舟的电话就打过来了。

“南佳恩，你是不是忘了？”顾以舟一开口就是极其不好的语气。

“我忘记什么？”

顾以舟提醒道：“昨天。”

昨天？昨天怎么了？

南佳恩突然想起昨天那个吻。

她赶忙咳嗽了两声，道：“哦，那个吻啊。我知道你喝多了，你别放心上。”

“别放心上？”顾以舟不可置信地重复了一遍。

“嗯嗯，毕竟你是喝多了。我知道你是行为失控，放心吧，我不会要挟你的！”

“我没喝多。”他沉声说，“有的时候我真想看看你的脑子里装的到底是什么。”

南佳恩笑嘻嘻地说：“我长得美吧？嘿嘿，智商换的。”

“……”

“老大，这个数据错了吧？”朱麟看到报告上写的数字，再看看电脑上分析得来的百分比，几番确认之后发现自家老大确实失误了。

顾以舟沉默片刻，把报告上原先的数字涂掉，重新写了正确的。

朱麟推了推眼镜：“老大，你有心事啊？”

“我问你。”他放下手中的工作，扭过头来问朱麟，“近水楼台会先得月吗？”

朱麟蒙了。这是什么问题？

“老大，你是不是喜欢佳恩姐啊？”

这么明显？

“你看你刚才跟佳恩姐打了个电话之后，脸很臭的。”朱麟小心翼翼地瞥了眼顾以舟的表情，确定他没生气，这才说完了后半句，“老大，你恋爱了。”

“你见过哪个恋爱的人脸色不好？”

朱麟点点头：“也是。老大你是单相思？”

“……”

“也是啦。”朱麟自顾自地说，“我们佳恩姐这么好，如果你失败了，也完全不用自卑的，老大。”

“谁说我失败了？”顾以舟反问。

朱麟弱弱地说：“一看就知道佳恩姐不喜欢你。”

“嗯？”

“谁会喜欢冷冰冰的人啊？你自己想想，佳恩姐实习的时候，你是怎么虐她的……除非她是受虐狂，不然才不可能喜欢你呢。”

“闭嘴。”

“还不让人说……”

“她肯定喜欢我。”

“盲目自信也不是好事啊老大。”

顾以舟眼神一沉：“明天留下来加班。”

朱麟腹诽，南佳恩会喜欢你才有问题。

为了学这首歌，南佳恩除了拍戏之外就是练声。

姜桉和演员们住在一个民宿，只要南佳恩收工得早，姜桉就会在楼下等着她，给她做基础的声乐辅导。

辅导了好几天没什么长进，南佳恩觉得自己简直对不起偶像的倾囊相授。

姜桉却总是很温柔，每当南佳恩开始自我否定的时候，他就像是能感知她沮丧的心情一般，给她鼓励和支持。

在影视基地的戏拍了一个月，这一个月里，南佳恩忙得像是热锅上的蚂蚁，自从接下了唱主题曲的任务，南佳恩就彻彻底底没有任何休息的时间了，自然也就把顾以舟忘到九霄云外去了。

回 A 市的那一天，南佳恩才终于后知后觉地想起了顾以舟这档子人物来，她给顾以舟发了个信息：“我回来了。”

顾以舟的回复很淡然：“哦。”

南佳恩朝着空气翻了个白眼。

好冷漠哦。

在南佳恩回到自己的公寓时，更凄惨的事情发生了，一个月之前放在卧室里忘记扔掉的零食……长毛了。

南佳恩打开卧室的门，直接被一地的蟑螂吓哭了。

此时于晓曼正忙着陪自己的男朋友，南佳恩躲在楼梯间哭诉的电话被她直接挂断了：“找隔壁的人去！”

隔壁的人？隔壁的人常年不住在这间公寓里。

南佳恩打开自家的门，结果卧室的一只蟑螂跑了出来，在她面前大摇大摆地晃了一圈。

她从鞋柜里拿出了拖鞋，追着那只硕大的蟑螂在客厅里转了一圈，原来的那只没追到，又有几只前赴后继地当着她的面招摇过市。

南佳恩“哇”的一声哭了起来。

突然，一只手按在了她的脑袋上，来不及反应，她就这样撞上了一个结实的胸膛。

“不会喊我吗？我就在你隔壁。”顾以舟的声音从她的头顶上传来。

一听到顾以舟的声音，南佳恩哭得更凶了。

他揉了揉她的头发，笑道：“南佳恩，你还是跟以前一样爱哭鼻子。”

“为什么蟑螂会飞？”南佳恩抽噎着，没头没脑地问了一句。

顾以舟哽住。

“你不是博士吗？怎么连这个都不知道？”

“我现在比较关心你今晚怎么睡觉。”

哦，对！她今晚睡哪儿？！

南佳恩猛地从他怀里挣脱开来，一双水汪汪的眼睛盯着他。

顾以舟觉得自己几乎要被那双眼睛把魂儿给勾没了。

他努力镇定下来：“睡我家吧。明天我休假，我帮你把蟑螂处理了。”

南佳恩笑嘻嘻地说：“那我就勉为其难答应你吧。”

嘴上说是勉为其难，其实跑得比谁都快。

南佳恩飞快地跑到了顾以舟的卧室，刺溜一下钻进了顾以舟的被窝里。

“那你睡哪儿啊？”南佳恩问。

“客厅，沙发。”顾以舟说着从卧室的柜子里拿了一床被子。

“客厅没有空调吧？”这八月酷暑的，他可别告诉她自己不能吹空调。

顾以舟道：“所以，你要把床让给我吗？”

南佳恩从床上爬了起来，又从柜子里拿出了一床被子铺在地上。

“打地铺不就行了。你睡床还是睡地上？”

顾以舟扫了她一眼：“床上。”

“……”

“床上给你。”他说完了后半句。

“嘿嘿，还是你最好啦。”

他的心又是一阵颤动。

灯关了，一切都暗了下来。

顾以舟睡在地上，辗转难眠。

“南佳恩。”良久之后，他开口了，“你现在有没有喜欢谁？”

“有！”

顾以舟想起自己和朱麟的那个赌，感觉自己这波稳了。

他“哦”了一声，装作漫不经心地问：“谁？”

“姜桉！我现在特喜欢姜桉！不愧是我偶像！”

顾以舟没说话。

南佳恩：“你咋不说话了？”

顾以舟满脑子都是朱麟的那句“佳恩姐不可能喜欢你的”。

“顾以舟？”

“睡着了。”

“……”

“明天不休假了，我要去加班。”

这个人怎么翻脸比翻书还快？

顾以舟转过身侧躺着。

南佳恩：“蟑螂……”

“找你偶像帮你。”

“你干吗突然这个样子！”

“因为你是猪。”

/第八章 顾博士的养猪计划！/

01

“咯吱”一声，顾以舟觉得自己的骨头都要断了。

“啊啊啊！”南佳恩意识到自己踩到了顾以舟的腿，赶忙从地上跳起来。

顾以舟头痛地坐起来，天微微亮，南佳恩像只老鼠似的躲在床边。

“这才几点。”他呼了口气。

“我要上厕所……”南佳恩弱弱地答。

顾以舟转身去开灯：“上厕所你开灯啊。”

“你在睡觉啊，你不是一有光就睡不着吗？”

他蓦地一僵。

——顾以舟，你怎么从来都不睡午觉啊？你不困吗？

——白天睡不着，我一有光就睡不着。

顾以舟道：“你还记得？”

“记得什么？”南佳恩憋不住了，撒丫子跳下床，冲进了厕所。

解决完生理问题的南佳恩慢悠悠地从卫生间里出来，她问：“你刚才问我还记得什么？”

“一有光就睡不着。”

“不是你昨晚自己说的吗？要我拉窗帘，你说外面有光，一有光你就睡不着。”

“哦……”

两个人又倒头睡了个回笼觉，再一次双双醒来的时候，已经是九点多了。

南佳恩睁开眼，强烈的阳光透过窗帘照进来，她揉了揉眼睛，下意识地喊了一下顾以舟的名字。

没有人回应她。

顾以舟还在睡。

“喂，顾以舟。”她用脚丫子轻轻地踢了踢他，“你别睡了，我房间里的蟑螂还没有解决呢！”

顾以舟微微蹙眉，状态有些不太对劲。

南佳恩凑过去一看，发现顾以舟的脸色很差。

他的脸红通通的，南佳恩伸手探了一下他的额头，当即惊叫道：“顾以舟！你额头好烫啊！”

“柜子里，帮我拿一下温度计。”

他的声音沙哑，说话都费劲。

不是之前那会儿还好端端的吗？怎么一觉睡起来就这副样子了？

南佳恩翻箱倒柜找到了温度计，一分钟后，她盯着温度计上的数字呆了好一阵子。

她叫道：“你39℃了！”

“哦。”他很淡然，从地铺上站起身来，顿时有些天旋地转。

南佳恩见状赶忙扶了他一把：“你别乱动，你现在病了！”

“没什么好大惊小怪的，我吃点药就好了。”他微微摇头表示不用她过分操心。

好端端的，怎么就发热了呢？该不会……是睡地铺睡的吧？

南佳恩顿时有些懊恼。

他平时肯定都没有睡过地铺吧？睡地上这么冰冷……他才会生病的。

“跟睡地铺没有关系。”顾以舟从客厅的医药箱里找出了消炎药，又转身去厨房里倒了点开水过来，“这几天一直加班熬夜，体质不行，所以才休假的。”

南佳恩穿着拖鞋走到他面前，正色道：“顾以舟，你不能这个样子的。命是你自己的！”

他就着开水把消炎药吃了下去。

“我知道。我现在不是好好活着吗？”

“你们这些人，自以为自己年轻，就喜欢熬夜，都一把老骨头了，还一点自觉都没有！”

顾以舟的目光略过她的脸，声音很平静，又很遥远：“还好意思说别人，经常熬夜拍戏、录节目的是你才对吧？”

南佳恩打死不承认：“我的夜场戏都不会超过十二点的！”

“我加班也最多到十二点。”

“你……”

“好了，你别瞎操心了。”他把医药箱收进去，道，“你今天不去拍戏？”

南佳恩摇摇头：“姜导说内景的布置出了点问题，还没弄好，要延缓两天。”

顾以舟问：“所以你也休假？”

“嗯。”

顾以舟突然想起来朱麟说的“近水楼台先得月”。

呵，他倒要看看到底是他和南佳恩近，还是姜桉跟她近。

“早饭吃什么？”顾以舟看了眼空空的冰箱，突然发现自己的这个问题有点苍白无力。

本来就很少住在这里，冰箱里都没什么食物。

“吐司，煎蛋，还要喝牛奶！”

“没有。”顾以舟从厨房的柜子里拿出了两包方便面，“只有这个。”

“你这个人好奇怪哦。”南佳恩叉腰道，“明明就没有备选，还要让我做选择！”

小脑瓜变聪明了？

“算了，看在你是病号的分上，不跟你计较了。”南佳恩走进厨房，直接把虚弱无力的顾以舟从厨房里给推了出来，并且不给他半点进厨房的机会。

她振振有词：“早餐我来做吧，你去房间里休息吧。”

顾以舟还不死心："南佳恩，我觉得……"

"不许觉得。"南佳恩瞪了他一眼，"不许有意见，生病的人没有人权！"

啧，这个台词他怎么这么耳熟？好像在哪里听过？

顾以舟前脚刚坐在沙发上，后脚厨房就传来了南佳恩凄厉的惨叫声。

他就像是看了一场惊心动魄的电影，主演南佳恩在厨房里上演着"极速求生"，手忙脚乱，惨不忍睹。

他想了想，还是不放心把厨房完全交给她。

顾以舟站起身走到厨房门口，试探性地问了一句："你要不……"

"我不！"南佳恩朝他挥手，示意他离得远一点。

顾以舟心里一阵拔凉，这下他新买的房子，厨房算是废了。

顾以舟这个人未免也太小瞧人了吧？虽然她做不出什么满汉全席，没办法和米其林餐厅的大厨相提并论，但只是煮个泡面，煎个鸡蛋，总归还是可以的吧？

但是……话说回来，他家厨房的这个煤气灶到底是怎么开的？怎么把开关开了之后，还是一点反应都没有？

南佳恩艰难地在顾以舟家的厨房摸索了好一阵，终于把火给点燃了。

"你别偷看我啊！"南佳恩朝着门外喊，"你要是一直看的话，不就一点惊喜都没有了吗？"

惊喜……顾以舟看南佳恩做饭的那个架势，心里更凉了。

他觉得迎接他的除了惊吓之外，没别的了吧？

果不其然，三分钟之后，南佳恩如愿以偿地把厨房给炸了。

南佳恩："啊！顾以舟你快进来，我刚才好像按错东西了！"

火焰噌噌噌地往上冒，南佳恩吓了一跳，手一抖，煎锅掉在了地上，黑不溜秋的荷包蛋落了一地。

顾以舟推门进来，脸更白了。

南佳恩赶忙蹲下身想要把东西收拾了，一面道歉："对不起，我刚才想把火稍微关小一点，但是没有想到我按错了……火变得更大了，我真的不是故意要……"

说着，她小心翼翼地偷瞄顾以舟的脸。

他不说话，她以为他生气了。

要完，这下要被轰出去了。

“南佳恩。”良久之后，顾以舟说，“从认识你的第一刻起，我就没想过有一天要让你下厨房。”

从认识她的第一天起？这算是赤裸裸的歧视吗？

他走近她，抓住了她的手，再三确认没有任何问题后，他这才舒了口气。

“闯关失败。冒险行动结束？”

“好吧。”她收回手，“结束就结束。我把东西收拾一下。”

顾以舟拦住她蹲下身的动作，她还没来得及反应，就被他横空抱起。

南佳恩：“你干吗？！”

顾以舟抿着唇，把她从厨房里给抱了出来。

她的身子贴在他的胸口，能感受到他胸口炙热的心跳。

原来一个男人的心跳可以这样强烈，这样有力，这样让人安心。

顾以舟把她放在沙发上，转过身往厨房里走：“我来吧。”

南佳恩不死心地说：“其实我……”

“和我在一起，你什么都不用做。”

还有这种好事？

南佳恩看着顾以舟在厨房忙碌的娴熟身影，突然发现顾以舟的不对劲。

奇怪……他现在的说话方式怎么越来越像他高中时候的样子了？

他不是去国外待了这么多年，然后回来满脸都写着“我很冷漠，我很禁欲，我对谁都不感兴趣，请不要妄想改变我”吗？怎么现在又变了……

搞不懂。

男人真的是这个世界上最难懂的课题了。

如果要给这个课题出一张试卷，那么命题人一定是顾以舟。

如果是这样的话，那么这张试卷一定是没有人能及格的了……

她胡思乱想了好一阵，厨房的门开了。

才开了一道缝的时候，南佳恩就闻到了香味。

哇……泡面的香味，简直不能更美好了！

顾以舟把两碗泡面放在桌上，道：“吃早餐了。”

“来咯！”南佳恩笑嘻嘻地从沙发上飞奔过来。

饿了好久，她风卷残云地把早餐解决了。

抬起头一看，顾以舟一口都没吃。

南佳恩咽了咽口水：“你怎么不吃啊？”

“怕你不够。”他看了眼她连汤汁都喝光的碗，道，“看来我没估算得错。”

“……”

顾以舟把自己原封没动的碗推到南佳恩面前：“吃吧，我不饿。”

“你生病啊……”

“生病才没胃口啊，傻。”

南佳恩犹豫了半晌，还是把碗又重新推了过去。

顾以舟望着她的脸，突然问了一个奇怪的问题：“我做饭比姜桉好吃吧？”

姜桉？怎么会提到姜桉？

南佳恩愣住：“我没吃过他做的饭啊。”

顾以舟的语气冷了一些：“没吃过他做的饭，你就敢说自己喜欢他？”

南佳恩放下筷子，直视着顾以舟的眼睛，不解地问：“我干吗要吃他做的饭啊？他做不做饭和我喜不喜欢他的音乐完全是两码事好吗？”

“喜欢他的音乐？”顾以舟问。

“对啊！”

顾以舟若有所思地点点头。

“可以，勉强接受。”

“接受什么？”

他又把碗推给她：“多吃点。”

02

吃完饭，南佳恩接到了姜桉的助理打来的电话。

“南佳恩小姐您好，姜先生问您下午有没有时间来他的工作室录制一下主题曲？”

顾以舟在洗碗，南佳恩瞅了瞅厨房里的人，道：“好啊，我下午正好休假。”

助理：“那我们下午不见不散。”

挂完电话，顾以舟正好洗完碗从厨房里走了出来。

南佳恩道：“我下午要去一趟姜桉的工作室。”

听到姜桉的名字，顾以舟的眉头微微动了一下，随后他不动声色地问：“去干吗？他约你？”

“约我啥……”南佳恩乜斜了他一眼，“工作啦。大概是知道剧组的布景临时出了点问题，所以让我去录歌的吧。”

顾以舟“哦”了一声：“我下午正好没事，一起去。”

“你不是生病吗？”

顾以舟抿唇说：“我身体很好。”

“那我房间的蟑螂……”

“反正也不是一天两天了。晚上回来弄。”

“哦……”

搞不懂顾以舟这个人。她去录歌，他跟着去干吗？还是说他也喜欢姜桉？

南佳恩愣头愣脑地问：“喂，我说，你是不是也喜欢姜桉啊？是不是也很好奇他长什么样子？”

“不。”

“那你跟着去干吗？”

“去找存在感。”

“不要。”南佳恩拒绝了顾以舟的要求，“姜桉本来就是一个不愿意在人前露面的歌手，你去了算怎么回事。”

顾以舟沉默了一会儿，又淡淡地回道：“算了。工作而已。”

南佳恩无语。

下午两点，南佳恩准时到达了姜桉的工作室。

工作室在大厦的五楼，楼梯门打开，姜桉的助理在门口等着。

南佳恩礼貌地打了个招呼：“你好。”

女助理微微颔首道：“您好，南佳恩小姐。您今天真漂亮，虽然您每天都很漂亮。”

哇……这也太会说话了吧？不愧是姜桉身边的人，跟他一样，温柔得不像话。

工作室不大，总共有四个区域。一个办公区，一个会议室，一个茶水间，还有一个录音棚。

录音棚的消音海绵是红色的，南佳恩很喜欢红色。

助理苏曼介绍道："姜先生说他喜欢红色，虽然他看不见了，但我们装修的时候还是选了红色。"

每每说到姜桉看不见的话题上，南佳恩的心情就会变得有些沮丧。

她不知道五年前究竟发生了什么天灾人祸，让姜桉从此失去了光明，南佳恩只觉得这样剥夺一个人的眼睛，对姜桉来说该是多么大的悲痛。

南佳恩敲了敲门，随后推开了录音棚的里门。

姜桉侧过身来，道："来啦。"

"嗯，录歌什么的我还不太熟悉，可能需要你们多教我一下。"

苏曼在录音棚的电脑前，她对南佳恩说："没关系，南佳恩小姐，你可以先试一试，找一找感觉。"

录音棚里一共有两个麦克风。

南佳恩突发奇想，转头问姜桉："为什么你不跟我一起唱呢？"

姜桉一愣。

事实上，男女对唱是姜桉最开始的想法，但因为他之前和南佳恩也没有合作过，没有什么交集，因此他不确定南佳恩是否会喜欢这样的唱歌模式。

"其实，这首歌一开始作的曲子就是男女合唱版本的。"姜桉有些难为情地开口道，"但是之前没有和你合作过，你也不知道我的情况，所以我以为你会抵触这样的合作方式。"

南佳恩打断姜桉的自我否定："怎么会呢！你是我最喜欢的歌手啊！能和你合作，对我来说简直就是我的幸运！"

姜桉抿唇笑了笑，脸颊微微有些泛红。

"那，你先听一下合唱的版本？"姜桉让苏曼把另外一版的伴奏调出来，他又说，"副歌部分有对唱的部分，比较难，今天一时半会儿可能录不好。"

"没关系，我这两天都有空。姜导那边布景有点问题，这两天我都有时间。要是今天实在来不及的话，明后天我应该也是可以过来的。"

姜桉点头道：“这样的话那就太好了。”

苏曼把合唱版的伴奏放了一遍，无奈南佳恩一点乐理知识都没有，光听伴奏根本就不知道自己应该怎么唱，于是姜桉就现场喊了工作室里面的一个女员工当场录制了完整的一首歌。

南佳恩站在旁边，连眼皮子都不敢动一下。

姜桉工作室里面的人……都是神仙吧！随便喊一个人，现场唱歌都能秒杀圈里大多数歌手。

姜桉道：“她是我表妹。我妈妈很会唱歌，所以，是家族的关系。”

这是什么优秀的天才基因啊！怎么她当初就没有这么优秀的基因……

曾经南佳恩也在家里的座谈会议上探讨过这方面的问题。当时，南爸一个白眼飞过去：“你爸我是研究生，你妈也是正经的一本大学毕业的。你那学习的基因跟我们没有半毛钱关系。”

“哦。”南佳恩点点头，“我也这么觉得，反正你俩长成这样，我长得这么好看，确实是你们基因变异了。”

后来南爸就不再说南佳恩基因的问题了，毕竟自己生的女儿，跪着也要抚养长大。

南佳恩一直在重复听刚才两个人录制的版本。

姜桉道：“你不用着急，你坐在这里慢慢学。苏曼，你给她拿点水和吃的来。”

“好的。”

然后，录音棚里就只剩下南佳恩和姜桉两个人。

不知道为什么，身边的男人总能给她一种非常安心的感觉，就算他的眼睛看不见，南佳恩也能拥有一种莫名的安全感。

“你是除了我的工作室里的人以及我的家人之外，第一个知道我眼睛看不见的人。”良久之后，姜桉道。

南佳恩有些惊讶，望着姜桉：“那之前你怎么和别人合作的？”

她记得他是有和别人一起合作的作品的。

“网络。”姜桉言简意赅地说，“苏曼会帮我把一切都安排妥当，我负责写歌和填词，然后把写好的歌和词连同样片都发过去给合作的人，我们不需要在一个录音棚。”

南佳恩后知后觉地发现，原来她真的是最幸运的那一个。

她惊喜地说：“那你为什么会和我线下合作呢？”

“在医院里碰到你的那一次，我就觉得你是一个值得我交心的人。”姜桉顿了顿，又说，“之前上大学的时候，我也关注过你一阵子，也算是知道你是一个什么样的人，我从来都没有怀疑过你的人品。因此我想，我可以告诉你我最大的秘密。”

能让别人信任到把自己最大的秘密都说出来，南佳恩觉得有些惭愧。

最惭愧的是，在姜桉的眼睛还能看得见的时候，她居然……不认识他。

“最重要的是——”姜桉道，“我想真正走进你的生活，成为你真正的朋友。”

南佳恩彻底愣住了。

“以前在学校里的时候，是我单方面地认识你，我从来就没有出现在你的生活之中。如果这一次的合作我们还是通过网络的形式，那我觉得我这辈子可能都要错过这个机会了。”姜桉又笑了，“凭借我脑海中对你的回忆，我有理由相信，真正意义上地认识你，是一个不会让我后悔的决定。”

一分钟之前她有多惊喜，现在她就有多震惊。

说实话，她一直都不觉得自己是一个很靠谱的人，甚至有的时候还会无理取闹，犯一些很低级的错误，在这个浮华喧闹的圈子里，居然有一个人愿意无条件地去相信她，愿意去了解她，走进她的生活。

南佳恩很感激。

她有些受宠若惊，甚至不知道自己应该说些什么。

苏曼敲门进来，将茶水点心放在了桌子上。

她看着南佳恩略微有些湿润的眼眶，问：“南小姐，您身体不太舒服吗？”

南佳恩摇了摇头，慌忙移开了视线：“没有，我只是觉得这首歌真的戳到我了。”

这首歌戳到她了，写歌的人也戳到她了。

“如果你觉得练得差不多了，可以去唱一遍试试看。”姜桉道。

南佳恩有些不自信：“我副歌的和声部分不会。”

“那你跟我一起练吧，我来教你副歌的和声部分。”

“好。”

虽然姜桉的歌听了无数遍，但他真正地在距离她这么近的地方开嗓，南佳恩还是被震撼到了。

他闭着眼睛，薄唇上下开合。

在姜桉的带领下，南佳恩渐入佳境。

南佳恩从姜桉的工作室出来的时候，已经将近下午六点钟了。

今天的任务对她来说有点难，但好在这首歌已经练了无数遍了，前面的部分基本没有什么问题，主要的问题就在后面副歌的和声部分，今天时间匆忙，还是没能把和声部分全部录完。

临别之前，南佳恩和姜桉约定了明天下午见面的时间，争取把副歌的和声部分给过了。姜桉本来想送，但想到她身份特殊，万一在路上被认出来，到时候他站在她旁边就说不清了。

南佳恩走出大厦，正哼唱着歌，冷不丁听到不远处有人在按喇叭。

一声一声，根本不停。

“有没有公德心啊，大马路上……”

话还没说完，定睛一看，这辆车……有点眼熟。

车窗摇下来，南佳恩惊了。

“上车。”顾以舟说。

03

“你怎么知道我在这儿？”南佳恩上了车，一脸好奇地望着顾以舟。

顾以舟开着车，面无表情地答：“问姜浩。”

“啊？”

他道：“你不知道？姜桉是姜浩的儿子。”

天哪，她能从哪儿知道姜桉是姜浩的儿子啊？难怪那天拍戏的时候姜桉出现了，姜浩盯着她看了好久。

南佳恩咽口水，道：“所以你现在要带我去哪儿啊？”

“看电影吗？”

“啊？”

太阳打西边出来了，顾以舟居然要请她看电影？

“看吗？”

南佳恩干咳了两声，说：“也不是不行，就是……”

“票已经买好了。”顾以舟说。

南佳恩怒道：“喂，我还没说我要看哪一场电影呢！你怎么就擅自做主张了？”

顾以舟右手打开了正副驾驶座中间的储物格：“晚上七点钟的电影票，我全都买了，你要看哪个都行。”

“顾以舟，你吃错药了吧？突然请我看电影？”南佳恩狐疑地问。

“很久没看电影了，难得休假。”顾以舟一本正经地胡说八道。

南佳恩拿起电影票查看了一下最近正在上映的电影。

“这个不是我参演的吗？”这是她去年客串的一部电影，是部非常狗血的爱情片，但就排片率来说，数据的确是爆了。

等红灯的空隙，顾以舟瞥了眼电影的名字：“你还演过这种电影？”

“客串。干吗？看不起爱情片啊？”

“那就去看爱情片？”

“不要。”南佳恩从一沓电影票中找到自己想看的一张，举起来，兴奋地说，“我要去看恐怖片！”

顾以舟握方向盘的手一抖。

她是迟钝到不知道和男生一起看恐怖片的意义，还是真的喜欢看恐怖片？

不管哪个，反正这波他不亏。

和南佳恩一起看电影的要求很严格，必须要电影开场五分钟之后才能进电影院。

南佳恩戴着口罩和鸭舌帽，一路低着头走路，尽管如此，还是在路过电影院门口的小吃店时情不自禁地抬起头，一脸渴望。

“我去上个厕所。”

顾以舟绕出了电影院，买了两杯奶茶和两大桶爆米花，迅速地回到了放映厅。

南佳恩看到顾以舟手上捧着的东西，笑得脸上都起褶子了。

“哇！爆米花！”天知道她多久没来电影院吃爆米花、看电影了！

火了之后，除了去宣传自己的电影或是支持圈内好友的作品，南佳恩基本上没有来电影院看过别人的电影，更别说是和男人一起了。

提议来看恐怖片的是她，觉得小儿科太无聊的也是她。

南佳恩觉得这部电影一点都不恐怖。

影片讲述了一个山村学校的离奇故事，电影院里此起彼伏的惊呼，只有南佳恩稳稳当当地坐在位置上，没事儿人似的往嘴里塞爆米花。

好几次顾以舟偏头看了看南佳恩，结果发现她低着头在玩手机，嘴角似乎还有笑意。

该不会是怕到连屏幕都不敢看了吧？

顾以舟问："很害怕吗？"

"没有啊。"

"那你不看屏幕？"

"于晓曼找我啦。"南佳恩指了指自己的手机屏幕说，"她问我在干吗，我说在看电影。"

话说回来，于晓曼昨晚就没有回家睡觉。

顾以舟问："她昨天好像没回家？"

"对，她男朋友来看她了。"

"她今天也不回来？"

"嗯，她刚才跟我说，这几天都不回来住了。"南佳恩老实巴交地回答。

刚说完，电影院里突然传来一声巨响，放映厅的音响恨不得要炸开。南佳恩后知后觉地看向屏幕，漆黑的屏幕上突然出现了一个恐怖的鬼影。

"啊啊啊，好吓人！"旁边的小女生尖叫着往男朋友的怀里钻。

南佳恩："……"一点都不恐怖。

"要是你觉得害怕的话，可以……"

"不怕啊。"南佳恩打断顾以舟的话，"哎呀，这种恐怖片真的是小儿科啦，之前我还参演过一部恐怖片呢，都是假的啦。"

顾以舟突然不想说话了。

"你咋了？"

"没什么。"顾以舟的语气硬邦邦的，"你不怕就行了。"

这个人好奇怪。上一秒还热切地关心她，下一秒就变脸，顾以舟是学京剧变脸的吗？哼。

南佳恩气呼呼地拿出爆米花吱嘎吱嘎地咬，又低头喝了一口奶茶。

顾以舟端端正正地坐着生闷气。

又是一阵尖叫，屏幕上的鬼影突然张开了血盆大口，把面前的人撕成了碎片。

旁边的女生尖叫着恨不得坐在男朋友的腿上：“啊！我好害怕！”

男朋友伸手拍了拍女生的后背，小声道：“乖，不要怕，有我在呢。”

前面的一对小情侣抱在了一起，后面的小情侣也不甘示弱，抱着抱着直接亲了起来。

南佳恩无语。看恐怖片还有这种操作？！

她扭过头去，看到顾以舟的眼睛里泛着蓝光，整个人有些不正常。

该不会他害怕吧？哎呀，早知道不让他过来看恐怖片了。

南佳恩干咳了一声，用左手的食指戳了戳顾以舟的肩膀。

顾以舟侧过脸来。

“我告诉你哦，你现在看到的都是后期合成的啦，现场拍的时候就是一个黑衣人做着很夸张的动作，后面是绿布，你都不知道，以前我们拍恐怖片的时候都笑场……”

“你这是在安慰我吗？”

“没有没有。”南佳恩生怕自己说了实话，会让胆小的顾以舟很没面子，赶忙圆场道，“我就是看到了这些，然后想到了我以前拍戏的经历，分享给你嘛。”

顾以舟沉默了很久：“南佳恩，你到底是真不懂还是假不懂？”

“懂什么？”她一愣。

“你难道不知道我为什么要来跟你看电影吗？”

这个问题……她也不是没有想过，但是按照顾以舟的脑子，应该不仅仅只是跟她看电影这么简单吧？或许……还有别的成分在？

南佳恩又吸了一口奶茶，赶忙把头转向屏幕：“知道。”

“你真是……”顾以舟说到一半，最后还是选择了放弃。

她低着头，情绪很低落。

“虽然我不怕。”她的声音闷闷的，“但是你怕，我觉得很内疚。”

顾以舟沉默了，他一个相信科学的博士生会害怕这种子虚乌有的东西？

南佳恩靠在电影院的座位上，眼皮有些沉。

果然不该对恐怖片抱有任何期待啊，一点都吓不到人。

其实她以前是很怕看鬼片的。

人生中她第一次真正意义上看完一个鬼片,是在高二暑假的一个晚上，她和几个女同学约在同学的家里，一起看恐怖片。

几个小女生胆子都小，被其他人传染了，南佳恩盯着电视机屏幕，双脚都在发颤。

尤其是里面的黑影蹿出来的时候，几个女生尖叫着抱团恨不得往桌子底下钻。

看完恐怖片已经是晚上九点多了，南佳恩从同学家里出来，看着空旷的街道，感觉自己的身前身后都是人。

她拿出手机给顾以舟打电话，在电话里哭成了狗。

她蹲在路灯下面，不知道过了多久，她的脚边出现了一个黑影。

联想到她之前看到的恐怖片，南佳恩撒腿就要跑，结果被人拉住了手腕。

“救命！别杀我！”

“是我。”顾以舟说。

她愣愣地转过头，在确定面前的人是活的顾以舟之后，她“哇”的一声哭起来。

顾以舟伸手揉了揉她的头发：“别哭了，有我在，别怕。”

南佳音一边回想着一边昏昏沉沉地睡去。

电影院里，良久之后，顾以舟说：“我不怕恐怖片。”

他看着黑漆漆的屏幕，心脏突然跳动得偏离了正确的频率。

“南佳恩，你没有什么想对我说的吗？”他问。

“我是为你回国的。”没等南佳恩回应，他继而道，“完成了学业之后，我找了很多关系，才回国的。你家对面的房子是我找了花半里的开发商才买到的，因为我知道你住在我对面。回国和谈馨儿相亲是迫不得已，没有拒绝是因为我想从她身上得知一些娱乐圈的东西，也就是关于你的信息。”

他不敢看南佳恩，也不敢等她的回答，他生怕这个反应迟钝的家伙一开口就会把他想说的话都堵住。

看来朱麟说得没有错，电影院的确是个好地方，很多他不知道该如何表达的话，现在说出口一点都不胆怯。

他顿了顿，又试探性地问了一句：“你就真的没有什么想对我说的吗？”

南佳恩小声地呢喃了一声，具体的内容他没听清。

顾以舟深吸了一口气，道：“想复合就直说，反正我喜欢你。”

04

朱麟刚洗完澡从浴室出来，脑袋就被响个不停的手机给轰炸了。

看了下来电号码，他赶忙正襟危坐，就怕自家老大剥削他为数不多的正常休假时间。

“喂，老大，你怎么了？”朱麟决定先发制人，把握事情的主动权，“我这会儿不在A市呢。”

“我不找你加班。”

顾以舟说完，朱麟这才如释重负地呼了口气。

“什么事儿，老大，你说吧！”只要不加班，什么都好说。

电话那端的人犹犹豫豫了很久，这让朱麟差点以为太阳从西边出来了。毕竟杀伐果决的顾博士从来都不是喜欢绕弯子的人。

“我觉得你说的办法没用。”

朱麟一愣：“什么办法？”难道他什么时候给顾以舟想了什么办法还被他采纳了吗？

顾以舟提醒他道：“看电影。”

朱麟一拍后脑勺，原来顾以舟说的是这个啊！

他问：“怎么就没用了啊？电影院里黑灯瞎火的，不是方便干坏事吗？”

顾以舟足足沉默了有半分钟。

正当朱麟想着老大会不会发火的时候，对方幽幽地开口道：“干什么坏事？她睡着了。”

“该不会你选了个很无聊的片子吧？最近不是有个恐怖片吗？听说很恐怖的，看电影的时候你的男友力无限放大，老大。”

“她选的就是那部电影，然后她睡着了。”

看恐怖片睡着？！她是从哪个星球来的神奇物种？

顾以舟想想就生气，睡着就睡着呗，又没什么大不了的，偏偏她在他说了这么重要的话的时候睡着了……天理难容。

有那么一瞬间，他想挖个地洞把自己埋了。

十年前他表白过一次，对方欢呼雀跃得跟个三岁小孩儿似的；十年后再表白……不谈了。

巨大的落差感让顾以舟内心瞬间有两个猜测：

第一，她有新欢了，这个新欢很有可能是今天喊她去录歌的姜桉。

第二，她是真的……在睡。

“我觉得吧，老大，要不然你放弃算了。”过了一会儿，朱麟说。

顾以舟挑了挑眉头：“为什么？”

“说实话……老大，我觉得佳恩姐不会喜欢你的，你还是不要做无用功了吧！”朱麟赴死说完了以上的话，静静地等自家老大发落。

“为什么？”

为什么？还能为什么？

“因为你俩根本就不是一个世界的人啊！”朱麟列举出一系列没有结果的原因，“第一，佳恩姐是娱乐圈的，你是搞科研的，八竿子都打不到一块儿去；第二，佳恩姐的影迷这么多，这么多男影迷，有钱有权长得帅的哪种没有？第三，也是最重要的一点，你忘记你之前是怎么虐她的了？除非是受虐狂，不然谁会被一个人这么虐了之后还破天荒地喜欢他啊？是吧，老大？”

顾以舟倒吸了一口气。

他淡淡地说：“行吧。”

听到顾以舟这个口气，朱麟感觉他这是濒临爆炸的边缘，赶忙道：“话说回来，老大，你干吗把眼光放得这么高？娱乐圈又不一定好，我有个演员朋友，Colin 啊，你懂的吧，之前和佳恩姐一起拍戏的。他就说了，娱乐圈很乱的……”

“哦。”

朱麟的后背开始冒冷汗了：“老大，你之前不是有个前女友吗？要不你吃一下回头草？这可比追佳恩姐简单多了吧。”

顾以舟哼了一声。

她就是我前女友。

“明天晚上加班。”顾以舟毫无表情地说完，挂了电话。

刚挂断电话，顾以则的电话就打了过来。

“喂，哥，老爸老妈喊你明天晚上回家吃饭。”

“没空，不回来。”

“哥，我告诉爸妈你谈了女朋友。”顾以则顿了顿，说，“他们问你准备什么时候领证。”

“……”

“哎呀，你明天晚上就把南佳恩带回来。到时候生米煮成熟饭，对不对？”

顾以舟沉思了一会儿：“这个主意还可以。”

回到放映厅的时候，电影已经结束了，南佳恩猛地从睡梦中惊醒，发现顾以舟并不在原来的座位上，站起身找了一圈，在门口看到了他。南佳恩朝他挥了挥手。

顾以舟走到她面前，听见她问：“你怎么走了？是不是觉得太恐怖了，不敢看？”

“你打呼噜声音太大了。”

“不会吧？你别骗我，我不打呼噜的。”

顾以舟说完就后悔了，现在他的地位已经不能再高高在上地对南佳恩小姐说这样的话了。

他清了清嗓子，试图让自己声音变得柔和一些：“顾以则邀请你明天到我们家吃饭。”

南佳恩愣了愣：“干吗？先礼后兵吗？他是不是有什么事情瞒着我？”

“他跟我爸妈说，我找了对象。”

南佳恩：“关我什么事？”

“那个对象，是你。”

什么！那个顾总裁是真的不靠谱！这种话还能乱说的吗？！

“我不去！”南佳恩拒绝得很干脆，“我去吃饭算怎么回事啊？到时候你爸妈误会了，事情可就大了。”

顾以舟心里一沉，发现事情似乎并没有这么容易搞定。

“要不……”

他话还没说完，就被南佳恩给逼了回去：“假扮别人女朋友这种事，我肯定是不会干的！说出去也太羞耻了。”

“不是，我的意思是……”

“啥意思都不行，不干就是不干，什么事都能商量，这件事不行。”南佳恩四处瞅了一眼，发现放映厅里人走得差不多了，脚底抹油准备开溜。

南佳恩一想到顾以舟的父母，就开始浑身起鸡皮疙瘩。

高二的时候家长会，顾以舟的妈妈来参加家长会，作为优生家长代表发言，她站在门外悄悄地看着顾以舟的妈，当时就觉得，凉了，这个婆婆以后一定很难搞。

说白了，自卑。

虽然现在她混得不错了，但终究只能算个“戏子”，老一辈的人不是最不喜欢娱乐圈不正经的女孩子了吗？虽然她很正经，但耐不住别人不这么想啊。而且高中时候的阴影根深蒂固，她每每想到高中的时候和顾以舟的学习差距，这种挥之不去的自卑感就一直围绕着她。

她不敢告诉顾以舟。所以，她自然也没有看到他眼里极易察觉的失落。

家门口，南佳恩突然想到什么似的，问：“对了，蟑螂……”

“今天白天后来有点事，就没有处理。”顾以舟说得理所当然。

南佳恩准备开门的手哆哆嗦嗦地收了回去。

“那……”

他又说得理所当然：“睡我家吧。”

睡是可以，但是她得换衣服吧？

南佳恩开了门，然后飞快地缩到顾以舟的身后，道：“你去我卧室里帮我拿几件衣服吧。”

“好。”

顾博士当然知道，既然挖了坑就要负责让她舒舒服服地往下跳。

蟑螂他是不会处理的，这辈子都不会处理的。

南佳恩蹿进了隔壁，顾以舟走进南佳恩乱成猪窝的房间，毫不意外地在地上又发现了几只蟑螂。

所以……难怪她的房间会有蟑螂，一点都不冤枉。

顾以舟打开她的衣柜，眼尖地看到了一件黑色的蕾丝睡衣。

他眯起眼睛，细细地打量着这件衣服，脑海里突然钻出南佳恩穿着这件衣服，靠在门口，娇羞地说话的样子。

顾以舟的脸突然热了一下。

但是，他有点想看。

他顺手把这件黑色的蕾丝睡衣拿在手上,又拿了几件衣服,走到玄关处,刚想走，突然听到门铃响了。

顾以舟打开门，门口站着两个老人。

看到顾以舟，对方明显一愣：“啊，这里不是南佳恩的家吗？”

他思索了几秒钟，没有直接回答，直到对面的门被南佳恩打开。南佳恩目瞪口呆地看着两个老人的背影喊了一声：“爸、妈……”

顾以舟的背忽地一僵。

他下意识地想把手上的蕾丝睡衣往后藏藏，可惜南爸同为男人，一早就关注到了。

顾以舟如鲠在喉。

初次见面，悲从中来。

南妈妈看了南佳恩一眼，又扭头望向顾以舟：“是我们记错门牌号了吗？”

“没有……”南佳恩脸涨得通红，“你们没记错……”

南爸正色道：“那他是谁？为什么在你家？你为什么在对面？”

“他是……”

“他是顾以舟吧。”南妈妈说。

南佳恩点点头：“是的……”

他们俩的事情，南妈妈是后来才从南佳恩口中知道的，但那时两人早已分手了，她便没再追究。但她见过顾以舟的照片，也知道他是学校的学霸。

“叔叔阿姨好。”顾以舟礼貌地打了个招呼。

南妈妈问：“你们复合了？”

“没……”南佳恩刚想否认，就被顾以舟打断了。

“是的，叔叔阿姨，我们复合了。”顾以舟说。

05

“叔叔，阿姨，你们先坐坐。”顾以舟说着，把南爸南妈往家里带。

南佳恩悄悄地戳了戳顾以舟的手臂，问：“怎么去你家……”

“你准备用蟑螂迎接你爸妈吗？”

“……”

顾以舟去厨房的柜子里拿了几个水杯，又找了几包红茶。南佳恩在客厅里跟自家爹妈说了几句话，又火急火燎地冲进了厨房里。

“怎么办……”

顾以舟忙着泡茶，问：“什么怎么办？”

“我爸妈以为你跟我住在一起！”

“不是以为，是真的。”

“不是啊！大哥！我爸妈会打死我的啊！我居然背着他们在外面和别的男人同居！”

顾以舟叹了口气：“不会的。”

“你怎么这么确定？我挨揍了你帮我扛？”

“嗯，我帮你扛。”

顾以舟端了四杯红茶出去，南爸和南妈正在低头说话。见顾以舟来了，南爸南妈站起来跟顾以舟打招呼。

“叔叔阿姨你们坐。”顾以舟道。

南佳恩小心翼翼地偷瞄了顾以舟几眼，发现他脸上挂着无懈可击的笑容，还真有点贤婿的模样。

“我们佳恩给你添麻烦了吧。”南妈妈说。

顾以舟摇摇头：“没有这回事，她没有给我添麻烦。倒是我，可能不是一个特别体贴的男朋友。”

“你们在一起多久了？”南爸问。

听到南爸爸的声音，顾以舟就想到那件黑色的蕾丝睡衣，顿时后背开始冒冷汗。

“半年。”

“一年……”

南佳恩慌忙和顾以舟对视了一眼后补充：“一年不到……”

南爸又问：“住在一起多久了？”

南佳恩不敢说话了，顾以舟道：“半年。”

睁着眼睛说瞎话啊大哥！

南佳恩不敢看自家爹妈的表情，她下意识地往后缩了缩。

爸爸的表情有些反常。

完了，南佳恩心里想。

今天她的肋骨怕是要断在这里了。

南爸爸夺命第三问：“你在哪里工作？”

顾以舟道：“我在医院。”

“医生？”

“不是，我不是医生。”

南爸爸想了想：“药房的？”

“也不是。”

“男护士？”

南佳恩一口水差点喷出来。她决定拯救一下顾以舟：“他不在医院啦，他在医院后面的大楼里面。”

“后勤？”

顾以舟道：“我是搞医药研究的。”

“药贩子？”南爸爸眉头都拧在一起了。

说不清，南佳恩索性在手机网页上输入了“顾以舟”三个字，打开顾以舟的百度百科，她把手机递了过去：“喏，爸，你自己看！”

南爸爸看了看，手一抖，差点没把手机给摔了。

他站起身来，朝南佳恩挥挥手：“丫头，你过来。”

南妈妈微笑着对顾以舟说：“她爸就是宝贝丫头，让你见笑了。”

“没有的事。叔叔人很好。”

南佳恩被拉到了门外。

南爸爸问：“你从哪里傍到了一个博士？”

“他追的我，哪是我傍他啊。”南佳恩撒谎，脸都不带红的。

南爸爸冷笑了一声：“人还能看上你？”

“爸！我是不是你亲生的啊！”南佳恩气得爹毛，“你这样说话我可就不爱听了啊！”

“拉倒吧。”南爸爸瞥了她一眼，“你跟人谈了大半年了，瞒着我跟你妈？”

南佳恩瞬间就噤声了。

“这么说吧。”南爸爸叹了口气，问，“你们准备什么时候领证？”

“爸！你在说啥啊……”

“你都跟他住一起了，你可别告诉我他不对你负责啊。”

南佳恩悻悻地说：“负责的，他是个好人。”

“那行。”南爸爸这才放了心。

屋子里，南妈妈正和顾以舟交谈甚欢。

南佳恩惊了，果然不能小瞧了顾以舟，居然能跟她妈无交流障碍。

“小伙子。”南爸爸拍了拍顾以舟的肩膀，“户口本在家吗？”

户口本？这是要来真的吗？

南佳恩一把抓住了南爸爸的手：“不是吧！老爸，你干吗……”

“我的户口本不在这里。”顿了顿，顾以舟又说，“不过没关系，我可以回去拿。”

南佳恩赶忙摆摆手，道：“不不不，爸妈，我觉得我其实……”

“那我先跟你阿姨回酒店了。”南爸爸全程忽略了自己女儿，“你们先休息吧，我们明天再来。”

“叔叔阿姨，你们酒店在哪里，我送你们。”然后，顾以舟就拿着车钥匙下楼了，留南佳恩一个人凌乱。

等等，她还没缓过来。

她爹妈怎么会突然一声不吭地就来 A 市了啊？然后……还叫顾以舟拿户口本？难不成这是要把她和顾以舟给锁死了？

不要啊！

她一想到顾以舟的妈妈，整个人就汗毛耸立。

她正想着，顾以舟的信息发来了：你先洗澡休息，我把你爸妈送到酒店就回来。

南佳恩默默地按照顾以舟的吩咐，洗好了澡，钻进了被窝。等顾以舟回来的时候，她已经四仰八叉地躺在顾以舟的床上快睡着了。

听到动静，她赶忙坐起来。

“你怎么去了那么久……”南佳恩说着，就看到了顾以舟手上拎着的西瓜。

她蹦下了床，美滋滋：“哇，有西瓜吃！”

顾以舟瞥了她一眼：“床上待着去，不许赤脚。”

“哦……”她赶忙撒丫子跑上了床。

不一会儿，顾以舟拿着切好的半个西瓜和勺子进来了，顺带把放置在飘窗上的小桌子拿到了床上。

“吃吧。”

南佳恩接过西瓜，问：“你怎么知道我想吃西瓜？”

“突然想起来你喜欢吃西瓜，楼下在卖，就给你带了一只回来了。”

她笑嘻嘻地说：“果然你最好啦。”

“明天跟我回家吃饭吧。”顾以舟说。

南佳恩挖西瓜的动作停了下来，闷闷地说：“我不想去。”

“不回去的话，怎么拿户口本？”

南佳恩当即瞪大眼睛：“我的妈呀，你不会真要去拿户口本吧？”

“你爸妈把户口本都带来了。”

南佳恩沉默了一会儿，问：“你干吗要说跟我复合了，他们现在都以为我跟你已经……”

他凑近，问：“已经怎样？”

南佳恩往后缩了缩：“你懂的啊，你还问我……”

“我要是不说你和我已经复合了，你住在我家里算怎么回事？”顾以舟说的话成功让南佳恩闭嘴了。

也是，要是她莫名其妙就住在了顾以舟家，她爸妈才真要把她大卸八块。

“刚才我爸妈有没有跟你说点什么？”

“嗯，你爸让我注意做好措施。”

南佳恩的脸瞬间红到了耳根。

“那……那你怎么说的？”

顾以舟坐在床边，又往前靠了靠，他启唇道：“我说，举办婚礼之前我不会让你怀孕的。”

南佳恩感觉自己要流鼻血了。

虽然已经不是第一次和顾以舟靠得这么近了，但是每一次和他近距离接触，南佳恩还是会脸红心跳、手足无措。

“顾以舟，我爸妈要是知道你这么骗他们，肯定不会放过你的。”

他沉默了半晌，觉得南佳恩的警告还是有那么一点可信度的。

他低声道：“所以，我不打算骗他们了。”

“啊？”

“南佳恩。”

她一愣：“干吗？”

“我想亲你。”

“你有毒啊……不行！”

“反对……无效。”

没等南佳恩第二次拒绝，顾以舟双手捧住南佳恩的脸，低下头，吻住了她的唇。

完了。她死了。

在闭上眼的那一瞬间，南佳恩就觉得自己的死期不远了。

如果说，一个人在一个坑里摔了一次，那他可能是一时大意；两次，可能是反应迟钝，但是像她这样一次又一次的，她觉得自己简直就蠢到不可救药。

总有人说，接吻这种事情是考验技术的，但其实，这种事情毫无技术可言。

这本来就是个无师自通的事情，在他靠近自己的那一瞬间，南佳恩就知道应该如何回应了。

顾以舟在她的嘴唇上咬了一下。

南佳恩猛地睁开眼睛：“你……”

“明天跟我回家吧。”

她的大脑还没有反应过来，下意识地“哦”了一声。

他又吻了一下她的眼睛。

她居然欣然接受？

南佳恩一把抓住顾以舟的手，道：“喂，你这属于犯规的操作。”

“我知道。”顾以舟说，“以后可能会更犯规。”

“……”

顾以舟：“我去洗澡了。”

南佳恩把自己埋在了被子里。

嘴唇还是湿润的，还有顾以舟唇齿间的薄荷香气，这个人有备而来，做坏事之前还吃了一颗薄荷糖。

薄荷这种东西她以后再也没法直视了。

一看到薄荷，她就会想到顾以舟的吻。

06

水声停了。

南佳恩从被子里探出头来，不一会儿，顾以舟裹着浴巾从浴室里走了出来。

她的目光似乎是被顾以舟发现了，顾以舟看过来时，她赶忙低下头。

她的小脑袋摇摇晃晃的，顾以舟觉得……还真的有点可爱。

他吹干头发走出来，发现南佳恩的脑袋已经埋在被子里了。

顾以舟上前去，把她的被子掀开，她闭着眼，眼睫还在动，一看就是装睡。

“西瓜里都是糖分，不刷牙小心蛀牙。”他幽幽地提醒。

南佳恩的眼睛悄悄地睁开了一道缝，发现顾以舟正看着自己，她赶忙从被子里钻出来，道：“哦，我去刷牙。”

她刚想走，冷不丁被顾以舟给抓了回来。

她一个没站稳，直接倒在了顾以舟的怀里。

刚洗完澡，他的胸口是滚烫的。

南佳恩的心怦怦狂跳，她只觉得自己的耳朵开始嗡嗡作响，就快要听不见任何声音。

“怎么装睡？”

“没有……”她呜咽了一声，“我就是困了……”

“哦？”

顾以舟把她锁在自己的怀里，大掌不容拒绝地按在她的腰上。

肌肤相触的每一寸都像是野火燎原。

他凑在她的耳边，轻轻地吹了口气：“你在害怕？”

南佳恩矢口否认：“我怕啥，我才不怕。”

“那你躲我？”他反问。

南佳恩摇头：“我才没有躲你。”

他低下头，把整张脸埋在她的颈窝，痒痒的。

他的碎发戳着她柔软的皮肤，南佳恩像是触电一般打了个寒战，随后顾以舟的另外一只手也环了上来，他紧紧地把她的身子抱住。

她觉得自己快要熟透了。

“南佳恩。”他突然叫她的名字。

“啊？”她愣了一下。

“我刚才说的提议是认真的，你要不要考虑一下？”

刚才的提议……南佳恩试图回想了一下，结果发现根本就想不起顾以舟口中认真的提议到底是哪一个。

她问：“你是说……什么提议？”

顾以舟一顿，登时像是被人从头到脚浇了一盆冷水。

良久，他松开了手，语气里尽是失落：“去刷牙吧。”

说罢，他起身去拿被子准备打地铺。

南佳音觉得刚才顾以舟的情绪……有点沮丧。

她是不是说了什么让他不开心了？

该不会是因为她记不得他说的什么提议吧？

可是他说了那么多话，她怎么确定他强调的是哪一句……

但是，顾以舟不开心的话，她好像更不开心。

南佳恩默默地走进卫生间，发现顾以舟已经贴心地把洗漱用品都多备了一份，包括毛巾和水杯，还有一双他新拿出来的粉红色拖鞋。

她刷完牙，回到卧室的时候，顾以舟已经铺好床躺下了。

他在看手机，表情很专注。

“喂，顾以舟。”南佳恩站在他边上喊。

闻言，顾以舟坐起身，一脸茫然地望着她。

叫他什么事儿？她也不知道，叫了再说。

她的目光触及自己的双脚，匆忙找了个话题：“拖鞋还挺好看的。”

“喜欢就好。”

“明天我可以点菜吗？”南佳恩没头没脑地来了一句。

顾以舟一愣，他突然反应了过来：“你想吃什么？我跟方姨说，让她准备。”

“想吃肉……”她说。

“好。”他飞快地给方姨打了个电话。

不一会儿，顾以则的电话打了过来。

“哥，搞定了？”他的声音巨大，没有开扩音器南佳恩都听得见。

顾以舟道：“她在我旁边。”

“你们现在在一起？”顾以则夸张地说，“这都几点了，你们该不会住在一起吧？”

“大惊小怪。”顾以舟淡然道，“堂堂 IN 娱乐的总裁，一点总裁的样子都没有。”

顾以则咬牙道：“要不是因为你，我会去当这个野鸡总裁吗？！”

“哦，野鸡。”

“顾以舟！你简直可耻！我现在就告诉爸妈你和南佳恩同居了！”顾以则气呼呼。

南佳恩听到，惊了。

完了，顾以则要是这么告诉他爹妈，她“不正经”的形象岂不是被坐实了？！

顾大总裁，你不能这么坑自家艺人啊。

“说吧。”顾以舟声音一沉，“我明天就回来收拾你。”

顾以则：“……”

怕了怕了。

顾以则赶忙把电话挂了，以免引火烧身。

南佳恩爬上床去，背对着顾以舟，脑子里还在回想着刚才顾以则说的话。

顾以舟道：“你放心，借他十个胆子他也不敢说的。”

南佳恩转过头来：“为啥？”

“他有把柄在我手上。”

“哦……”

算了，她是搞不懂这两兄弟之间的事。

隔天一大早，顾以舟做完早餐就去上班了。

太阳都晒屁股了南佳恩才起床，她睡眼惺忪间发现桌上放着顾以舟准备好的吐司和鸡蛋。

桌上留了一张字条：牛奶在保温杯里，吃完放着我回来洗。

像是极其担心南佳恩会把厨房给炸了，顾以舟在她吃早餐的中途给她打了电话。

“出门之前记得把门关好，你下午是要去录歌吧？我提前一点下班来接你。”

哇……提前下班？这是顾以舟能说出来的话？

工作狂顾博士的幡然悔悟，这到底是人性的扭曲，还是道德的沦丧？

上午她带自家父母去商场逛了一圈，下午她匆匆忙忙处理好姜桉这边录歌的事情，早早地就准备走了。

助理苏曼问：“南小姐今天好像有心事啊？”

南佳恩想了想，同为女人，苏曼应该能有点建设性意见。

“苏曼姐，你说……我第一次去男朋友家里，应该给他家里带一些什么礼物啊？”说到男朋友的时候，南佳恩心虚得不行。

苏曼有些惊讶，随后她道：“可以买水果、牛奶、五谷杂粮之类的。如果想要送有档次一点的，那就补品类的，或者奢侈品类。”

南佳恩谢过一番之后下了楼。

姜桉从录音棚里出来，苏曼见到他道：“南小姐走了。”

“嗯，我知道。”姜桉笑了笑，“你们说的话，我听见了。”

苏曼一瞬间有些尴尬。

她想说点什么，却还是姜桉先开了口：“我对她，止步于倾慕。”

“什么？”苏曼问。

“她现在很好。”姜桉自嘲地说，“可我却不是当年很好的自己了。”

苏曼觉得有什么东西哽在喉咙处，说不出话来。

“没有，阿姜，你真的很好。”私下里，苏曼喜欢喊她阿姜。

姜桉摇摇头，说：“可她更好。”

“其实……你可以试试看的。毕竟她是你学妹，也不是生分到完全不能进一步发展的程度。最重要的是，阿姜，这么多年了，你一直对她都有好感，说出来，让自己不那么遗憾也好，不是吗？”

姜桉思忖了半晌，随后否决了苏曼的说法：“她就像是我的一个梦，不是一个非要得到的梦。我欣赏她、倾慕她，这和我喜不喜欢她不对等，她在学校里就和其他女孩子不一样，我当时就觉得，她以后一定会成功的。

与其说好感，倒不如说她是当初的我任性地跟自己打的一个赌。”

苏曼知道姜桉不会跨出那一步，她也知道姜桉说的都是真的。

倾慕一个人，并非喜欢，更非爱。比起占有，他更想和全世界一同分享她的光芒。

苏曼笑了笑：“你赌赢了，阿姜。”

“嗯。”他轻轻地应了一声。

思绪仿佛回到了多年前的那个初秋，她拎着行李箱刚进大学的校门，她轻轻地抓住他的衣袖，问道：“你好，请问女生宿舍往哪里走？”

姜桉当时的心漏跳了一拍。

很快，又归于宁静。

我对你，发乎情，止乎礼。

姜桉想，这就是最好了。

南佳恩从超市里买了一大堆东西出来。

她本来想去商场买点补品或是奢侈品，显得她好像整个人高端大气上档次，但转念一想，按照顾以舟家里的条件，什么没有啊，万一她买的又贵又不好，到时候他爸妈指不定以为她有多败家……

“我马上到，你等一下……”南佳恩挂断了电话，提着东西艰难地往顾以舟停车的地方走。

很快，顾以舟从后视镜中看到了一个走路笨拙的人，在酷热的天气，穿得严严实实，除了南佳恩，没别人了。

他拉开车门走下去，帮她把东西拿了起来。

南佳恩擦了擦汗，舒了口气：“累死我了。”

“其实我买了。”顾以舟扫了一眼她买的东西。

“啊？你不早说！”

“我以为按照你的脑回路，是想不到要送礼的。”

南佳恩鼓起嘴巴：“你在歧视我！”

“没有。”

“哼，你信不信我这会儿扭头就走！”

顾以舟拉住她的手。

“别走。”

“认不认错！”

“认错。”顾以舟低下了头颅。

“你自己说，哪儿错了？”

“哪儿都错了。”

“认错态度良好，孺子可教。”南佳恩心满意足地上了车。

顾以舟哀叹自己地位不保……

算了，还要什么地位，先追到再说吧。

/第九章 追妻火葬场？/

01

顾家别墅大门打开的时候，南佳恩的内心不由得发出慨叹。

这坐着的一群人……到底是什么情况？

南佳恩拉了拉顾以舟的衣角问：“你不是说家宴吗？这一大群人是怎么回事？”

客厅里坐了不少人，南佳恩一眼就看到了谈馨儿。

顾以舟同样茫然：“我跟你一样不知道。”

顾以则一看到南佳恩，就迎了上来，那一头黄色头发格外飘逸。

“欢迎光临。”顾以则笑嘻嘻。

南佳恩同样笑嘻嘻，但心里想骂人。

顾以舟说：“你不是告诉我是……”

话还没说完，顾以则就大声地向不远处的人道：“爸妈，哥回来了！”

噩梦重现，南佳恩很快就看到了顾妈妈。

这么多年了，雍容华贵，完全没变。

哎，当个阔太太可真好啊，只需要貌美如花就行了。

顾以舟把东西放了下来，和自家妈妈打了个招呼：“妈，我回来了。”

南佳恩硬着头皮，基本没思考也喊道：“妈，你好。”

“……”

南佳恩欲哭无泪：“阿姨好……”

这下应该会被顾妈妈狠狠地鄙视吧？这第一次正式见面说的第一句话就这样……

顾妈妈微微一笑，道：“你好，佳恩。”

佳恩！是佳恩！不是南佳恩！

哇，这么亲昵的称呼！

和预想中的不太一样，南佳恩重重地舒了口气。

在南佳恩的记忆里，顾以舟的妈妈应该是那种很考究、很有生活标准的女人，应该是和顾以舟一样，给旁人一种冷漠和疏离感才对。可现在好像并不是这样。

顾以舟凑在她耳边轻声道：“你别紧张，我妈很好说话。”

“哦……”南佳恩闷闷地应了一声，“我才不紧张。不过这么多人，我们真的要……”

话音未落，顾以舟就理所当然地牵起了南佳恩的手。

南佳恩一下子红了脸，忽然她感觉有一道炙热的目光看了过来，没错，是谈馨儿没跑了。

她转向谈馨儿，假笑道：“好久不见，谈小姐。”

谈馨儿也假笑：“好久不见，南佳恩。”

“你们怎么没打起来？”顾以则有些失望。

“你真无聊。”顾以舟道，“所以你把我骗回来到底是什么事？”

顾以则把他拉到一边，小声地说：“听说你追不到南佳恩，我来给你加把火。”

这是谁说的？

顾以舟淡然道：“没有的事，你没看到我拉她手了吗？”

“呵呵。一看就是假的。我们国民女神会看上你？”

“皮痒了？”顾以舟沉声问。

“哎哟，我这不是在为你着想嘛。”顾以则搬出了一大堆道理，“你看，你早点把佳恩姐搞定了，早点生个孩子继承 IN，我就能早点退休对不对？还是说，你不喜欢她？”

顾以舟的脸色微微一变，道：“你闲事管太多了。”

“二哥就是爱多管闲事。”声音来自后面的人。

顾以则扭过头去：“你别以为你放暑假了就可以横行霸道了！”

有一段时间没见到自家寄宿的妹妹了，顾以舟上前去，揉了揉顾以柔的脑袋：“好久不见，阿柔。”

顾以柔嫌恶地躲开，说：“不许摸头，会变得和顾以则一样笨。”

顾以则道：“我看你是皮痒了！”

顾以柔笑道：“我期末考试又是班级第一哦，不像某些人读书时成绩那么差。”

“难道不应该是校级第一？”顾以舟问。

校级第一……

顾以柔哼道：“王八蛋才拿校第一名。”

顾以柔转过头去，南佳恩刚换完拖鞋走过来，她和顾爸爸、顾妈妈打好了招呼，然后就看见了顾以柔。

顾以柔看她的眼神有些犀利。

“哥，这是你初恋哦。”顾以柔道。

“……”

“姐姐好。”顾以柔甜甜一笑，“我们班很多同学喜欢你哦。”

“啊……谢谢。”

“但最喜欢你的，还是我哥。”

顾以舟：“……”

“那我去写作业了。”顾以柔朝她挤了挤眼睛，“加油姐姐。”

南佳恩一直没有反应过来这句“加油”是什么意思，直到坐在客厅的沙发上……

客厅里坐着一群人，顾以舟向她一一介绍。

除了谈馨儿一家之外，还有一家也是顾家老一辈关系密切的朋友，他们家也有一个女儿，据顾以则说，之前他老爸老妈还想着把顾以舟和他们家女儿也撮合一下。

她算是知道了顾以舟为什么回国要和谈馨儿相亲了……

两家人是世交的关系，顾以舟要是拒之不见，这个架子未免也摆得太大了一点吧。

南佳恩问："你当时和谈馨儿相亲第一感觉是什么呀？是不是觉得她长得特别好看？"

顾以舟摇头，道："更好看的我见过，所以她真的一点都没有让我惊艳。"

南佳恩悄悄地问："你说的那个更好看的，是不是我呀？"

"可能吧。"

"是就是，不是就不是，可能是什么鬼啊？"南佳恩没好气地哼了一声。

考虑到自身地位的顾以舟低声道："是。"

南佳恩笑开了花。

顾以舟瞬间想到了朱麟说的话："老大，女人是用来哄的！"

这下他算是摸到了一些门路了。

晚餐还没开席，南佳恩去二楼上厕所，从洗手间出来，恰好看到站在门口的谈馨儿。

今天谈馨儿穿了一件宝蓝色的衣服，她皮肤本来就不是很好，这颜色把她衬得更黑了。她靠在墙上，看到南佳恩，冷笑了一声，率先发话："到底还是你南佳恩有本事。"

南佳恩："什么意思？"

"听说你见过姜桉了？"

"关你什么事。"她道，"你这么关心我干吗？"

"谁关心你？我才懒得关心你。还不是因为你自己太高调，全世界的人都知道你和姜桉合作了。"

南佳恩"哦"了一声："是合作了，然后呢？"

谈馨儿讥诮道："能怎样，用美色去迷惑男人的眼睛，不是你的一贯伎俩吗？"

迷惑眼睛？

南佳恩笑出了声："哎？姜桉不是你传说中的绯闻男友吗？怎么，你还没见过他？"

像是被戳穿了，谈馨儿驳斥道："我见没见过他跟你有什么关系？"

"哦，又是炒作啊。"南佳恩啧啧两声，无奈地摇了摇头，"我说谈小姐，多把时间和精力放在作品上不好吗？非要去搞那些有的没的？和这么多男人闹绯闻，三天两头上头条，可是没有一部拿得出手的作品，你不觉得做这样的一个演员很丢人吗？”

谈馨儿冷声道：“你还开始教训起我来了？是，我是喜欢炒作，但你南佳恩又比我高贵到哪里去？说白了，你我都是这浑水里的人，谁都没比谁干净。”

“谈馨儿，我是靠作品说话的。”

“靠作品说话的你是怎么空降到IN的？你到底是勾搭上了顾以舟，还是勾搭上了顾以则？”

02

许久不见谈馨儿，她怎么还是和以前一样讨人厌。

南佳恩挺胸，道：“你猜？”

“你和楚朝阳也有故事吧？”谈馨儿提高声音，“我都听秦可依说了，你和楚朝阳两个人在影视基地拍戏的时候，在民宿里的那点事尽人皆知。”

“我怎么感觉秦可依说错对象了？在民宿里天天缠着楚朝阳的不是她吗？”

“故意和楚朝阳吻戏NG，南佳恩，靠作品说话的你，可是很少NG的哦。”谈馨儿甩了甩自己的长发，“南佳恩，我虽然没有你道行深，可我也不像你这般表里不一，维护表面人设这么认真，私底里没少做别的。”

“嗯，我的人设是长得漂亮演技好，论起道行，私底下我背台词、对戏到半夜都是常有的事，你的确没有我的道行深，因为你没有我付出的多。”南佳恩笑眯眯说，“所以，姜导这部戏的女一号是我，不是你呀。”

谈馨儿气得脸都青了。

“你没必要和我比。”南佳恩决定结束这场毫无意义的口水仗，“你想火，想要有热度，想要拿奖，这些我都已经有了，我只想做一个专注作品的好演员，所以你没必要对我这么大敌意。我赚的钱一辈子都不会比你多，也许我傍不到比你未来丈夫更有钱的男人，但那是我想要的人生。我们的追求从一开始就是不一样的，所以比较毫无意义，你有兴趣的男人我一个都没兴趣，告辞。”

说罢，南佳恩一扭头，在转角处看见了站在楼梯口的顾以舟。

难怪谈馨儿刚才讲话声音这么高，看来是故意的。

见顾以舟一直盯着自己，南佳恩咽了咽口水：“你干吗……”

“以为你掉厕所里了，这么久了还不下来。”

“所以你担心我？”

“嗯。”

她以为按照顾以舟以前的套路，肯定会给她一个眼神自己体会，结果没想到他居然这么直截了当地就点头了。

南佳恩咕哝了一声：“我有什么好担心的……”

没等她说完话，顾以舟走到谈馨儿面前，伸出了手。

谈馨儿往后退了一步：“怎么了？”

他的语气很沉：“手机拿出来。”

谈馨儿：“你干吗要我手机？”

顾以舟道：“录音删了。”

谈馨儿脸色骤变。

居然还录音？！南佳恩气得跳脚。

谈馨儿辩驳道：“我……没有……”

“拿出来。”顾以舟的声音不容反抗。

谈馨儿拿出手机：“我删了不就行了。”说罢，她打开录音列表，确认删除。

顾以舟冷声道：“顾家和谈家是世交，我不希望小一辈的恩怨影响老一辈的感情，但是谈小姐，任何事我都希望你把握好分寸和尺度，也明白什么事该做，什么事不该做。还有，以则他年纪还小，有些事情他可能不知道，处理事情的方式方法可能欠妥，但IN归根结底还是我们顾家的产业，顾以则身后还有我们顾氏集团，恃宠而骄可以，但横行霸道也须有个限度，我们IN有资源捧人，也有本事雪藏任何一个花旦。”

一本正经讲话的顾以舟真的帅爆了啊！

为什么顾以则就没有一点顾以舟的影子，但凡顾以则有一点霸道总裁的影子，就不至于让谈馨儿傲成这副德行了。

“你就这么相信她说的话？”谈馨儿望着顾以舟，不死心地问，“你凭什么觉得她对你说的话都是真的？顾以舟，你是很聪明，但是你看女人的眼光不准。我告诉你，她没有你想的这么简单。”

“她是什么样的人我比你清楚。”顾以舟居高临下地回应道，“我和她认识了十一年。她所有的事情我都知道，她所有的话我也都相信，任何人都可以不信她，但是我不能。”

南佳恩猛地抬起头，她望着顾以舟清冷的背影，突然鼻子一酸。

在娱乐圈这么几年，她耳边每天都充斥着各种各样质疑的声音。

“南佳恩是不是整容的？你看她的双眼皮，肯定是拉的吧？还有她的鼻子，哪有正常人的鼻子这么好看的？”

“怎么她的资源都这么好啊？是不是有什么后台啊！”

“清纯玉女？我看背地里不知道跟多少男人有关系吧？”

“呵呵，演了这么几年的戏还是抵挡不住她骨子里的没文化。”

她曾陷入过非议。那些人制造各种谣言，根本就没有考虑过这些话对于一个女生来说，是多么可怕的伤害。

她一直想要的，无非就是这样一个人，还有这样一句承诺。

就算全世界没有人相信你，我也会站在你面前，为你反抗全世界。

谈馨儿说：“顾以舟，娱乐圈没有你想的这么干净。”

“没有任何一个地方是完全干净的。”顾以舟说，“也没有任何一个人是圣贤，谁都有不好的一面，但这并不影响我看到她的坦诚和勇敢。”

如果现在没有人，南佳恩已经要号啕大哭了。

顾以舟是什么神仙理论家啊，说出口的话都是哲理，每一个字都扎在她的心窝上。

他转过身，轻轻地拉住了南佳恩的手。

“走，带你去看个东西。”

顾以舟把南佳恩拉到了别墅四层的露天小花园。

花园里种了很多花，还有蔬菜，小花园里还有一个木制的秋千和一张小桌子。

“秋千是我做的。”顾以舟道，“以前阿柔喜欢荡秋千。”

“我可以玩吗？”南佳恩问。

“当然。”

她小心翼翼地坐在秋千上。风吹过来，秋千的绳索吱嘎吱嘎作响。

月光下，她长长的头发随风飘动。顾以舟低着头，望着她，不说话。

漆黑的夜幕中悬挂着几颗星星。

南佳恩看着星星发呆，她问：“小时候我每次看星星，都会觉得好神奇，这些小东西发着光，就像是仙女裙子上掉落的钻石，多美啊！”

她又说：“可是后来有一天，我知道了这些会发光的钻石只是一个个表面上坑坑洼洼很丑的星球之后，我突然觉得好失望。”

南佳恩转过头，问顾以舟：“你们搞研究的人应该都是一样的吧？以前你肯定觉得医学很有意思，可是后来发现这些东西不过就是一个又一个符号组成的公式，是不是会觉得非常没意思？”

顾以舟问：“为什么这么说？”

“我想了想，觉得谈馨儿说的话其实也不是一点道理都没有。”她自嘲地笑了笑，“你刚才说，你相信我，是因为在你眼里，南佳恩是一个长得漂亮演技好的小花旦，你看我其实是带了滤镜，也许你通过显微镜发现我其实并没有你想象的那么好，你也会很失望的。”

“你错了，南佳恩。”顾以舟否定了她的自说自话，“从一开始你的命题就是错的。任何人对自己喜欢的东西和执着的领域都是带着滤镜的，也许在你看来，天上的星星只是坑坑洼洼很丑陋的星球，但在天文学家的眼里，那些都是比钻石还要耀眼的宝藏。就像我所研究的医学，虽然它们是一个又一个单一枯燥的符号和公式，但对于我来说，这些公式很美，它们构成了许多的元素，这些元素又组成了可以治愈人体疾病的药物。”

南佳恩的眼睛亮了一下。

顾以舟望着星空，说：“任何人生活在这个世界上，都有想要追求的意义。”

“你追求的意义是什么？”南佳恩注视着他。

顾以舟侧过脸来：“研究出治愈癌症的药物，还有一些其他很难治愈的疾病，我都想把它们一一攻克。”

南佳恩托腮想了想：“很宏伟的意义。我的就很小儿科了，我就想多演几部戏，如果可以的话，拿了‘影后’，我就‘功德圆满’了。”

“演戏的意义是什么？”顾以舟问。

南佳恩愣住了。

说实话，她从来都没有考虑过这个问题。

她只知道演戏，去创造好的作品，却从来没有问过自己，演戏的意义究竟是什么。

顾以舟帮她回答了这个问题：“是用好的作品带给别人快乐。你的意义在于人类的精神层面，我的意义在于人类的生理层面，从某种意义上来说，我们追求的意义，殊途同归。”

她已经不知道该用什么样的表达来形容此时此刻自己内心的惊喜了。

殊途同归……曾经她认为自己和顾以舟的距离很远很远，根本不是同一个世界的人，可她没想到顾以舟从来没这么想过。

“其实我追求的意义还有一样。”

南佳恩问：“什么？”

顾以舟望着她的眼睛，她的眼睛很亮。

“还有……”

“你们居然跑到这里来谈情说爱了！我在楼下找了你们一圈！”顾以则骂骂咧咧地闯进来，然后发现情况有些不对劲，他尴尬地扯了扯嘴角，“我是不是打扰到你们了……但是我是来喊你们下去吃饭的。”

“走吧。”顾以舟呼了口气。

南佳恩从秋千上站起来，跟着兄弟俩离开了花园。

他所追求的意义，就在他身后啊。

03

樱桃小口，笑不露齿，吃饭不能吧唧嘴，东西咽下再说话。

以上所有条，顾以舟之前都没有在南佳恩身上看到过，唯独今天，打开了新世界的大门。

顾以则偷偷凑过去和自家老哥说了句话：“南佳恩受刺激了？”

“没有。”顾以舟轻描淡写地用手擦了擦碗口，目光温柔，“可能是被调教好了。”

顾以则摇摇头：“反正不是你调教的。”

“嗯？”

顾以则悻悻地开口：“我觉得南佳恩把你调教了，你都没有发现自己变了多少。”

变了多少？顾以舟愣了一下。

他似乎真的没有注意到，自己这段时间的变化。其实他的变化显而易见，所有人都看在眼里。

“是吗？”顾以舟自言自语道，“就这样也挺好的。”

“哎哟。我的老哥。”顾以则道，“我觉得你最好还是把IN继承了，我现在只要一碰娱乐圈的新闻我就头炸。”

顾以舟的目光沉了：“你知道的，我这辈子都不可能接手IN。”

顾以则也沉默了。

顾以舟之所以会变得封闭和冷漠，很大程度上都是因为IN，因为他眼睛里容不下的那个娱乐圈。

大哥和父亲之间也是因为娱乐圈才产生了很深的嫌隙，这也是后来他从方姨的嘴巴里知道的。

现在，两人即便是坐在一张桌子上，顾以舟依旧和父亲保持着很远的距离，态度孤傲，自始至终除了仅存的尊重之外，生不出其他半点的情感。

“咳咳咳……”

思绪被拉扯回来的时候，南佳恩被食物噎到了。

顾以舟飞快地去厨房里给她倒了一杯水，伸手拍了拍南佳恩的后背：“慢点。”

她的脸微微泛红，有些尴尬地说：“我没事。”

“对了，佳恩现在也在IN吧？”说话的是顾妈妈。

“是的，她也在IN。”说话的是顾以舟。

南佳恩和谈馨儿不和的事情，娱乐圈内外尽人皆知，更别提是谈家的二老了。

本来今天一见到南佳恩，谈家二老就不痛快，这会儿又说起来，看到自家女儿得到的关注度明显弱于南佳恩，谈妈妈率先忍不住开口了：“早先以舟和我们馨儿没有进一步发展的那一会儿，我还以为是以舟不想和公众人物发展，今天看来，好像倒是我们会错意了。”

顾妈妈笑了笑，说：“年轻人的事情，我们老一辈也弄不明白，还是不要干涉了。”

谈妈妈道：“锦卉，你也知道我这个人的，我倒也不是想干涉什么，平时我也很少发脾气什么的，可是你说今天你们顾家请我们谈家还有袁家吃饭，我们老一辈的聚一聚，年轻一辈的也跟着玩玩，没什么的。但是你明明知道我们家馨儿被那个叫南佳恩的欺负成这样，还硬是要把她喊过来，这未免也太不考虑我们家馨儿的感受了吧？”

顾妈妈依旧是和颜悦色：“年轻的孩子们之间哪里有什么欺负啊矛盾啊什么，都是年纪小不懂事互相产生了误会，说开了就好了。”

谈妈妈瞥了南佳恩一眼，说：“行吧，看在锦卉你的面子上，只要南佳恩和我们馨儿道个歉，这事儿也就算翻篇了。”

南佳恩一脸蒙地咽下了嘴巴里的肉。

她望着来势汹汹的谈妈妈，问：“道什么歉？”

谈妈妈气得鼻子都要歪了：“南佳恩，之前你在微博上公开怼我们家馨儿的事情大家可都记着呢。这件事你想就这么算了吗？”

这都多少年以前的事了啊？

“哦，不好意思啊。”

谈妈妈怒道：“你这是什么态度？”

“好了。”谈爸爸劝阻说，“两个人本来没什么事，硬是被你这样子搞得像是有什么深仇大恨似的。”

难怪谈馨儿那副样子，原来家里还有个一模一样的妈妈。

“就是啊，没什么事的。”一旁袁家的妈妈也赶忙出来圆场。

谈馨儿突然眼眶一红，直接哭了。

平时倒没见她的演技如此精湛，一到卖惨的环节，她比谁都得心应手。

南佳恩看着谈馨儿影后似的表情变化，整个人都呆了。

“别哭了馨儿。”谈妈妈心疼得不得了。

谈馨儿委屈不已：“其实南佳恩也没有欺负我，只是她心直口快，有些话她没有想就直接说出来了，她为人比较直爽……”

“直爽和没脑子是两回事。”谈妈妈说，“不能因为人直爽，说话就不过脑子，对别人产生恶意的影响吧？”

“好了，妈，你别这么说她了，她也不是故意要针对我的……”

要不是顾以舟的父母在，南佳恩现在就要用唾沫星子把这个女人喷回盘丝洞！

“我……”

南佳恩还没来得及说话，突然一只手拦在她的面前。

顾以舟站起身来，说：“谈叔叔，谈阿姨，不好意思。”

南佳恩抬头望着顾以舟，有些错愕。

他道歉？他是在帮自己道歉吗？

他凭什么要道歉啊！

“好了以舟，这件事跟你没什么关系，你不用帮她道歉的。”谈妈妈说。

“我不是帮佳恩道歉，我是说，不好意思，我要先走了。”说罢，他转过身，拉住了南佳恩的手。

“以舟！”一直没有开口的顾爸爸说话了，“这是我们家的家宴，你怎么可以随意离席？”

顾以舟停下脚步，转过脸来，说：“正如谈阿姨见不得自己的女儿受委屈，我也见不得自己的女朋友受委屈。”

他的语气冷淡疏离，让人根本无法靠近。

“明明是她欺负我女儿,怎么反倒变成她受委屈了？！”谈妈妈气不过，提高声音叫道。

南佳恩开口道:“你家女儿背地里欺负我的时候，可没见她有多委屈。”

说完这句话她就后悔了，毕竟顾爸爸和顾妈妈还在，她的第一印象怕是彻底凉了。

最权威最具有发言权的IN集团总裁顾以则开口了：“是这样的……之前IN的确是给营销号一些关于南佳恩的黑料，所以南佳恩才会和谈馨儿之间产生这么大的分歧和误会……”毕竟当初爆出南佳恩在片场态度不恭敬的新闻是谈馨儿的经纪人在背后搞的鬼，他这个总裁当初是非常支持的。

谈馨儿的经纪人出的主意，他审批通过并且付诸行动，不仅如此，还买了其他的黑料准备让南佳恩名声臭一臭，结果……没搞成。

说白了，南佳恩公开在微博上掐谈馨儿，他也有一半责任。

这件事他一直都没说，就怕南佳恩知道之后，把自己揍一顿。

但是就目前而言，不说不行了，自家大哥都这么护犊子了，他这个做弟弟的怎么能让大嫂受委屈，不能够啊！

南佳恩杀人似的目光投向了顾以则，“杀马特”总裁的后背开始噌噌噌冒冷汗。

“本来娱乐圈的这些事情就不能单纯地说谁受委屈了，谁被欺负了……”顾以则一本正经地胡说八道，“就跟谈叔叔、谈阿姨你们做生意一样，很多事情都不是表面上看到的那样。”

“所以你们就签了南佳恩？你有没有想过我女儿怎么继续在 IN 立足？”谈妈妈不依不饶。

“好了，这些事我们以后再说吧。”顾妈妈也起身，说道，“我们老一辈的就不要管他们年轻一辈的事情了。”

这个神态和语气就是顾妈妈当年的样子！南佳恩陡然一惊。

顾以则道：“我们公司签人是要看发展前景的，我们 IN 也要做生意，不可能因为自家艺人和一个人有过误会，就不签了吧？”

谈馨儿脸上有些挂不住，拉了拉母亲的手：“妈，别说了……”

到底是做了亏心事，还是心虚，尤其是录音还被顾以舟抓包了，谈馨儿这会儿压根儿就不敢抬头看顾以舟的脸。

闷头吃饭的顾以柔抬起头来，笑眯眯地看向谈妈妈，说：“毕竟南佳恩确实是比馨儿姐姐火哦。”

潜台词，IN 签她，因为她南佳恩厉害！

这个小腹黑！南佳恩简直爱惨了顾以舟的小妹妹。

谈妈妈的脸都绿了。

这饭说什么都吃不下去了。

这三兄妹这么个怼法儿，谁能受得了？

顾以舟微微欠身，道：“你们先吃吧，我和佳恩有事，就先走一步了。”

他朝着顾以则使了个眼色，顾以则点点头，表示了解。

顾以舟拉着南佳恩的手离开了家。

他始终握着她的手，一下都没有松。

04

“喂。”

顾以舟回头，看见南佳恩一脸懊丧地望着自己。

“怎么了？”他问。

她叹了口气：“我没怼爽。”

顾以舟思忖了片刻：“今天的确是没有让你发挥的空间。”

南佳恩点点头：“主要是你爸妈在，我不好发挥。”

她抽回手，一瞬间，顾以舟有轻微的失落。

别墅外有一条小路，一般没什么人会走。月黑风高，即便是有人路过，也看不清她的样子。

南佳恩没有戴帽子和口罩，每一次出门都要掩人耳目，这样的日子她有些厌倦。

姜浩在群里发信息，南佳恩扫了一眼，对顾以舟说：“明天我要去拍戏了。”

“嗯。”顾以舟轻轻地应了一声，“你爸妈呢？”

“他们说明天就去别的地方旅游了。”南佳恩道。

然后空气陷入了短暂的沉默。

突然，南佳恩猛地想到一件至关重要的事：“蟑螂！”

顾以舟扶额：“我去买蟑螂药。”

“那我……”

“住我家。”

似曾相识的剧情，一成不变的结局。

有一瞬间，南佳恩想，要么就索性别处理那些蟑螂好了。

等等，她到底在想什么！她的脑袋里怎么会出现这样肮脏龌龊的想法？！

“要不，今天就别买了，都这么晚了，明天再说吧。”

“好。”我不会买的，你就一辈子住我家吧。

“咕。”

南佳恩捂住肚子，可怜巴巴地看向顾以舟。

果然，刚才那么温文尔雅吃饭是吃不饱的，他早该知道。

“想吃什么？”他问。

“黄焖鸡米饭！”

“还有吗？”

“西瓜！我要吃西瓜！”

“嗯。”

“还有烧烤！”

“……”

回剧组的第一天，南佳恩就哭了。

这飙升的体重……

于晓曼看了眼数字，飞了一个白眼过去：“你怎么胖了五斤！”

“还能怎么胖的？吃胖的呗。”

于晓曼又说：“我今天下午回了一趟家，南佳恩，家里还是蛮精彩的啊。”

“怎么精彩了？”她心虚。

“你说呢？”于晓曼冷笑一声，“你卧室里的蟑螂都能开派对了。”

她咽了咽口水，不敢说话。

“我下午已经喊了保洁公司过来里里外外全部做了一遍卫生，而且全部都消毒过了。南佳恩你下次要是再把家里搞成这副鬼样子，我就不管了！”

不敢了不敢了，她是真的怕了。

要是被于晓曼盯上，她就彻底没好日子过了。

“你这几天住哪里了？”于晓曼问。

“……”

“你卧室里的睡衣都不见了。”于晓曼开启推理模式，“而且就你房间的那个样子，你是不可能继续住的，所以，你住在了顾以舟家。”

“我哪里不能住了？怎么就非要住在顾以舟家了？”

“因为我问过他了。”

明明都知道了还提问干吗！

“你俩那个过了？”于晓曼八卦地凑过来。

南佳恩一把推开她：“你瞎说什么呢？我还是个黄花大闺女。”

“这都几天了。”于晓曼发觉情况有些不对劲，她叹了口气，自言自语道，“顾博士不行啊？”

“你在瞎说什么啊！”南佳恩气得要吐血，“我们又不是男女朋友关系！”

“你不是作为顾以舟的女朋友去顾家参加家宴了吗？”于晓曼一愣。

南佳恩摇摇头：“当然是假的啊！还不是因为那个顾总裁瞎说，我过去帮忙的。别提了，还碰上了谈馨儿一家子，恶心死我了。”

于晓曼完全没有注意到南佳恩提到的谈馨儿，只是抓住前半句话不放：“假扮顾以舟的女朋友？”

“是啊，他怕他爹妈让他继续相亲，所以让我去撑场子的。”

“笨死你算了。”于晓曼恨铁不成钢。

“我怎么就又笨了？”

“假扮顾以舟的女朋友，这件事谁不能干，偏偏要你南佳恩？”于晓曼低吼道，“明眼人都看得出来顾以舟喜欢你，不懂你是真傻还是装不知道！”

南佳恩气呼呼地说：“你又说！你还骂我！我之前就告诉过你了，他不喜欢娱乐圈的女人！”

“是啊，他是不喜欢娱乐圈的女人，可是他喜欢你啊！”

两个人吵得面红耳赤。

面对演了这么多爱情片却还是对爱情一窍不通的南花旦，到底还是于晓曼率先败下阵来。

“算了，不说了，操心这事对我有啥好处……”

“于晓曼……”

“得，你现在别跟我说话，你现在跟我说话我就忍不住想要发火。”于晓曼舒了一口气，“你要是不信，你自己回去问他。他要是说不喜欢你，我把我的脑袋切下来给你当皮球踢！”

这个人好暴躁哦。南佳恩悻悻地想着，但很快她就把这个问题抛到脑后去了。

如果说顾以舟是典型的工作狂，那么南佳恩也八九不离十，一旦拍起戏来，什么儿女情长，什么家长里短，通通都被她忘到九霄云外去了。

南佳恩很忙，顾以舟也很忙。

医院里开了一个大型的新项目，难得顾以舟刚从国外出差回来，又开始要投入到新的项目中。做新项目就算了，还要一边做一边去全国各地开讲座，朱麟跟着顾以舟天南海北地跑，别提有多开心了。

两个工作狂一工作就像是入了魔，唯一的联系是每晚顾以舟的微信问候。

南佳恩的夜场戏很多，好几次都是忙到凌晨一两点才收工，收完工，她回到家就要睡觉。

常常是前一秒两个人还在说话，后一秒南佳恩就睡着了。

这部戏对于南佳恩来说，难度系数太大，常年不用替身的她为此破了好几块皮。

楚朝阳最近倒是收敛了很多，听剧组里的其他人聊起八卦的时候说，楚朝阳形婚的事情被挖出来了，因为有狗仔队拍到了楚朝阳的老婆和三个男人出入酒店房间的视频。

“这么厉害的吗？”

“有啥厉害的，上次拍戏的时候，楚朝阳还跟岑秋在停车场拉拉扯扯呢。”

“真的假的？”

岑秋？南佳恩打了个寒战。

她本来还对岑秋的印象不错呢，没想到……

其实想来，大部分的家长对娱乐圈的女孩子都不会有很好的看法吧，毕竟这个圈子的混乱状况就摆在那里，就算她是一股清流，也会被那些腐臭的污水浊化。

“这个剧组里还算得上干净的就只有南佳恩了吧？”一个工作人员小声地说。

“那倒是，我也算在这一行混了这么多年了，还从来没有听说过南佳恩跟谁乱搞的。”另外一个工作人员附和道。

南佳恩路过，听到他们的议论，心满意足地笑了。

你看，这个世界上的人大多都不傻，你在别人心里是什么样的位置，不需要你去说，大家都有眼睛。

就这么又拍了将近两个月的戏，拍摄接近了尾声。

然后，就在这个时候，《暗医》上热搜了。

一个“爆”字，带火了好几个话题。

“《暗医》主题曲”“姜桉新歌《渴望》”“南佳恩出道的首唱”“姜桉南佳恩”……

一群网友纷纷开始讨论姜桉和南佳恩之间的关系，更有甚者已经迫不及待地开始了写姜桉和南佳恩的同人文了。

南佳恩在家里单曲循环这首歌，美得不行。

于晓曼准备出门约会，看到南佳恩这么一副痴呆的表情，简直无语："你早点睡吧你，明天还要拍戏！"

睡？这哪儿睡得着啊！

南佳恩简直要兴奋死了，她第一次发现自己的唱歌天赋，她简直和那些发现新大陆的网友一样激动好吗？！

她随手点开了一个网友画的她和姜桉的同人图。

嗯……这个画的完全不像姜桉，这个五官更像是顾以舟嘛。

说到顾以舟……三个小时前她收到了顾以舟的消息，还没有回。

门口窸窸窣窣。

南佳恩翻了个白眼："于晓曼你动作好慢啊！"

于晓曼大概是懒得搭理她，话都没说。

南佳恩切回顾以舟的对话框，站起身来在房间踱步了半天。

"顾以舟说他下飞机了，马上到家，哎，晓曼，你说我回啥啊？"她在房间里兜兜转转跑了好几圈，"关键我现在一点都不想回他信息，满脑子都是我和姜桉唱的那首歌，我单曲循环了三个小时！简直太好听了……我怎么唱歌这么好听啊！不行，我憋不住了，我要给姜桉打个电话！"

她坐在床边，翻看姜桉的助理苏曼的手机号。

突然，她的手机被人抽走，南佳恩还没来得及反应，就直接被人压在了床上。

她瞪大眼睛，看见了顾以舟的脸。

她大惊失色："你怎么……"

"不许打。"他霸道地说，"不许给别的男人打电话！"

"你怎么一回来就发疯……"

"看微博上的那些评论，老子都气疯了。"

老子……顾以舟真的生气了。

完了，南佳恩想，这下凉了。

"我不能忍你和别人组 CP。"他的喉头上下滚动，"你是我的。"

他在她的嘴唇上狠狠地咬了一下。

"顾以舟，你是狗吗？"

“是。”他的嗓音沙哑，每一个字都是按捺不住的欲望。

南佳恩的脸一瞬间涨得通红，与此同时，有一个清晰的声音在她的脑海里不断地回响。

如果是这个男人，她可以。

她别过脸去，有些难为情地开口：“那……给你咬一口？”

05

南佳恩的脖子白皙娇嫩，此时此刻对于他来说，就像是世界上最诱人的猎物。

顾以舟喘着粗气，浑身上下都像是被点燃了一样。

他低着头，贴上了她的锁骨。

他的嘴唇很烫，南佳恩忍不住颤抖了一下身子，就像是一条逃窜的小鱼，滑嫩又多情。

顾以舟深吸了一口气，嗅到了南佳恩好闻的洗发水香气。

他像是个孩子似的，抱着南佳恩的手微微发颤。

“你怎么了……”南佳恩问。

“没什么。”他摇了摇头，又亲吻了一下她的耳垂。

她突然感觉身上压着的男人情绪有些低落。

南佳恩伸手拍了拍他的后背：“你是不是不舒服？”

“南佳恩，在你心里，我算什么？”略过了南佳恩的问题，顾以舟径自发问。

算什么？她不知道该怎么去回答这个问题。

她低声嗫嚅道：“我不知道……”

顾以舟把头抬了起来，一双漆黑的眼睛如同深不见底的沼泽，似乎对上就要深陷其中，无法自拔。

他的眼睛里有血丝，看样子舟车劳顿，他还没有机会好好休息一下。

“你喜欢姜桉吗？”他问。

南佳恩一愣：“姜桉？你怎么会突然问他……”

“回答我，你喜欢他吗？”

“我……”

生怕她说出让自己悲伤的答案，顾以舟打断她，又说："我是说，女人对男人的喜欢，爱情。"

爱情？

南佳恩摇了摇头："我只是单纯觉得他的歌很好听，很欣赏他的创作才华。"

"只是这样？"他问。

"是的，只是这样。"南佳恩望着他的眼睛，老实巴交地说。

顾以舟如同孩子似的，咧开嘴笑了。

南佳恩很少看到他这样的笑容，时间就像是回到了很多年以前，在篮球场，阳光下，他挥汗如雨，砰的一声，篮球撞进篮筐，掉在地上。球进了，全场欢呼，顾以舟回过头来，开怀地朝她笑。

是真的很久没有看到这样的笑容了，久到南佳恩几乎就快要忘了，曾经的他，是这样的耀眼和灿烂。

"那就好。"他又把头埋在了她的怀里。

"你该不会是以为我喜欢姜桉……不对，以为我爱姜桉吧？"

顾以舟没吭声，南佳恩咯咯咯地笑了起来。

他闷闷地说："你笑什么？"

"顾以舟，你真蠢。"南佳恩说，"大家都说你很聪明，我觉得你真蠢。"

"你也蠢。"他说，"你什么都不知道。"

南佳恩不服气，她一把把顾以舟从自己的身上推走，坐起身，侧过脸望着顾以舟，气呼呼地说："你才什么都不知道！"

"你就是什么都不知道。"他坐在床边，刘海散落下来，遮住了他深不见底的眼睛，他抬眸，道，"你根本就不知道我有多想你。"

南佳恩猛地瞪大眼睛，就像是听到了一个不可置信的世纪大笑话。

他说他……想她？

南佳恩的心脏开始毫无预兆地狂跳起来。

有很多话想说，可到最后，她又是一句话都说不出来。

"你……想我？"南佳恩半信半疑地问，"哪种想……"

"男人对女人的想。"

南佳恩咽了咽口水，说："非分之想？"

顾以舟沉默了一下："有这个因素在。"

她伸手探了探顾以舟的额头，问：“你没事吧？喝多了？”

“我是认真的。”

南佳恩望着他，不说话。

他又重复了一遍：“南佳恩，我是认真的。”

“得了吧。”南佳恩站起身来，“你是不是还没吃饭？我去冰箱里给你找点吃的。”

说罢，她踩着拖鞋往厨房里走。

这两个月她在家待着，买了很多东西塞在冰箱里。

她上下翻了半天，问：“你想吃什么？方便面还是……”

话音未落，她被人从身后抱住。

“你。”他说。

南佳恩愣了，反应过来后，脸都红了。

她的身子软了一下，又听见顾以舟说：“两个月没见你了，我每天每时每刻，满脑子都在想你。”

她彻底愣住了。

顾以舟抱着她，说：“如果你反应迟钝，那我就多说几遍。出差的时候每一天都想赶紧回来，回到你身边来，想见你，想抱你，想吻你。想你想得要发疯了，南佳恩，我以前不是这样的。我居然会因为你，当着那么多人的面，把讲座变成了相声。”

他都不知道南佳恩不回他信息的那一天上午，他开讲座的时候，讲着讲着不知道犯了多少的错误，让台下年轻的学者们纷纷笑起来。

“顾以舟，你弄疼我了……”

他舒缓了力度，却没有松开手。

南佳恩背对着他，因此她不知道此时顾以舟的表情，她沉默了很久，说：“我以为……你不会想我的。”

“为什么不会？”

“因为你以前总是虐我，而且，我们很多年之前……有过不愉快。”

“你也知道，那是很多年之前的事了。”

南佳恩点点头：“我知道，可是……”

“你总在自我否定。”

“没有，我只是……”

她想起于晓曼和自己说的话，她犹豫了半晌，随后说："于晓曼说，你喜欢我。"

"嗯。"他轻轻地应了一声。

"我觉得她是在扯淡。"南佳恩道，"你说你不喜欢娱乐圈的女人。"

"我是不喜欢娱乐圈的女人。"他顿了顿，"但是，不包括你。"

这话她再听不懂那她就是傻子了。

南佳恩惊慌失措地从他怀里挣脱开来，转过身，满脸都写着"不可能"地问："你喜欢我？你怎么能喜欢我呢……"

像是质问，又像是在自言自语。

他怎么会喜欢她呢？南佳恩做梦都想不明白。

"难道是我表现得还不够明显吗？"

南佳恩抬眸瞪了他一眼："你根本就没有表现过！你一直都在虐我。"

"那我为什么要带你去见我父母？"

"不是骑虎难下逢场作戏吗？不是顾以则乱说你不得不带我回去吗？不是因为你不想谈恋爱所以拿我当挡箭牌吗？"

"那我为什么要让你住在我家里？"

"因为我家里有蟑螂啊！"

顾以舟扶额，道："我可以找任何一个人假扮我的女朋友，我带你回家不过是因为我想带你回去罢了。除了你，我从来没有想过带别的女人回家。以前没有，现在没有，将来也不会有。"

他往前走了一步，南佳恩的后背抵在了冰箱门上，他双手撑在她身后，道："而你，明明可以住酒店，可以去任何一个地方睡，却偏偏要住在我家。因为你南佳恩，喜欢我。"

像是心事被人戳中了一般，她像个手足无措的孩子似的，连头都不敢抬一下。

"你明明就猜到了我喜欢你，却一直都在否定。"

她猜到了吗？她其实不是没有想过，但只要一想到多年前他们分开时的场景，她就觉得自己的猜测都是错的。

"我没有……"南佳恩低着头，"是你从来都没有直白地告诉过我，是你一直让我产生错觉，顾以舟，如果你真的那么喜欢我，为什么不告诉我？为什么要让我猜？"

他伸手攫住了她的下巴，逼迫她和自己对视。

四目相视的那一瞬间，南佳恩就认尿了。

他的眼神她知道，是真的。

“因为我怕你不爱我。南佳恩，我也需要确定你的心意。”

他怕她在娱乐圈这么多年，早就和圈子里的其他男生暧昧、恋爱，他不知道该怎么样去面对她，他也怕自己受伤。

“我以为……”

“我不要听你的以为。”他紧紧地盯着她，“我只要你一个回答。”

他没有提问，也不需要她言语的回答。

顾以舟俯下身，把她压在冰箱上，他吻住她柔软的嘴唇，不需要进攻，她已经迎接了上来。

南佳恩闭上眼睛，伸手搂住了顾以舟的腰。

他和她贴得很近，两个火热的身体互相胶着，无法分割。

他恨不得把她揉进自己的身体里，可又怕把她弄伤了。

顾以舟睁开眼，看着她红扑扑的脸蛋，感受着那个不娴熟却异常渴望的吻。

她是渴望他的。

顾以舟知道，她也知道。

“你想问什么？”结束了这个绵长的吻，南佳恩面红耳赤地问。

“不需要问了。”顾以舟笑起来，“南佳恩，你是喜欢我的。”

她咬住嘴唇，没说话。

“吻是不会骗人的。”他说。

她把头埋在他的胸口，生怕他看到此时此刻自己的丑态。

“你还在逃避什么？”顾以舟把她抱住。

南佳恩摇摇头：“没有，我什么都不想逃避。”

顾以舟勾起嘴角，柔声道：“南佳恩，我们恋爱吧。”

“和我谈恋爱，会很辛苦。”

“反对无效。”他不给她反对的机会，“不就是地下恋情吗？我陪你就是了。”

她小声喊他的名字：“顾以舟。”

“嗯。”

“我可不可以，再吻你一下？”

他俯下身，按住她的脑袋凑过去：“当然可以。我是你的，你想怎样都可以。”

/第十章 陷入爱情的南花旦？/

01

南佳恩做梦也没有想到，她谈恋爱了。

这个消息如果说出去，该有多少她的男性影迷哭晕在厕所……

顾以舟在餐厅里吃面，她就坐在他对面，不禁望着他的脸出神。

他抬起头，目光与她的对上，南佳恩当即埋头，却听见他说：“你这么害羞，总感觉你是害怕我要吃了你。”

南佳恩赶忙摇头：“没有没有，我没有这个意思。”

他放下筷子，说：“不过我有这个意思。”

南佳恩气鼓鼓地说：“你这个人一点都不正经。”

顾以舟逗她逗得心满意足，站起身去厨房里洗碗。

“哎，你放那儿吧，我们家的碗我来洗啊。”

“我说了，和我在一起，你不需要做任何家务。”

南佳恩笑起来，好耶，正好她懒。

“我明天休假。”顾以舟一边洗碗，一边说。

南佳恩托腮道：“可明天我要拍戏。”

“我知道。”顾以舟转过脸来，问，“想吃什么？我在家给你做。”

南佳恩惊喜地问：“还可以点菜？”

看她那副样子就知道她马上要报整整一分钟的菜单了。

顾以舟无奈地扯了扯嘴角：“嗯，尽情折腾我吧。”

折腾？她才舍不得折腾他。

南佳恩伸手戳了戳他的后背，轻声说：“你就做你觉得全世界最好吃的东西给我吃吧。”

顾以舟停下手上的动作。

“怎么，你还想把自己给吃了？”

哇，这个人也太……

“顾以舟，你不能这样。”南佳恩一本正经地教育他，“男孩子不能这么说话的。”

他望着她那张天真无害的脸，忍不住笑出了声。

他洗好碗，摘下手套，伸手揉了揉她的脑袋：“遵命。”

他就想啊，他的女孩儿傻傻的，一点都不明白，男人只对自己喜欢的人这样说话。

隔天下午四点半，南佳恩正在拍戏，突然在现场看到了一抹油腻的金色。

毫无疑问，是“杀马特”总裁。

“哟，老板来探班啊？”南佳恩斜眼看他，阴阳怪气地说，“太阳打西边出来了。”

这个点儿“杀马特”总裁不在公司里好好上班，怎么有闲情逸致跑到片场来了？

“有个急事。”顾以则难得没有跳脚，语气很急，“刚才打你电话没打通，我就到片场来堵你了。”

见顾以则这副样子，她有点慌：“怎么了？出什么事了？”

“一个小时之前助理接到了一个电话，听说你有一个影迷得了癌症，今天是他十八岁生日，也可能是人生中最后一个生日，他妈妈打电话来问我们，能不能求求你给他打个电话，这是他的愿望。”

南佳恩的心一梗，沉默了一下，问：“男孩儿在哪儿？”

“本地人，在市肿瘤医院。”

正好姜浩过来了，南佳恩走过去跟他说了一下情况。

她折回来，对顾以则说："我过会儿收工，收工之后我跟你去肿瘤医院。你打个电话问一下他妈妈他在哪个病房。"说完，她吩咐助理去加急订一个蛋糕。

"你要去见他？"

"对啊。"南佳恩回得理所应当。

"厉害。"顾以则慨叹。

"这有什么厉害的？"

"第一次见你这种明星。"顾以则耸耸肩，道，"看来我哥喜欢你，也不是没原因的。"

听顾以则这么一说，南佳恩凑过去："你怎么知道顾以舟喜欢我？"

"我又不瞎。也就你不知道，傻子。"

果然，好像真的应了顾以舟说的那句话，全世界的人都看出来了，就她不知道。

"我现在去问病房号，我去车里等你，你收工了给我打电话。"

南佳恩收完工卸完妆，加急的蛋糕也到了。

顾以则坐在驾驶座上，正在给公司里的人打电话，见南佳恩上车了，他一脚油门踩下去，差点儿没把她的魂儿都给踩飞。

"你慢点啊，我心脏病都要出来了！"南佳恩叫道。

顾以则说："刚才跟影迷的妈妈联系上了，他妈妈在电话里直接哭了，南佳恩，我觉得你今天的形象真的高大。"

赶到市肿瘤医院的时候，已经是傍晚六点半了。南佳恩戴着口罩和帽子，在一群人中很是扎眼。

"是南佳恩！"医院里不知是谁叫了一声。

一瞬间，许多双眼睛投射了过来。

南佳恩低着头，在工作人员的簇拥下迅速地往前走。

"南佳恩来肿瘤医院干吗？"

"该不会南佳恩得了什么不治之症吧！"

我还没走呢！你们讨论的声音还能更大一点吗……

病房在十三楼的尽头。

在化妆间卸妆的时候，南佳恩写了一张卡片，买了一束花，把卡片插在了花里面。

结果，顾以则看到了南佳恩买的玫瑰，直接吐血，于是赶紧换了一束。

“是南佳恩吗……”在门口等待的中年妇女在看到来人之后，眼泪哗哗哗地往下落。

南佳恩微微颔首：“是我，您好。”

“妈妈……”病房里传来微弱的声音。

即便是微弱的声音，南佳恩也能感受到那个声音此时此刻的渴望。

她推开门，看到了躺在床上的光头男孩儿。

“南佳恩……真的是南佳恩吗？”

她笑起来：“当然是我呀，不是我还能是谁呀。”

男孩儿当场就哭了。

她泪点极低，可硬生生咬牙给憋住了。

她总记得顾以舟那天跟她说的。

她演了那么多作品，是想带给观众快乐，想给自己的影迷传递积极向上的精神，所以，她不能哭。

男孩儿费力地坐了起来，眉头拧着，脸上却是挡不住的笑意。

“姐姐，我很喜欢你……”男孩儿说。

她把买的花递给他，助理把生日蛋糕拿了过来。

“生日快乐哦。”她笑眯眯地说。

她亲手为他拆开了蛋糕、插上蜡烛、点燃蜡烛。

“许个愿吧。”她说。

男孩儿望着她，问：“即将要死的人许的愿望，神还能听见吗？”

“才不会死呢。”南佳恩伸手揉了揉他的脑袋，说，“佳恩姐正在拍新戏哦，我的转型力作，你一定要看的！”

“嗯！”男孩儿重重地点头，“我要看的！”

“所以，许愿吧。”她说。

男孩儿闭上了眼睛，双手合十，虔诚地许愿。

她不知道他许了什么愿望，但那一定是一个很美、很善良的愿望。

如果神能听见，一定要实现这个愿望啊，她想。

她给他带了很多小礼物，南佳恩坐在床边，给男孩儿讲自己的故事。

男孩儿就乖乖地坐在床边，安静地听她说话。

站在门口的母亲忍不住偷偷地抹眼泪。

“佳恩姐，其实你不用安慰我，我是癌症晚期。”他说，“好不了的。”

“好的了！”南佳恩突然提高了声音，顾以则吓了一跳，扭头看，发现南佳恩瞪大眼睛，异常认真地说，“现在的医学很发达，癌症一定是可以被治愈的！最关键的是，你一定不能自己先失去信心。”

说着，她拿出手机，在网页里搜索了顾以舟的百度百科。

她指着屏幕上的顾以舟，对他说：“记住，他叫顾以舟，他是一个非常了不起的医学博士，他参加了很多伟大的医学项目，也都获得了成功。他现在正在研究治愈癌症的方法，所以，你一定要等下去。”

她握住他的手，说：“他不会让你失望的。你要相信我。”

南佳恩突然就哭了。

她不知道自己为什么会哭，她只是想起来那个夜晚，她坐在秋千上，顾以舟说的话。

“每个人都有追求的意义。”她说，“你的意义还没有实现，你要坚强地等下去。”

她看到面前的男孩儿，忽然就感同身受了顾以舟想要的意义。

走出病房的时候，男孩儿的母亲一再道谢，她看着那位母亲花白的头发，如鲠在喉。

南佳恩心情沉重地跟在顾以则的后面，一直到下电梯，她都没有说话。

倒是顾以则先发话了。

“你又上头条了……”顾以则说。

南佳恩愣住了。她怎么就又花式上头条了？！

“南佳恩现身市肿瘤医院，疑似身患绝症！”

这些人真的是站着说话不腰疼？

不过就是三个小时之前有人拍了她在肿瘤医院出入的照片上传到网上，短短的三个小时里，就有各种营销号开始执笔写她的悲惨人生，一字一句，有模有样，看到最后，她差点都信了。

她扭头看向顾以则：“有空我要去体检一趟。”

顾以则：“……”

电梯门刚开，她就在门口看见了顾以舟。

他飞奔了几步，突然意识到这是公共场合，他停下了步子，那个停顿的小动作让南佳恩觉得莫名有点可爱。

叮咚！

她的手机响了，是顾以舟发来的消息。

顾以舟：“我在车里等你。”

她和顾以则打了个招呼就要走，气得顾以则在后面跺脚。

重色轻友啊！

南佳恩一眼就看到了顾以舟的车，她四下张望了一下，确定没有人注意到之后，坐进了顾以舟的车里。

她咽了咽口水，看见顾以舟满头大汗，她有些心虚地问：“你怎么了？”

“看到微博，我就过来了。”

“你不会以为我得了绝症吧？”南佳恩惊慌失措。

“不会。”他吐了口气，“得绝症的人胃口没那么好。”

南佳恩给了他一个白眼，道：“那你……”

“生怕你在公众场合出什么事。顾以则告诉我你来这儿的原因了，我怕你被堵。”

南佳恩窃喜道：“原来是担心我哦。”

“你还很自豪啊？”他气得伸手戳她的额头，“你知不知道我都要急死了。”

她伸手揉了揉脑门儿说：“哎，我错了。”

他无可奈何地叹了口气：“你看看现在都几点了。”

已经晚上九点多了。

她忽地想起来早上和顾以舟的约定：晚上七点钟吃饭哦！

“哎……我忘了！”

“我知道。”他柔声道，“只是你下一次，一定要给我打电话。”

“好……”

半路上，顾以舟的电话响了，是朱麟的电话。

“帮我接一下。我没戴蓝牙耳机。”

南佳恩接了电话，放在顾以舟的耳边。

朱麟和他说了很多工作上的事情，她一句话都听不懂，拿了几分钟手机，手臂酸得不行。

讲完电话，手机通话界面自动消失，映入眼帘的是顾以舟没有关闭的微博主页。

她清清楚楚地看到主页上有七个大字，是他的微博 ID。

南佳恩的前男友。

02

“真的是你。”南佳恩望着手机屏幕上的微博名，自言自语。

顾以舟停好车，目光扫了过来，看到了自己的微博名称，道：“现在应该改名字了。”

“我以前就注意过这个微博名称了。”南佳恩说，“你还记得那一次我去你家，你在洗澡的时候，我想偷偷看你手机吗？就是因为我想知道你是不是这个账号。哈哈！”

顾以舟撇撇嘴，说：“难道南佳恩的前男友除了我之外，另有其人？”

“那倒没有。不过我想你应该不会用这么傻的名字的。”

傻？顾以舟纠正道：“我这是说实话，接地气。”

“顾以舟，原来你暗恋我这么久啊。”她转过脸去，笑嘻嘻地望着他，“这个账号可是从我刚出道那会儿没什么人气的时候就开始关注我了啊。”

顾以舟回忆了一番，随后答：“的确是关注很久了。”

她把脸凑过去，问：“那你这么多年了一直都没有联系我？”

“高中毕业之后你的手机号不就换了吗？”顾以舟扶额，“我没有加班级群，就只有几个玩得比较好的男同学的 QQ。”

南佳恩呜咽一声：“哼，都是借口。”

“年轻的时候真的没有想过，这辈子还能和你在一起。”顾以舟道。

她有些惊讶地望着他：“为什么这么说？”

“以为错过就是一辈子错过了吧。”

他想，南佳恩不会知道，年轻气盛的男孩子成绩优异、事业有成是多么的高傲，他的身边从来都不乏女生，那种在各自的研究领域非常卓越的女孩子，还有那种出身于书香门第的名媛淑女，他碰到过太多了。

他曾经以为，错过了南佳恩之后，他们两个会迈向不同的人生，自此分道扬镳，就像两条相交的直线，在短暂交汇之后，永远分别。

他想，南佳恩更不会知道，当初的他是多么厌恶娱乐圈这个烟花之地，多少人披着虚伪的皮囊在这个圈子里道貌岸然地做着见不得人的勾当，他想到这些就想吐。

所以，他也明白南佳恩一定不会知道，他是下了多大的决心才和国外的导师断了联系，回国去找她的。

因为她就像是他心口的一朵刺玫瑰。

一朵得不到他就无法入睡的刺玫瑰。

在南佳恩还没有出道的时候，两个人都在各自的大学，而在遥远的大洋彼端，他根本就得不到关于她的任何消息。

后来，有人告诉他，南佳恩出道了。他去搜索她的微博账号，成为她最早的一批影迷。

他每天都会去看她的微博，像是一种戒不掉的习惯，她忙的时候好多天不更新，他一边等，心一边痒。

痒得发疼。就是想再见她。

见她做什么？顾以舟没想过。

她之于他，是风和日丽下的惊涛骇浪，是他全部的冲动和悸动，是他对爱情的全部理解。

可真的见到她了，他又退缩了。

顾博士表达退缩最直接的方式，就是高冷。面无表情的话，她总不会看出他的内心里百花齐放的喜悦。

他在医学领域有多优秀，在面对感情的时候就有多害怕。

从一开始，他就害怕她不爱他。

南佳恩说："我有去找过你哦。"

顾以舟一愣："什么？"

"前年的时候，我去M国参加活动。"她顿了顿，有些不好意思地说，"那时候我路过你所在的研究院，我在门口站了很久，我还找了个人问顾以舟在不在这里，那人说你在。他还竖起了大拇指，说你是个很厉害的人。"

"可是我怎么没见到你？"

"没进去啊。"南佳恩垂眸道，"觉得见了也不知道说什么，很尴尬，所以就走了。"

他突然想起来，前年的某天下午，研究院的一个同事的确是跑过来问他："刚才楼下有个女孩儿要找你的，来了吗？"

那时候的顾以舟忙着做实验，左耳进右耳出，只是敷衍地问了一句：

“没有。”

很多女孩儿前赴后继地来找过他。国外的女生表达自己的爱意大胆又主动，他常常是参加一个展会，就能碰到女孩儿往他的口袋里塞避孕套。

同事说：“没来？是个 Z 国女孩，我还以为她来找过你了。”

顾以舟恍然惊醒，原来是她。

他望着南佳恩，道：“下一次想来见我，就来。如果不知道说什么也没关系，拥抱就好了。”

他靠近她，用鼻尖蹭了她一下：“走吧，我们回家，我给你准备了你爱吃的。”

03

《暗医》杀青的那天，是个周末，顾以舟难得有个周末，光明正大地来剧场探班。

彼时南佳恩正在和楚朝阳准备拍最后一场对手戏。

最后一场戏是故事的结局，多年之后的男女主角故地重游，深情相拥。

南佳恩在化妆，楚朝阳在一边看手机。

她问：“你档期到后年八月份了吧？”

楚朝阳抬头：“差不多吧，怎么了？还想跟我合作？”

化妆师在旁边，南佳恩只好笑了笑，说：“没，我就问问。影帝还是忙啊。”

“你的档期不是比我还要满吗？”楚朝阳道。

“没，我从来不排档期。”南佳恩答。

她不喜欢把档期排得满满的，一般她拍这一部戏的时候，绝对不会想到拍完之后下一部拍什么，或者是去参加什么节目的录制，或者接什么广告。一般是，如果有时间，她就看最近能接什么，接完了拍，拍完了再看能接什么。

不要把人生安排得太明明白白，南佳恩总这样想。

“你的片酬就那么多，买辆好点的车，买几个包就差不多了。”楚朝阳望着南佳恩，很是好奇地问，“又不做品牌，又不开工作室，我倒是好奇，你从哪儿赚钱？”

南佳恩淡淡地扫了他一眼："我现在赚的钱我这辈子都够用了。人啊，得学着知足，对吧？"

按照娱乐圈里其他人挥金如土的状态来生活的话，她怕是早就倾家荡产了。

"有的时候我真的觉得你和别的女人很不一样。"楚朝阳说。

"哦。我也觉得。"

"你就不打算找个男朋友什么的？"

"找也不会找圈子里的人的。"南佳恩笑道，"更不会找你这样的。"

她把楚朝阳损了一遍。

楚朝阳倒是无所谓，反正他和南佳恩一直都是这样的状态。

化妆师出去了，南佳恩看了楚朝阳一眼，问："有一件事情我一直搞不懂，很想问你。"

"你说。"

"你和你老婆结婚究竟是为了什么？结了婚，各玩各的，那为什么要结婚？"

"大家都得结婚。南佳恩，你也得结婚。"

"结婚我也找我爱的人结婚，我要是像你这样，那我结婚有什么意义。"

"以后你的婚姻估计跟我差不多。"楚朝阳耸耸肩，"这个圈子里的人，都一样。"

才不要跟他一样。

她以后结婚的对象，只可能是顾以舟。

南佳恩离开化妆间到了片场，一眼就看到了姜浩边上站着的人。

即便是很远地看了一眼，南佳恩也觉得，自己的男人简直帅得不像话。

姜浩朝她挥挥手："佳恩，你的导师来了。"

南佳恩一路小跑走过去，朝着顾以舟甜甜一笑："顾博士好。"

顾以舟的眸子微微一动，嘴角轻轻勾起："嗨。"

提问，和男朋友假装不认识是一种什么样的体验？

答：真刺激。

"顾博士今天有空来片场啦？"她问。

顾以舟"嗯"了一声，说："听姜导说今天要杀青了，所以过来看看。"

姜浩道：“还剩下最后一场戏，等会儿杀青了一起吃饭吧。”

顾以舟点头：“好。”

楚朝阳远远地看到了顾以舟，简直不敢往他旁边走。

那一次在餐厅里被灌醉结果上头条的事情他死都记得，现在顾以舟简直可以说是他的心理阴影。

将近四个月的拍摄,真的到了要说再见的时候,南佳恩还真有点舍不得。

当初于晓曼帮她接下这部戏的时候，她从来没有想到这部戏之于她的意义。

这部戏对于她来说，不仅仅是她的转型之作，如果不是因为这部戏，她根本就不会去顾以舟所在的医院实习，后面一系列的故事就都不会发生，她和顾以舟也绝不会再次走到一起。

说到底，《暗医》这部戏也算是半个神助攻。

最后一场久别重逢的戏，两个演员都拿出了最佳的状态，一遍过，很久之后，姜浩喊了停。

所有人在这一刻发出了欢呼，四个月的努力，到这里结束了。

早就杀青了的 Colin 因为没什么通告，就一直留在剧组里，等南佳恩拍完最后一场戏，他赶忙给她递水。

南佳恩接过水：“谢啦。”

“佳恩姐，你下部戏有计划了吗？”

“还没。”她侧过头来，问，“怎么啦？”

Colin 道：“是这样的，前几天有个剧组联系我说，想让我去演男主。”

南佳恩惊喜不已：“这不是很好吗？男主的机会对于你来说很好呀！”

“但是剧组的人说，需要一个流量女主。”Colin 的语气略带遗憾，“因为我自身的流量不行，如果再找一个流量不太好的，制片人好像觉得有些冒险。”

南佳恩想了想，说：“这样吧，我有档期，但是我要先把剧情给我的经纪人看一下。”

Colin 惊喜不已：“佳恩姐，你的意思是，如果你觉得剧本可以的话，就准备接这部片子咯？”

当然没有这么简单。

说实话，这段时间她不太想拍戏了，《暗医》这部戏折磨了她四个月，比之前拍的警匪片更加煎熬，她现在只想歇一歇，休息一段时间，如果可以的话，她想和顾以舟去国外约会。

但是看 Colin 这么期待，她有些不太好意思拒绝。

毕竟这段时间，在《暗医》剧组里，她接触最多的也就是 Colin 了。他很谦虚很好学，有不懂的就会来问他，为人善良单纯，她觉得如果可以的话，Colin 似乎是一个可以交心的朋友。所以如果有机会的话，她是愿意和他合作的。

南佳恩道："是哪个公司投资的片子？制片公司是哪家？制片人是谁？这些信息你最好都告诉我一下，然后我看一下剧本再考虑。"

她没有把话说绝对，毕竟刚杀青完，她一点都不想再谈工作上的事了。

剧组一起拍了个合照，顾以舟也在大合照里，南佳恩把大合照发了微博，望着那张照片傻笑。

哇，光明正大地和男朋友出现在微博上，美滋滋。

她正在化妆间收拾东西，突然听见后面传来脚步声，还没来得及说话，就被人从背后抱住了。

是顾以舟。

"喂，这还在剧组呢。"南佳恩小声说。

"没事，他们都在外面。"顾以舟道，"在片场，看着你却不能抱你，真难受。"

"肉麻。"

"你明明就很喜欢。"

是了，她是很喜欢，但是……她就是不说！

"杀青啦，我接下来档期还没有安排，你有没有什么安排？有年假吗？"

顾以舟当然知道她的意思："没有年假，最近项目刚推进，不可能请长时间的年假的。"

南佳恩有些失落，转过身来，伸手揉了揉顾以舟的眉毛。

"好失望，我都没有接戏，还想说和你一起去国外转转。"

对于公众人物来说，想要光明正大地约会却不被狗仔追踪的话，就只有去国外了。

在国内，只要她摘下口罩，隐私分分钟被扒个底儿朝天。

顾以舟："但是，有一个好消息。"

南佳恩：“什么好消息？”

“IN 联合视频平台打造了一档综艺真人秀节目。我让顾以则把你的名字报上去了。”

“我每一次参加真人秀，都会被人吐槽。”

每一次参加真人秀，“南佳恩没文化”的微博话题一定会爆。

“是学术类的真人秀节目。真人秀的主题是旅行和发明。就是在旅行的过程中，接收节目组发出的任务，然后通过任务线索去发明创造。”顾以舟解释道。

“发明创造……”南佳恩的头都大了，“告辞。”

“听我说完。”顾以舟柔声道，“发明大致有以下几个分类，生活类、学习类、娱乐类，还有医学类。”

“我都不会啊！”南佳恩欲哭无泪。

等等！

她一愣：“医学类？”

“节目组会请在每个领域突出的专家一起参与录制。尤其是长得好看的专家。”

“所以医学专家顾以舟博士在邀请之列吗？”

顾以舟摇摇头：“不在。”

害她空欢喜一场。

南佳恩又气又急：“你都不在邀请之列，那我还参加什么！”

他微微一笑：“我是内定的。”

04

杀青当晚，南佳恩就接到了无数的电话。

于晓曼一个又一个地给她筛选这些邀约里面还不错的，南佳恩在沙发上躺尸。

“我要去参与一个真人秀的录制。”南佳恩说。

“真人秀？”于晓曼惊了，她伸手探了探南佳恩的脑门儿，“你疯了？”

“是 IN 联合别的传媒公司一起做的一档节目啦，你怕啥？”南佳恩笑着说。

“我怕你的脑袋被驴给踢了。”

太粗鲁了，这个经纪人。

“那个节目我知道，是一个旅行发明类的节目，南佳恩，我就想问问你，你有几个脑袋，能参加这个节目啊？”

“顾以舟也去的。”南佳恩说，“这下你放心了吧？”

于晓曼飞过去一个白眼。

“呵呵，你那是为了录节目去的吗？你就是去约会的。”

看破不说破嘛。真是的。

三天后，南佳恩收拾好行李就到了IN。

顾以则正在楼下和节目组的负责人说点什么，看到南佳恩，说：“来啦？”

“早，顾总。”

听到“顾总”两个字，顾以则的内心简直乐开了花。要知道，她对他从来都是：“杀马特”总裁。

负责真人秀节目的人叫刘伶俐，也是个经验丰富的节目制作人，圈子里的人都喊她刘总监。

对方是个女强人，已经快四十岁了，眼神里依旧是年少的冲劲。

这次参与真人秀节目录制的，IN去了三个艺人，加上其他公司的一共就七八个艺人，还有四个专家。

专家里面长得最帅的，就是顾以舟。

IN除了南佳恩之外，还去了陶桃和一个叫邵廷泽的男艺人，三个人短暂交流了一下之后坐着节目组的车去了机场。

从南佳恩刚到IN的时候开始，节目组就已经开始了拍摄，作为三百六十度无死角的女艺人，就连翻白眼、傻笑都是迷人的。

在机场，南佳恩惊讶地发现Colin也在。

节目组事先并没有告诉艺人本次受邀的艺人是谁，也要求每个艺人在参与拍摄之前不要轻易透露，因此Colin和南佳恩都是相互保密的状态，一见面，南佳恩哭笑不得。

前几天还在剧组叹息不知道什么时候才能再次合作，结果没想到，转眼就又合作上了。

Colin 见到南佳恩，有些惊喜地拖着行李箱走过来："佳恩姐？！"

"好巧啊。"南佳恩心情绝好，自然是没有发现来自身后的一道炙热的目光。

"顾博士！"人群中不知是谁喊了一声。

南佳恩扭头一看，顾以舟穿着一件雪白无瑕的衬衫站在一旁，他朝着一行人说："大家好。"

天啊，她的男人怎么能这么帅！

"给大家介绍一下。"说话的是刘伶俐，"这位是顾以舟博士，佳恩跟他应该不陌生吧？"

"嗯，我之前拍《暗医》的时候，曾经师从顾博士。"南佳恩答。

结果把自己给搭进去了，真是赔本买卖……

"之前我去《暗医》剧组探班的时候，也见过顾博士。"陶桃说。

瞬间就有和 Colin 一起来的隔壁女艺人凑了过来。

"哇，顾博士，久仰大名啊！没想到真人这么帅！"

帅也不是你的。

看南佳恩那张小脸，顾以舟就知道她的心里在想些什么了。

他忍着笑意，给她发了条微信。

顾以舟："你嘴巴嘟得都能挂酱油瓶了。"

南佳恩："哦。"

顾以舟："吃醋了？"

南佳恩："才不！"

前脚刚说别人吃醋，后脚顾以舟的醋坛子就翻了。

节目组邀请的说唱艺人是国民顶级流量尹曜，还有一个老牌的节目主持人邢振。

尹曜之前在颁奖典礼上和南佳恩有过几面之缘，但是两个人的距离都比较远，一直都没有机会打招呼，这一次好不容易参加了一个节目，顶级流量和一线花旦就是节目组最想制造的粉红泡沫。

从一开始，节目想要炒热度的官方 CP 就是尹曜和南佳恩。

当然，这一点南佳恩是不知道的，节目内幕相关的事情，顾以则也没有过问，要是早知道有这回事，他还把自己老哥喊过来，简直就是自寻死路……

不得不说，尹曜和南佳恩的互动还是有一些苏点的，尽管两个人的互动在现场大家的眼里并没有任何异常，但是这些片段一旦经过剪辑和后期发到网上去，弹幕绝对会炸。

刘伶俐做了这么多年的节目，眼光毒辣，知道怎么样造势才吸睛赚钱，总不会错的。

飞机上，陶桃的座位在南佳恩的旁边，一上飞机，她就叽叽喳喳和南佳恩说了很多。

后来讲累了，陶桃就睡了。

南佳恩起身去上洗手间，在路过顾以舟座位旁边的时候，发现他正在码字。

洋洋洒洒好多她看不懂的东西。

“顾博士工作好忙。”她笑眯眯地说。

顾以舟回了一个微笑，耐人寻味。

就这样一路颠簸了十几个小时，飞机缓缓地在A国的上空降落。

这还是南佳恩第一次来A国，空气清新，心情愉悦。

节目组有一部分的人已经早早地到了，嘉宾居住的别墅和录影棚都已经准备好了。

真人秀让她不爽的就是，除了上厕所，自己的一举一动要么被摄像师拍，要么就被装在房间里的摄像头录进去，这让她极其没有安全感。

到别墅的时候已经是晚上十点钟了，南佳恩洗洗就睡了。

别墅一共有四层，每一层都有五六个房间，地下还有两层，嘉宾的房间集中在二三楼，四楼和地下的房间都是工作人员住的。

别墅里安装的摄像头设定的拍摄时间是凌晨六点到晚上十二点，南佳恩满脑子都在想，万一她十二点之前睡着了，打呼噜流口水的样子被拍下来该怎么办……

隔天一大早，南佳恩的房间就被人敲开了。

她睡眼惺忪地从床上坐起来，对面站着一波人，还有巨大的摄影机。

南佳恩一脸蒙。

“佳恩姐刚睡醒！”说话的是陶桃。

南佳恩揉了揉眼睛，困意十足：“早啊……”

早什么早，南佳恩看了眼闹钟，都快十点钟了。

拍摄第一天，南佳恩就成了一行人中睡得最久的人，等她好不容易洗漱好下楼的时候，发现顾以舟正靠在二楼的扶梯处。

她慌忙和他打了个招呼，后面的摄像大哥跟着，她别的话都不敢说。

但是这种在众目睽睽之下的眉目传情……好刺激！

南佳恩突然觉着自己的生活就像是在演一场卧底片儿。

事情失控出现在第二天下午，节目组发布了任务，要艺人通过完成相应的题目获取发明创造的原材料，结果南佳恩刚拿到题目，整个人就蒙了。

是一道化学题，夺命化学题。

南佳恩抓耳挠腮了好半天，别人都上车去拿原材料了，她半点头绪都没有。

无奈之下，南佳恩抓了个路过的Z国友人，诚恳提问。

谁知……路过的Z国友人的朋友拍照发了微博。

不知名网友：“天哪，在A国遇到南佳恩在录制节目，朋友还被她求助了，近看南佳恩真的是三百六十度无死角的好看啊！”

然后，图片上的化学题被截图放大。

网友A：“高锰酸钾的催化方程式？这不是初中入门的化学方程式吗？最简单的那种。”

网友B：“南佳恩好没文化。”

随后，不到两个小时，“南佳恩没文化”“南佳恩化学题”“当红花旦没文化”的热搜就席卷了微博首页。

在结束录制之后，南佳恩才发现自己又上热搜了。

与此同时，整个节目组的人都发现了南佳恩花式上热搜。

陶桃看了眼热搜，问一边的邵廷泽：“我们要不要赶紧打电话给顾总让他撤热搜啊？”

“不用你打电话，顾总肯定看到了。”邵廷泽道，“这个热搜力度太大，一时半会儿撤不下来吧。”

是了，肯定是撤不下来了。

南佳恩哭死了。

早知道当年就好好学化学了。

当然，南佳恩不知道，这道题是顾总裁为了把南佳恩分到医学组故意让节目组安排的一道“夺命”化学题。

因此看到热搜的顾以则如坐针毡，头都要被自己给挠秃了。

南佳恩气得不行，她直接微博回了一句：我又不是学医的，不会化学有问题？

不出三分钟，网友阵型统一：那是初中化学，补课去吧南花旦！

南佳恩在马桶上蹲了三个小时。

她开了 App 冒充水军，结果敌方太强大，她手都回酸了，依旧没有一点成效。

时间已经是凌晨三点了。

她哭着给顾以舟打电话，顾以舟很快就接通了。

“喂，顾博士，我难受。”

“还是因为微博的事情？”

白天的时候，节目组在录制，他知道自己的小女友情绪低落，可是他没有办法安慰她，只能手机给她发信息。

南佳恩哭唧唧：“是啊，他们说我没文化，初中化学都没学好，还叫我去补课！”

咚咚咚！

有人敲门。

南佳恩赶忙从卫生间出来去开门，结果就看到了顾以舟。

她还没来得及说话，就被他摁在了沙发上。

房间的门自动锁了。

南佳恩瞪大眼睛：“你怎么来了？”

“补课。”

05

补……补课？

南佳恩：“补课是这么补的吗？”

顾以舟戏谑地望着她，一双漆黑的眼睛犹如深不见底的沼泽。

“那你希望是怎么补？”

南佳恩不开心地说：“我不想补课，我不想学化学。我最讨厌化学了。”

顾以舟轻笑了一声：“那不就是了。”

“你其实就是想我了吧？”南佳恩笑吟吟地问。

顾以舟把头靠在她的怀里，低声道：“好想你。”

南佳恩的心漏跳了一拍，嘴上却说：“明明就天天见。”

“以前很多年没见的时候，都不像现在这么想你。”顾以舟说。

“大概是以前没有什么念想？”南佳恩自言自语道，“现在是不是有念想了？”

顾以舟长叹了一口气：“大概吧。”

南佳恩拍了拍他的后背，轻声说：“人的欲望是永无止境的吧，得到了还想得到更多，对不对？”

“嗯。”

“以前我只想出道，不管三七二十一，能出道就行了。”南佳恩回忆起自己的学生时代，有些感慨，“我高中毕业之后就被朗空签了，大学四年的时间，除了上课，我就在朗空练习，本来朗空特别希望我可以作为女子团体的一员出道，但是我唱跳 rap 都不行，后来公司就放弃了，把我从重点培养名单丢到了演员部。朗空的演员部很荒，就是没什么希望出道的人都在演员部，朗空那一块的资源本来就很匮乏，很少有机会，就算是有机会，也是那种粗制滥造的网络剧，根本就不会火的那种。我那时候就想，要是有一天我能成功出道就好了。”

顾以舟安静地听她讲。

“后来我就开始在各大网络剧里面跑龙套，演配角，一次偶然的机会，有一个低成本的网络剧需要女一号，于晓曼喊我去试镜，然后我成功了。当然成功也很简单，因为那部剧本来就没什么人关注，公司和制作团队都是那种名不见经传的，更别提什么渠道了，一看就是那种演了肯定也不会火的，可能连点水花都没有的电视剧，但是我还是去了。”

顾以舟道：“那是你的机会。”

“对，那是我的机会。”

那是她一炮成名的机会。

没有人看好的剧火了，因为男女主角长得好看，演技在线，剧情在线，被一个视频自媒体挖掘出来推了一次，就直接爆了。

而当初和她一起搭档演男主角的演员虽然火了一阵，但是后来自己闹出了很多负面新闻，算是被雪藏了。

从那部剧脱颖而出的南佳恩，却一路节节高升，走到了今天一线花旦的位置。

“出道了之后我就想有收视率，想有知名度，有了知名度我就想有更好的发展，想拿‘影后’。”南佳恩顿了顿，说，“不知道以后万一有一天我真拿了‘影后’，会不会还有别的欲望。”

她叹了口气说：“唉……明明人就该学会满足才对。”

“人是要满足，但欲望会让人进步。”顾以舟说，“因为你有了想要的东西，才会为了这个坚持不懈地去努力，换句话说，人不能一点想要的东西都没有，这不奇怪。”

顾以舟总是能把大道理讲得很透彻，在他的面前，她可以永远只做一个虚心好学的小学生。

“我也超想你。”南佳恩说。

顾以舟轻笑了一声。

“要亲亲。”她说。

顾以舟抬起头来望着她，一双眸子里沾染了烟火气息：“南佳恩，现在是凌晨三点。”

“我知道啊，怎么了？”

“你这是在勾引我啊。”他道。

南佳恩伸手环住他的脖子，朝他的耳朵根吹气：“就是勾引你怎么了？”

“你可真有种。”

他说着，站起身，一把把她从沙发上抱起来。

南佳恩被他丢在了床上。

她弱弱地叫了一声，在漆黑的夜里，格外温柔。

顾以舟压住她，说：“还要继续勾引我？”

她睁着圆溜溜的眼睛望着他：“你怕吗？你怕我就不继续了。”

“怕？”顾以舟勾起嘴角，道，“你怕，我倒是可以考虑今天放你一马。”

南佳恩红着脸，说：“谁怕谁？”

“我是不怕。”顾以舟道。

“我也不怕。”她道。

晚风吹得窗帘沙沙作响。

房间里的壁灯开着，昏黄的灯光下，她的头发随意地披散着，像极了童话故事里的公主。

顾以舟给了她一个深吻。

他把她耳边的头发拨到后面去："你这样，我会等不及的。"

南佳恩躺在床上，静静地看着面前的男人。

她等待这个时刻许久，害怕却又止不住地兴奋。

"我等了你十一年。"顾以舟说。

她歪着脑袋，说："你可别忘了，在你等我的相同时间里，我也在等你啊。"

他轻轻地吻她的耳垂："我等到了。"

她"嗯"了一声，抱住他："恭喜你。"

耳边有温热的呼吸，南佳恩感到一股前所未有的羞怯，是顾以舟在亲吻她的耳朵。

她闭上眼，不敢多想。

迎接她的是一个深刻的吻，深刻到她即便是闭着眼，都能感受到顾以舟的紧张。

她像是置身于一片无边无际的大海之中。海浪席卷而来，她像是暴风中被吞没的小船，摇着摇着，失了去向。

她睁开眼，在模糊的视线中，她仿佛看到了一片浩瀚的星河。

星河滚烫，是他的眼睛。

如果可以，南佳恩更想要永远记住这个时刻。

一个让她彻底明白什么是爱的时刻。

什么是爱？南佳恩以前总问自己。

她有过千万种设想，脑海中也曾涌现出无数个字眼，唯独此刻，过去的一切揣测都被她通通推翻。答案清楚透彻。

是他。

有他在，便是天地万物皆为她所爱。

"顾以舟……"在海浪归于平静的时刻，南佳恩叫出了他的名字。

"嗯？"

"我好累……"

"那就睡吧。"

他的后背都是汗。

他才不会告诉她，刚才的他有多忐忑，多不安，多害怕自己抓不住她。

他的心狂跳得厉害。

他的心坚硬又柔软。

他为她坚不可摧，为她软语温言。

所有一切，皆是为她。

如果要他给“温柔”下一个定义，他是一个辞藻贫乏的理科男，唯一能给出的诠释只有三个字——南佳恩。

这三个字，是他毕生悉数的温柔。

06

枕头上还残留着顾以舟的气味，南佳恩吸了口气，才明白这一切并不是梦。

因为只睡了几个小时，南佳恩的脑袋都快要炸开了。

陶桃上蹿下跳又来南佳恩的房间找她。

“八点多啦，佳恩姐，快起床！”

要完，她怎么感觉整个节目组又是她起得最晚。

南佳恩欲哭无泪。

“今天拍外景吗？”南佳恩问陶桃。

“今天在录影棚。”陶桃说，“佳恩姐，你脸红红的，是不是身体不太舒服？”

“脸色苍白才是不舒服。”不远处传来了邵廷泽的声音，“脸色红润的话，佳恩姐应该心情不错。”

为什么会脸红？南佳恩的目光定格在不远处的人身上。

因为看到了顾以舟啊。

他像个没事儿人似的，慢条斯理地吃着吐司，南佳恩走过去，拉开椅子坐下来。

“昨晚睡得好吗？”顾以舟轻轻地问。

南佳恩点点头：“还不错，顾博士。”

早上九点半，节目组的工作人员和嘉宾都陆续就位。

吃完早餐，南佳恩精神抖擞，昨天的热搜被顾以则想法子撤下去了，南佳恩的心情总算是好了一些。

反正这么多年又不是第一次深陷非议，她心大，难过一阵子就好了。

南佳恩坐在靠窗的位置，顾以舟坐在她后面，看着她的侧脸，低头拿手机给她发了一条微信。

顾以舟：“身体还好吗？”

南佳恩：“没事。”

顾以舟：“疼吗？”

南佳恩：“没有啦。”

他坐在后面静静地望着她，思绪回到昨晚那个缠绵悱恻的时刻。

顾以舟：“晚上我来找你。”

南佳恩的脸骤然间烫了一下，手忙脚乱的差点把手机丢在地上。

顾以舟：“不欢迎的话，我就不来了？”

南佳恩：“你这个人……”

她就知道他是在挑逗她,顾以舟这个人本质就是个人面兽心的大灰狼。

可是，就是这个人，让她觉得往后余生都不会再苦了。

和他在一起，每分每秒都是甜的。

拍摄时间是上午的十点半到晚上的八点半，这段时间除了上厕所，后面都会有摄影师跟拍。

为了让节目更有卖点，南佳恩和尹曜的互动要显得暧昧，留给别人的遐想空间要大。

节目组针对两个人在节目里的人设创造了隐形剧本。

隐形剧本，说白了就是节目组的工作人员都知道，却不透露给嘉宾的情节。

如果提前透露给嘉宾,最后呈现在镜头里的状态就会变得扭捏和刻意,往往到时候观众不会买账。

南佳恩事先不知道今天的隐形剧本是她和尹曜有一场异常暧昧的互动,当然，尹曜也不会知道。

节目组会制造一个小意外，让南佳恩面临困境的时候尹曜伸出援手,两个人之间时不时冒出爱的泡泡，再通过后期的剪辑处理，到时候一定会引发许多观众刷“请你们原地结婚”的弹幕。

然而，拍摄过程中却出现了意外。

有一个人打扰了南佳恩和尹曜所有的独处。

顾以舟对着镜头，目光一冷，吓得摄影师手抖了一下，画面糊成了狗。

“你没事吧？”顾以舟蹲下身，快尹曜一步，把手伸在南佳恩面前。

她刚才一屁股摔在地上整个人都不好了，看到顾以舟就像看到了光，眼睛一下子就亮了起来。

南佳恩抓住顾以舟的手：“没事啦，顾博士。”

摄影师看了眼身边的工作人员，哑口无言。

“你们不觉得南佳恩和顾以舟博士有点奇怪吗？”吃饭的时候，工作人员 A 小声地说。

工作人员 B：“怎么奇怪了？”

“你不觉得他们俩的互动不太正常？”

“没看出来啊！”

工作人员 A：“我今天凌晨四点多看到顾博士回到自己的房间，感觉像是从南佳恩的房间里回来的！”

其他人的筷子差点掉在地上。

“不会吧？”

工作人员 A：“我觉得是……”

“佳恩姐……”吃完晚饭，陶桃鬼鬼祟祟地走到了南佳恩的身边，小声地说，“有件事……我想跟你说。”

南佳恩正在洗手，扭过头来问：“啥事？”

“我刚才路过节目组工作人员的餐桌，听到他们说，你和顾以舟博士的关系不一般……”

南佳恩愣了愣：“哦，然后？”

“佳恩姐，其实我凌晨的时候起来上了趟厕所，然后就去楼下找了袋速溶咖啡。”陶桃看了眼南佳恩的表情，想了想，还是一股脑地说了出来，“然后……我看到顾博士从你的房间里出来了。”

要完。

见南佳恩这副表情，陶桃生怕自己说错了话，赶忙弥补道：“佳恩姐你放心，这件事我谁都不会说的！你是我最喜欢的演员！保守偶像的秘密我一定会做到的！”

她这么大岁数就放纵了这么一次，居然这仅有的一次还被人撞见了。

南佳恩欲哭无泪。

一路上都是满腹心思，南佳恩回到房间的时候已经是晚上九点半了。洗完澡敷完面膜十点多了，有人敲门。

是尹曜。

“吃玉米吗？刚刚楼下蒸的。”尹曜拿了一盘玉米在手上。

南佳恩下意识地看了看不远处的摄像机，道：“谢谢。”

“要不要一起出来聊聊天？今天外面的月色很美。”

“啊？”南佳恩一愣。

大晚上请她共赏月色？

南佳恩满脸堆笑地婉拒：“我累了今天，想早点休息呢。而且这么多人，我们两个人单独的话，会被误会的。”

“就是要让观众误会啊。”尹曜说，“你也知道，我们是节目组设定的官方 CP，当然要多一点小互动。”

话是这么说没错，但是……

她道：“我们没有必要故意去营造一种 CP 的感觉吧？反正节目组后期会做的。”

尹曜顿了顿，说：“南佳恩，你是不是不太喜欢我？”

他年纪轻，说话比较直接。

南佳恩摇摇头：“没有，你怎么会这么想？”

“那就好。”尹曜笑了笑，说，“大家都说你很好相处，但是我总觉得你是在故意躲着我，我还想你是不是不太喜欢我呢。”

南佳恩赶忙摆摆手：“没有的事……只是，我不是很喜欢节目组这种炒 CP 的感觉。”

“是节目组里有喜欢的人吗？”尹曜直截了当地开口，“很在乎被炒 CP 的话，那就是了。”

南佳恩一瞬间被人戳中了心思，几乎不知道该怎么回应。

尹曜道：“第一次听说南佳恩有喜欢的人，很好奇是谁呢。”他托腮，笑道，“我猜……是顾博士？”

南佳恩支支吾吾地说：“你……你不要瞎猜啦。”

“喜欢一个人的话，眼睛是不会骗人的哦。”尹曜说。

难道……真的那么明显吗？

已经明显到连跟她完全不熟悉的人都能察觉得出她喜欢顾以舟吗？这得是多显山露水啊。

尹曜说了两句话之后就下去了，南佳恩把那盘玉米放在桌上，盯着黄澄澄的玉米发了好半天的呆。

她拿出手机给顾以舟发了条微信：“要不，我们公开吧？”

前脚刚把手机放下来，后脚顾以舟的微信就发来了：“不行。”

南佳恩：“他们都知道我和你关系不浅了。”

顾以舟：“圈内的人知道和圈外的人知道是两个概念。”

南佳恩：“你不希望我公开吗？如果我不公开，你就要和我地下恋情，不能被拍到，要一直小心翼翼……”

顾以舟：“我知道。我不喜欢地下恋情，但是我喜欢你。”

她握住手机的手指僵住了。

顾以舟：“演戏是你想奉献一生的事业，你现在正是事业顶峰的转型期，我不希望因为我，让你的事业走下坡路。”

南佳恩：“你……”

顾以舟：“以前想了很久，不能理解所谓的娱乐圈。但是我相信你的选择，我相信你和别人不一样，所以我无条件支持你的一切，我会陪你走下去。”

她突然想哭得厉害。

顾以舟：“节目组想捆绑CP的事情，我已经和顾以则说过了，你放心，明天那些尴尬的环节就都会取消了。”

南佳恩发了一个哭泣的表情包。

顾以舟：“我的人，谁都不能碰。”

南佳恩：“……”

/ 第十一章 余生都是你 /

01

节目拍了一个多月,南佳恩就在节目组和顾以舟眉目传情了一个多月。好不容易从国外回来,南佳恩刚下飞机,就接到了顾以则的邀请。

“嫂子,回家吃饭啊。”

这一声嫂子叫得南佳恩脸红,她隔着电话对顾以则说:“我才刚回国,时差还没调过来,过两天再说。”

“不是我要请你吃饭,是我爸要请你吃饭。”

而后,南佳恩突然意识到一个非常严肃的问题,她上一次去顾以舟家里吃饭,明面上是作为顾以舟的女朋友去的,她一直以为是去帮顾以舟挡桃花的,却忽略了那其实是她真正意义上和顾家二老的第一次见面。

那天顾以舟半路离席,顾爸爸的脸色一直都不太好看。

南佳恩心里一梗。

是福不是祸,是祸躲不过。

转念一想,南佳恩发觉有些不对劲。

“你爸要请我吃饭,怎么让你转达?”

顾以则干咳了两声:“我爸和我哥关系一直都不太好。”

南佳恩若有所思：“这样啊。”

上次在顾家的时候，她似乎也感觉到这父子俩的关系很僵，两个人从始至终的交流就仅限于顾以舟离席时，顾爸爸的劝阻。

南佳恩想了想：“我是不是不应该告诉顾以舟？”

“我不知道。”顾以则顿了顿，说，“要么你跟我哥说一下？”

南佳恩又思忖了片刻：“不行，我要是告诉顾以舟了，他应该会很不放心我一个人去你家吃饭的吧？到时候他们父子俩的关系会更僵也说不定。”

南佳恩突然意识到今天这顿饭的意义是多么的重大。

她简直可以说是缓解父子二人矛盾关系的重要枢纽啊！

“冰冻三尺非一日之寒。”顾以则的嘴巴里不合时宜地冒出了一句古语，“嫂子加油。”

她给自己安排了一个星期的假期。

顾以舟午休给她打电话的时候，南佳恩并没有说起晚上要去顾家吃饭的事情。

彼时，她正在超市里给顾爸顾妈挑选礼物。

一转眼都快入冬了，街边的梧桐叶唰唰地掉落在地上，覆盖住路人的行色匆匆。

南佳恩拿着礼品盒从超市里走出来，顾以则嚣张的跑车就停在超市门口的停车场，双闪灯不断地跳动着。南佳恩低头钻进了顾以则的车里，就听见他说：“你啥时候跟我哥结婚啊？”

她一愣：“暂时……”

“早点跟我哥结婚啊！”顾以则兴冲冲地说，“我特想看到我哥被你看得死死的样子！”

这哪是她把顾以舟看得死死的，明明是他把她吃得死死的。

“顾以舟为什么会跟他爸搞得这么不开心？”南佳恩一直很好奇这个问题。

顾以则问：“我哥没跟你说？”

南佳恩摇摇头：“没有。”

顾以则吃瘪。

他还想从南佳恩的嘴巴里知道内幕呢，当初他还是个小屁孩，潜心研究汽车模型不能自拔，哪里注意到家里潜滋暗长的危机。这么多年来，他只知道自家大哥和自家爹关系不好，具体是什么原因，顾爸爸没说过，顾以舟自然也不会说。

“你告诉我嘛。”南佳恩道。

顾以则脸上落下三条黑线：“我都不知道，我怎么告诉你啊。”

南佳恩斜眼：“啥都不懂，你真是好惨一弟弟。”

“……”

为了照顾南佳恩的感受，顾以则特地降低了车速，对于飙车成瘾的顾总裁来说，他无疑是一路开着一辆拖拉机回了家。

说实话，顾爸爸给人的感觉还是很威严的，从某种角度来看，顾以舟就是另外一个顾爸爸。

见到南佳恩，顾爸爸脸上的表情缓了缓，让方姨准备上菜。

顾妈妈不在，把南佳恩送到之后，顾以则也撤了。

难道这是……鸿门宴!

南佳恩咽了咽口水。

尽管如此，她还是尽量让自己保持得体的笑容，微笑着和顾爸爸打招呼：“叔叔您好。”

“坐吧。”顾爸爸轻声说。

顾以舟绝对是亲生的，说话的神态和顾爸爸简直一模一样。

南佳恩拉开椅子坐了下来，桌上放着精致的西餐前菜。

南佳恩有些拘谨，又听见顾爸爸说：“没事，你就把这里当成是自己家一样。”

语气出奇的温柔，虽然板着一张脸，但说出口的话和面部表情却呈现出巨大的反差。

“以舟跟你说过我吗？”顾爸爸问。

说过……吗？南佳恩在脑海里搜索了好一阵子，关键词稀少得她根本无法做出任何适当的反馈。

顾爸爸忙道：“没事，没说过就算了吧。”

意识到顾爸爸有些失落，南佳恩道：“是因为顾以舟平时工作很忙的，之前一直在国外，我们也没什么联系，所以他很少跟我说他家里的事情，不仅是家里的事情，他工作、朋友的事情也很少说，他本来就不是个很爱表达的人。”

顾爸爸点头道：“我知道，他这点很像我。”

顾爸爸虽然表情严肃了一点，但是并没有南佳恩一开始预想的那么可怕。

南佳恩还是成功吃进去了一点东西的。

“我和以舟的关系不太好。”良久之后，顾爸爸说。

南佳恩切牛排的手僵住了。

主题来了！绕了这么久，终于到主题了！

南佳恩放下刀叉，用纸巾擦了擦嘴，道：“叔叔，其实……以则之前跟我说过，您和顾以舟的关系不是很好。”

话音刚落，她的手机就响了。

顾以则的微信弹了出来：“你别卖我啊！大姐！”

南佳恩不动声色地抬眸向楼梯的位置瞥了一眼，果不其然，顾以则正蜷缩在二楼的楼梯口偷听。

“是啊。”顾爸爸长长地舒了口气，“你是以舟第一次带回家的女孩儿，以舟一定很喜欢你。很多时候我不知道怎么跟他开口，所以，我想跟你说说。”

她猜得没错，她今天的历史任务就是来中和关系的。

南佳恩坐直，就像是认真听讲的小学生似的，一本正经地点头：“顾叔叔，您有事都可以跟我说，我一定会转达给顾以舟的，有什么我能做的您也都告诉我，我一定尽力去做。”

她知道，和顾爸爸的关系就像是一根刺扎在顾以舟的心口，这根刺一天不拔出来，顾以舟就必须要忍着胸口的阵痛生活。

“其实，和以舟的关系变成今天的地步，绝大部分都是我的错。”顾爸爸沉重地叹了口气，说，“是我犯下了不可饶恕的错误，所以以舟到现在都不能原谅我，我是理解他的。”

南佳恩有些惊讶地睁大眼睛。

她竖起耳朵，不愿意漏掉顾爸爸说的每一个字。

砰！

突然，别墅的大门被人从外面推开，一个清冷的身影出现在玄关处。

没等南佳恩反应过来，她就被气势汹汹赶来的人抓住了手腕，拉了起来。

“父亲。”顾以舟站得很直，“人我带走了。”

说着，他转过身就要走。

南佳恩挣扎着：“哎，你别走啊……”

“以舟！”顾爸爸站起身来，对着两个人的背影喊。

“哥！”见状，顾以则赶忙从楼上跑下来，他按住顾以舟的肩膀，劝阻道，“哥，你冷静点啊！”

早知道就不告诉自家大哥南佳恩在这儿了……顾以则欲哭无泪。

“这一次又想怎么做？”顾以舟转过身去，用冷漠却不违逆的声音问，“还想像当初一样，再去犯不可饶恕的错误吗？我不会和她分手的，不论你用什么样的方法，我都不可能放弃她的。”

南佳恩抬起头，望着他的侧脸，心口狂跳。

她该不会以为顾爸爸把她喊过来是为了上演电视剧里的劝分手戏码吧？

“哥……你误会了……”顾以则小声地说。

“因为你，我已经让我最爱的女人受过一次伤害了，我绝不会让南佳恩也这样。”顾以舟微微颔首，“我先走了。”

喂……你倒是给人说话的机会啊！

南佳恩一路被顾以舟拎走，连开口说话的机会都没有。

她被顾以舟塞进了车里。

车子停在路边，昏黄的路灯下，车子熄火之前的空调余温还在，暖暖的。

顾以舟道：“你怎么能不告诉我就来？”

南佳恩吸了吸鼻子，说：“你别这么紧张啊，这里是你家，怎么从你嘴巴里说出来，像是人间炼狱。”

他侧过脸来，望着她：“他给你多少钱让你离开我了？”

南佳恩忍俊不禁。

“大哥，你是活在偶像剧里吗？这都21世纪了，谁还用这种蹩脚的方法啊。”南佳恩笑得眼泪都要出来了，“再说了，我像是缺钱的人吗？就算是劝我离开你，也不可能用钱吧？”

说着，南佳恩伸手揉了揉他因风尘仆仆而奓毛的头发。

她还在笑，眼睛里像是有星辰闪耀。

顾以舟伸手搂住了她的腰，另一只手按住了她的后脑勺。

“不许笑。”他贴近她，轻声说。

她还是笑，一点都不怕他。

“唔……”南佳恩呜咽了一声。

顾以舟吻住她的唇，堵住了她的笑。

02

车里的香氛味道很好闻，呼吸间，南佳恩把头靠在了副驾驶的座椅上。

顾以舟给她系好了安全带，踩下油门，车子缓缓地在路上行驶着。

“下午坐了顾以则的车，现在再坐你的车，简直是两个极端。”南佳恩评价道。

顾以舟的手握着方向盘，目光落在前方，淡淡地启唇道：“开车接你的话，他应该是以自己所认为的开拖拉机的速度吧。”

南佳恩笑了一声：“你和顾以则的性格也是天壤之别呀！”

顾以舟微微颔首，道：“我是专业给他擦屁股的。”

沉默了片刻，南佳恩才终于开口：“其实，你爸爸找我，是想跟你道歉的。”

顾以舟握方向盘的手微微一抖。

他有些不可置信。

“你爸爸说，他知道自己当初犯了错，你这一辈子都没有办法原谅他，但是他知错了。”南佳恩转过脸来，静静地望着顾以舟，“我觉得，你应该坐下来好好地跟他谈一谈。”

顾以舟道：“也许，谈不了吧。”

他的目光静静地望着不远处，毫无波澜。

“为什么呢？”南佳恩不解地问，“一家人之间有什么是不能坐下来好好谈谈去解决问题的……”

顾以舟没有正面回答她的问题，绕开了这个话题，问：“你认为的人和人之间相处的底线是什么？”

“啊？”南佳恩一愣，显然没有想到顾以舟会问这个问题。

“再精确一点，你最不能接受一个人的哪一种行为？”

不能接受一个人的哪一种行为啊……不修边幅？满口谎言？南佳恩想了想，她不喜欢的行为真的很多，但要说最不能接受的行为，大概就是品行败坏的那一类吧。

她说：“我不知道具体是哪一种行为，但是涉及人品不行的，我都觉得无法接受。”

他“嗯”了一声：“我具体一些，我最不能接受的行为，是背叛。”

南佳恩望着他，没有说话。

“他背叛了我妈，背叛了这个家庭，我不知道我该怎么样去原谅他。”顾以舟微微低下头，声音有些喑哑。

她好像有点懂了。

“在我高中的时候他用互联网公司赚的钱又投资了一家娱乐公司，也就是现在的 IN 娱乐。你也知道，娱乐圈的诱惑有多大，所以他就这样，背叛了我妈。”

顾以舟的爸爸在主管 IN 的时候，经不住娱乐圈那些貌美女明星的诱惑，自然而然地就犯了错误，甚至十天半个月的夜不归宿。在顾以舟高三紧张的冲刺时节，顾爸爸就这样整天流连于烟花之地。

顾妈妈很快就发现了自己丈夫的不正常，具体顾妈妈和顾爸爸之间发生了什么顾以舟不知道，当然心思缜密的顾以舟早先也察觉了父亲的变化，他曾找过一次父亲，谈过，但并没有什么成效。

年少的顾以舟不知道自己的父亲究竟是因为什么鬼迷心窍，他把所有的一切都归结于那个让人迷失自我的圈子——娱乐圈。

即便是和顾以舟谈过，独断专行的顾爸爸也并没有因此回头，甚至开始悄悄地转移财产，想要和顾妈妈离婚。

后来，顾妈妈终于爆发了。

“我这辈子都忘不了那天下晚自习回家，我妈躺在床上，怎么叫都叫不醒。”他每次想到那个夜晚，都觉得从鬼门关走了一遭的不是他的母亲，而是他自己。

那时候的顾以则和顾以柔年纪都还小，早早地就上床睡觉了，他手忙脚乱地拨打 120，背着妈妈就往医院跑。

万幸的是，发现得尚早，顾妈妈洗了胃之后，并没有生命危险。

顾妈妈的轻生让顾爸爸如当头棒喝，一瞬间就清醒了。

那天凌晨在医院，十八岁的顾以舟和自己父亲恶语相向，他说：“你欠我妈的，这辈子你都还不清，我永远也不会原谅你，我妈也是。”

因为顾妈妈寻短见，顾爸爸这才意识到自己的所作所为有多么荒唐，之后便收敛了。

南佳恩吸了口气，道：“原来你是因为这个才会这么讨厌娱乐圈。”

顾以舟靠在驾驶座上，伸手揉了揉微微发酸的眼睛，把沉积在心里很多年的事情讲出来，他瞬间觉得好受多了。

他道：“其实我早就应该跟你说的。”

南佳恩摇了摇头，道：“每个人都有不想去回忆的过去，既然当初不想说，那就不说，反正时间总归会让你放下的，你也总会告诉我的。我不喜欢去刨根问底一些东西，我觉得那样不太好……最重要的是，我相信你。”

顾以舟侧过脸来：“我总怕我做得不够好，达不到你的期望值。”

“才不会呢，你很好，顾以舟。”她亮晶晶的眼睛望着他，说，“你是我遇到过的，最好的人了。”

他笑了笑，伸手蹭了蹭她的小鼻子。

“其实，你已经放下了，不是吗？”南佳恩继而道，“你说你不能原谅你爸爸，但是我觉得，你其实已经放下了。”

顾以舟沉默了片刻。

她说：“如果你没有放下，你就不会抛开对娱乐圈的成见，你就不会选择和我在一起。”

“南佳恩，和你在一起，是因为我喜欢你。”

“你当年也喜欢我，但是你却没有和我在一起的勇气呀。”她笑道，“因为当年你放不下，但是现在，你放下了。所以你能抛下所有的成见和我在一起。”

心思被她看穿了，顾以舟一瞬间有些懊恼。

还以为她还是和当初一样傻乎乎的，现在他才发现，其实她一点都不傻。不仅不傻，甚至，她还总能看清楚他内心最真实的想法。

他好像，比之前更喜欢她了。

他想起了不久前朱麟对他说过的：“老大，你感受过被爱情支配的恐惧吗？”

那时候他白了朱麟一眼，现在他只觉得自己的脸都被打肿了。

倒不是被爱情支配的恐惧，更像是被爱情支配的狂喜。

要知道，他这么一个无趣的理科男，人生中有且只有一次的心动，都给她了。

“嫂子你真厉害！”顾以则给南佳恩发来微信消息是在两个星期后。

南佳恩回了一条信息过去：“怎么了？”

“我哥这两天回家了！”顾以则极度亢奋，“而且这几天他已经开始和我爹说话了！”

听顾以则这么说，南佳恩自然是高兴的，看来一切都在向好的方向发展。

年底将至，各大平台的演艺大赏纷纷拉开帷幕，今年南佳恩有两部电影和两部电视剧上映，每一部的反响都异常火爆，能不能拿影后就看这两部电影能不能顺势发功了。

拿影后是她近几年最大的愿望，没有之一。这几天已经有好多媒体消息告诉她，今年的影后非她莫属了。但之前去坐冷板凳的经历她还印象深刻，不到宣布的那一刻，她不想寄予太大希望。

南佳恩百无聊赖地躺在床上看电影的影评，各大知名的影视博主纷纷站出来赞美南佳恩的演技，影迷也很是给力，南佳恩如释重负地舒了口气。

门口传来指纹解锁的声音。

“我回来了。”

听到顾以舟的声音，南佳恩赶忙跑下床，撒丫子就往门口跑。

一只软乎乎的“小猫”猛地撞进了自己的胸膛。

顾以舟低头看了眼怀里的“小猫”，用毫不自知的宠溺声音说道：“这么猴急的吗？”

顾以舟一回来，南佳恩就缠着他说了好多话，顾以舟一直微笑着倾听她的每一个字。

良久，南佳恩歪着脑袋问他：“你都不嫌我烦吗？”

顾以舟沉默了片刻，说：“跟你有关的，怎么都不会嫌烦。”

南佳恩呜咽了一声，突然觉得他这话说得有些撩人。

她的目光触及顾以舟手中的文件袋。

“那里面是啥？”

“想知道？”他故弄玄虚。

南佳恩赶忙点头：“当然！”

“等你拿了影后我就告诉你。”他笑起来，眼睛眯成好看的弧度。

南佳恩撇撇嘴：“最早也得等到下个礼拜了……”

下个礼拜是国内最具权威的FY电影节，其轰动程度会影响整个亚洲乃至全球，不少国外的媒体记者会在FY电影节召开之际，组团来Z国，国内的媒体自然也会把握FY电影节这个机会，往往电影节开幕前一周，各平台的宣传报道就铺天盖地袭来，各种营销号开始带节奏，各种捧一踩一的投票搞得风生水起。

南佳恩毫无意外成为各路影迷的目标。

“我们恩恩演技炸裂，长得好看，影后必须是我们恩恩的！”

“滚去看你们主子的真人秀补补脑吧，别挡着我们家馨儿的道！”

于是，南佳恩和谈馨儿的名字又被炒到了风口浪尖。

于晓曼看着手机屏幕，扭头问：“你什么时候又和谈馨儿掐起来了？”

“我哪有时间跟她掐？”

“也是。”于晓曼点点头，然后发现南佳恩的小动作，一个白眼飞过去，“你又开小号！”

不开小号是不可能的，这辈子都不可能的。

有的时候真爱粉还在赶来的路上，她自己动手，丰衣足食。

她还在回复评论，突然化妆间的门被人从外面推开，十米开外，南佳恩就已经闻到了柠檬的酸味。

谈馨儿抱胸站在门口，斜眼睨她。

南佳恩扭了扭脖子，道：“呀，好久不见啊，谈女士。”

“看来今年的影后，南佳恩小姐是势在必得啊。”谈馨儿讥笑一声，不屑道。

南佳恩笑眯眯地道：“倒没有势在必得，就是如果我拿不到的话，你也一定拿不到。”

“南佳恩，你不就是找了顾家这个后台吗？”谈馨儿当即色变，怒道，“从以前到现在，你不过就是踩着别人的尸体往上爬，有什么了不起？”

“你别把自己惯用的那些伎俩套在我身上，谢谢。”南佳恩理了理自己的头发，道。

“一切都还没定数呢，你也别得意得太早。”说罢，谈馨儿提着裙摆，转过身离开了化妆间。

随着门“砰”的一声关上，南佳恩的心突然微微沉了一下。

似乎是有什么不好的预感。

南佳恩费力地摇摇头，把这种不切实际的空想从脑海里驱逐。

03

FY 电影节如期而至。

南佳恩在IN的时候就接到了本次电影节“年度影后”“最佳女主角”“最佳演艺奖”的提名，能同时入围三个提名，已经是相当不错了。再看另一边的谈馨儿，真惨，没有影后提名，只有一个“最佳女主角”的提名。

大家心里都清楚“年度影后”和“最佳女主角”不可能是同一个人，所以当谈馨儿的影迷知道自家正主只入围了“最佳女主角”，连“年度影后”的队伍都没进得去的时候，瞬间就蔫儿了。

南佳恩坐在车后座，一旁的顾以则正对着手机叫：“我今晚要出席电影节啊，我没有去赛车啊！大姐，你能不能……”

那边电话挂了，顾以则的声音戛然而止。

南佳恩侧过脸，两人面面相觑。

顾以则干咳了一声，道：“那啥，我的狂热追求者。”

南佳恩甩过去一个白眼：“真棒，被自己的追求者挂了电话。”

“……”

车子停在红毯前，车后门被人从外面拉开，锃亮的漆皮高跟鞋踩在地上，南佳恩缓缓地从车里走了下来。

“是南佳恩！南佳恩来了！”不远处不知道是谁喊了一声，随后无数媒体记者站在红毯的隔离线外，拿着镜头疯狂地拍摄，闪光灯亮个不停，南佳恩有一瞬间觉得自己的眼睛都要瞎了。

顾以则的手臂凑了过来，南佳恩挽上了顾以则的手，听到他在一旁小声地叨叨：“不知道我哥看到你挽我的手，会不会把我的手给剁下来。”说罢，顾以则的手抖了一下，满满的恐惧。

南佳恩笑道：“你怎么这么没出息？”

“这个世界上我最怕的人就是我哥。”顾以则低声道。

其实还有后半句，但他没好意思说。

其实这个世界上他最爱的人，也是他哥哥。

“我就觉得你们兄弟俩口是心非的德行简直一模一样。”

参加电影节，走红毯自然要气场全开。

今天南佳恩穿了一条抹胸的黑色长裙，头发撩到了一边，露出了雪白的脖子。她穿了一身黑色，耳环、项链、手提包都是黑色，如同一朵盛开在夜晚的黑色玫瑰。全身上下唯一的一抹色彩，是她唇边的一抹朱红。

和那些大红大绿的莺莺燕燕比起来，她显得神秘又迷人。

蹲在直播间看现场直播的影迷们齐刷刷地在屏幕上写：“女王！”

她在展板上签上了自己的名字，和主持人合影留念后，进了会场。

会场的门卫没有座位安排表，只有椅背上贴了姓名，南佳恩找了好一会儿终于找到了她的名字。

顾以则和她的位置没有安排在一起，她的左边是楚朝阳，右边是个她从来都没有合作过的明星，是个女新人。

见到楚朝阳，南佳恩艰难地挤出了一个笑容。

“看来今年你要拿影后啊。”楚朝阳道。

“只是提名，现在花落谁家还都不知道呢。还是说，你有了内部消息？”

“我哪儿有什么内部消息。”楚朝阳的唇边依旧挂着得体的笑容，“我这个老人，也算是半只脚踏出娱乐圈的人了。”

南佳恩“哦”了一声：“那还有一只半的脚在里头呢。”

“我现在跟你们小年轻的思路不一样，我对这种荣誉没什么追求。我只需要保持在大众视野里，每年拿出一部能说话的作品，然后好好地做我的生意就行了。”楚朝阳意味不明地说，“真要在娱乐圈好好演戏，演到死又能赚几个钱。”

南佳恩撇撇嘴，不置可否。

也罢，这个圈子里，大多数人走到了楚朝阳这个位置，都是这种想法，不奇怪。

楚朝阳："虽然知道你不听劝，过来人还是要奉劝你一句，早点认清现实，给自己留条后路才是最稳的。"

南佳恩："知道我不听劝还要劝。"

楚朝阳没再说话。

距离活动开始还有一段时间，南佳恩刷了会儿手机，突然听见后面有人在喊她的名字。

她一回头，有些惊喜："Colin？"

说起来，她今年和 Colin 打照面的机会倒是极多。

两个人说了好一阵话，恰好活动开始了，第一个奖就是最佳新人奖，入围的 Colin 幸运地拿到了新人奖。

南佳恩坐在位置上为 Colin 鼓掌，看着他登台领奖，由衷地为他感到高兴。

身侧悠悠地传来楚朝阳的声音："这一年，他爬得真是快。"

南佳恩道："他很努力，爬得快也是应该的。"

楚朝阳轻笑了一声，说："我是应该夸你单纯呢，还是应该笑你愚蠢呢？"

南佳恩侧过脸去道："你有什么想说的就直说。"

"南佳恩，不是每个人都像你这么幸运的，这个圈子很少会给什么都没有的新人机会。当初你一跃成名，是你运气好，但是他，走的不是你的路。"楚朝阳目光直直地望向舞台上站着的大男孩，眼神里竟有一丝耐人寻味的探究。

南佳恩道："每个人的路都不一样，不是吗？"

"他是在借着你的人气往上爬，南佳恩。"

"我说楚朝阳，你能不能不要说这种莫名其妙的话？"

"别紧张，我只是友情提醒。"他微微颔首，"选择在你。"

因为楚朝阳的话，她甚至都没有来得及好好看台上的 Colin。

舞台上的大男孩儿，和她之前见的时候差了很多，似乎这一年的时间里他的成长速度快到惊人，回想起第一次见 Colin，在餐厅里，他还是个纯纯的新人，现在已经成长为能气场全开、光芒万丈的男人了。

“你能走到今天真是个奇迹啊。”良久之后，楚朝阳轻笑。

南佳恩的脸瞬间变黑：“你又要发表什么长篇大论？”

“没后台没心机，走到现在……全凭一身正气？”他摇摇头，“我对你是真的蛮有兴趣的。”

“你别说这种话倒我胃口。”她缩了缩脖子，说，“你该不会又要向我抛橄榄枝了吧？”

楚朝阳抿唇：“算了。我也不喜欢强人所难。不过以后你要是想了，倒是可以来找我。”

反正楚朝阳的话她向来是不爱听的，除了他可圈可点的演技和敬业的工作态度，对于楚朝阳，南佳恩一点都不想赞美。

“好，接下来我们要宣布的奖项是——最佳女主角！获得最佳女主角提名的有……请看大屏幕！”

LED 大屏上出现了谈馨儿的脸。说起来，她今天好像还没碰到谈馨儿。

南佳恩迅速环顾了一圈，并没有发现谈馨儿的影子。奇怪……

南佳恩也在提名里，但她知道这个奖项多半跟她没什么关系，因此也没有仔细看，Colin 正好从台上下来，她便和他聊了起来。

然后，屏幕定格在一张脸上，南佳恩瞥了一眼，惊讶地发现，居然不是谈馨儿？

谈馨儿今年可就得了一个提名啊，结果还只是提名，不是获奖？

太惨了。

南佳恩瞬间明白为什么今天没有看到她了。

她看到周遭一个个的人都上去领奖了，顾以则给她打电话，说他临时有事要先回公司。

一旁的 Colin 道：“我送你吧。”

“好，那麻烦你了。”

楚朝阳的目光微微一斜，停在南佳恩的脸上，摇摇头，像是有些无奈。

“接下来，我们要宣布的是，重中之重的奖项，那就是年度影后！”

现场的气氛明显达到了整晚的高潮，南佳恩转过身，目光紧紧地盯着不远处的大屏幕。

她等了很久，一直在等。

等一个机会，等现在这个时刻。

屏幕上迅速闪过进入提名的女演员的照片和影片,南佳恩坐正,握紧手。

楚朝阳道:“你真不知道假不知道?顾氏集团不至于这么点风声都没有吧。”

“我应该知道什么?”她不解地问。

“影后。”他笑起来,“顾以则砸了多少钱你不会不知道吧?”

“你说什么?”南佳恩不可置信地望着他。

“你别把这个奖项说得这么廉价好吗?”

“事实上它就是这么廉价。”

聚光灯照在南佳恩身上,不远处传来颁奖嘉宾的声音:“年度影后的得主是——南佳恩!”

她缓缓地从座位上站了起来。

耀眼的长裙,迷人的妆容,南佳恩踩着高跟鞋,一步一步往前走。

她每走一步,就想起了这么多年来她拍的每一部作品,那些质疑的声音、吹捧的声音在她脑后疯狂地响起。

“南佳恩!南佳恩!”台下的人不断高喊她的名字。

直到奖杯拿在手里,那沉甸甸的分量才让她猛地回过神来。

致辞顾以舟给她写过一份,她当时也很认真地看了好几眼,然而现在全忘了。于是,她只能按照常规把之前感谢大众的流程都走一遭,末了,她想用一句富有文艺气息的句子来总结,却愣是想不起来顾以舟给她写的那句话。

好像是一句诗句……

南佳恩试探性地说出了前半句,见下面的人并没有什么反应,说明她说得没错嘛。

于是,她理所当然地说出了后半句。

鸦雀无声。

三秒钟之后,现场爆发出一阵惊天的笑声。

她依稀可以看到不远处的 Colin 正在朝她比手势。有一段距离,她看不太清楚他的手势,只知道等她下台阶之后,耳边都是嬉笑声。

咋?她又说错了?!

最先告诉她的是楚朝阳:“下次领奖之前先背个词。”

她耷拉着脸,说:“我要是都背了,还有什么黑料啊。”

Colin“噗”的一声笑起来。

冗长的颁奖礼无非就是在比现场哪个女星今天的装扮最精致、气质最好，这种场合南佳恩向来是不会输的，毕竟她无敌。

得空的时候，她看了眼手机，顾以舟给她发来了信息，来自课代表的终极拷问，她瞬间就蔫儿了。

顾以舟：“没有好好背书。”

南佳恩：“……”

顾以舟：“我还在研究所，要加班，晚上没办法准时回来了。”

南佳恩：“没事，我一会儿回去就直接睡了。”

顾以舟：“确定要睡？”

南佳恩：“不然呢？”

顾以舟：“等我回来你就知道了。”

南佳恩：“好嘛。”

她脸一红，余光瞥到手机屏幕上的弹窗，瞬间整个人都不好了。

点开一看，果然难逃一劫。

紧接着话题“南佳恩影后”热搜的，是亘古不变的六字箴言“南佳恩没文化”，她欲哭无泪地点开看了看，眼泪没下来，倒是被自己的生图美得说不出话来。

临走的时候，Colin 说他在停车场等她。

现场的熟人很多，有一部分是之前合作过但后来基本都没什么时间见面的，借着机会南佳恩都纷纷打了个招呼。

等她踩着高跟鞋走到停车场的时候，Colin 的车就停在不远处，车窗摇下来，他侧脸道：“上车吧佳恩姐。”

她本来想坐后座，可是后面堆了一些杂物，她拉开副驾驶座的门，看见 Colin 给她递了一瓶饮料。

她拧开瓶盖，听见他说：“恭喜你佳恩姐，终于如愿以偿了。”

如愿以偿？是真的如愿以偿了吗？

南佳恩仰头咕噜咕噜喝了半瓶饮料，有些无奈地叹了口气。

影后的确是她出道之后的梦想，但真的拿到手了，却突然觉得变了味道。

楚朝阳的话在她脑海里不停地翻滚，她不确定自己今天拿到的奖杯究竟是因为她的实力，还是楚朝阳口中的东西。

大概是受心情的影响，她整个人的状态都很消沉。

靠在副驾驶座上，恍惚间她觉得自己的脑袋昏昏沉沉的，很困。

Colin 眸色一沉，轻声道：“困吗？困了就睡会儿，睡醒就到了。”

“嗯……是有点困。”眼皮很重，南佳恩说完就睡着了。

车在空无一人的路上猛地一个急刹之后急转弯掉头。

手机响了，Colin 转头看了眼身边的南佳恩，见她并没有丝毫反应，这才慢悠悠地接通了电话。

“你在哪儿？”电话那端的人似乎有些急躁。

“别急。”Colin 的声音很低，让人听不出半点情绪，“都准备好了？”

“所有的媒体我都联系好了，你放心，只要照片一出来，我会让这条新闻第一时间成为头条。”

“这么做你就不怕顾以则那边知道？”

“知道又怎样！我就算是身败名裂，也要把南佳恩拖下水！”

“我十分钟就到。”Colin 又确认了一下副驾驶座上的南佳恩，“合作愉快。”

04

研究室。

针管戳破了手指，顾以舟微微蹙眉，血珠从伤口处冒了出来。

朱麟探出脑袋来：“老大，你怎么了？”

顾以舟摇摇头说没事，却不知怎么的心头一阵慌乱。

朱麟从柜子里拿来了创可贴，突然想起什么之后说：“对了，老大，刚才微博爆了，佳恩姐拿‘影后’了！”

对于这个消息，顾以舟并没有很意外，他想起从家里的文件袋里拿回来的东西，不禁莞尔。

明天是个好日子，他看过皇历了，该把正事办了。

朱麟咽了咽口水：“老大，你笑了……”

甜甜的恋爱真是不可思议啊，居然能让表情管理严格的顾博士莫名其妙地笑起来……

贴好创可贴，心头不好的预感不减反增，顾以舟拿出手机给南佳恩打了个电话，没有接通。他又转而给顾以则打了过去。

电话慢悠悠地接通，电话那端的顾以则语气并不是很好：“哥，什么事？”

“电影节结束了？”

“对啊，结束了。”

“南佳恩呢？”

“应该回去了。”

顾以舟问：“应该？”

“IN 临时有事，说是被人举报了，我这会儿刚到公司。”

他的声音微微抖了一下：“她电话没人接。”

“啊？”顾以则一愣，“什么情况？她说 Colin 送她回……”

话音未落，顾以舟甚至来不及脱下身上的白大褂就夺门而出。

南佳恩在迷迷糊糊间感觉到自己身上的衣服被人换了下来。

意识微微有一些苏醒，南佳恩费力地尝试睁开眼睛，却发现自己的眼皮牢牢地粘住，就连眼珠子都转不了。

耳朵开始能听见一些声音，好像有人在说话。

但是……你说话归说话啊，动我衣服干吗！

她试着扭动自己的身子，结果四肢完全无法接收大脑的指令。

“听说你今年 FY 电影节什么奖都没拿到啊。”

尽管身体仍旧处于任人宰割的状态，所幸她还能听到房间里的声音。这个男声……很熟悉，熟悉到她差一点就可以叫出他的名字。

“顾以则又是给她买通稿，又是给她买热搜，我能怎么办？”还有一个女人。

这是南佳恩昏沉状态下残存的全部意识。

“到底还是你厉害，玩得一手好人设，借着南佳恩的热度一路爬到现在的位置。”

嗯？这个讨厌的女声好像是谈馨儿？

“羡慕？”

“我可没你这么饥不择食，连南佳恩这种女人都要攀。”

“能爬上去不就行了，用什么样的方法不重要。”

“南佳恩这种女人，凭什么能出现在娱乐圈的榜首成为顶级流量？她不配。”

“谈馨儿，你也不用诋毁她，对我来说，她也不过是我的一个工具而已。”男人顿了顿，又说，“不过我确实是挺喜欢她的脸的。”

两人又窸窸窣窣说了一阵，她整个人昏昏沉沉，哪里还有脑子去思考两人说话的内容。

南佳恩只觉身上的被子被掀开，随后像是有什么钳制住了她的身子。衣服从她的肩膀处往下滑落，猛然间，她的大脑“嗡”的一声彻底炸开了。

“记者我已经联系好了，这是我刚才给你带的酒。你等会儿喝掉，也给南佳恩灌一点，到时候媒体只会说你们两个是喝多了。”

“我明白。”

“不过我还是要提醒你一句，你想好了，这件事曝出来，可是丑闻。”

“无妨，我本就挺喜欢她。曝光之后，要是能跟南佳恩结婚，也还不错。”

曝光……结婚？不行，这怎么可以！

然后，她被扶起来，有人在给她灌酒，辛烈的口感刺激着她整个味蕾，她闭着眼下意识地想要挣扎，却根本使不上力气。

她突然想哭。

酒味太呛，反倒让她麻痹的神经被刺激了一下，她的眼珠子动了动，又听见他说：“其实我真的挺喜欢你的，佳恩。”

这个声音……

“我先走了。”谈馨儿道，“我不方便露面，你自己注意，Colin。”

Colin……真的是他……

“他是在踩着你往上爬呢，南佳恩。”

她想起晚上在电影节颁奖典礼上楚朝阳对自己说的话。

为什么偏偏是他？他不是已经在一步一步往前走了吗？为什么还要用这样的方式？

她认识这么多男艺人，让她觉得舒服又干净的只有Colin，她本以为他和其他人都不一样，他会是这个圈子里为数不多和她一样的人，结果这一切，都是假的。

他躺在她的身边，支起脸，看着她。

“其实我们这样也不错，我们一起到最顶端，以后我会照顾你的，佳恩。”

他伸出手，轻轻地摩挲着她的额头。

她听见咕咚咕咚的水声，是他在喝酒。

“南佳恩，要是你喜欢我，该有多好啊。”

这种让人作呕的表白方式让她浑身上下的每一个细胞都备受煎熬，除了逃离，她根本无法被感动。

“不过就算你不喜欢我也没关系，因为你很快就是我的了。”

一只手抵在了她的胸前，随后而来的是浓烈的酒味，那味道顺着空气狠狠地钻进了她的鼻腔里。

救……救命……

她几乎是用尽了全身的力气想要逃。

顾以舟……

那一刻，她满脑子都是他的名字。

“你放心，我不会伤害你的。一会儿记者来了，我们只是拍一些照片，很快就结束了。”他轻柔地为她整理好凌乱的头发。

她做梦都没有想到会被自己深信不疑的朋友彻底欺骗。

“佳恩，等我到达了别人都无法达到的高度，我为你做所有你想要我去做的事，我会让你幸福的，我答应你。”

Colin 躺下来，手臂禁锢住她的脖子。

随着门口传来一阵喧闹声，房间的门被一行人从外面推开，几个举着相机的记者一股脑涌了进来。

“在那儿！看！是南佳恩！”

先前的酒精刺得她的喉咙火辣辣的，听到有人大嗓门地喊自己的名字，她的头脑顿时清醒了不少，闪光灯亮了几下，她猛地睁开眼。

没有人能明白她现在的恐惧和愤怒，所有的一切都像是压在她身上无法喘息的稻草，唯独她的意识很清晰，她需要他。

顾以舟……

没想到她会睁开眼的记者当即吓了一跳。

眼前恢复光明，可身子还是动弹不得，南佳恩试图张口说话，可嘴唇就像是被胶水黏住了一样，铺天盖地的绝望让她近乎放弃挣扎。

可当她想到顾以舟，小小的身体里却又爆发出惊人的力量。

“顾以舟……救……”眼泪唰唰地往下落，南佳恩勉强从嗓子里溢出几不可闻的声音。

砰！

房间的门忽地被人从外面踢开，在南佳恩还来不及反应的空隙，有一双强有力的臂膀将她托起，她就这样猝不及防地撞进一个坚实的胸膛。

是这个味道。

她闷着头，止不住地大哭。

Colin 听见动静坐起身，冷不丁被一脚踹下了床。

怀里抱着南佳恩的男人愤怒得浑身上下都在颤抖：“你想死是吗？”

Colin 惊恐地抬起头，正对上顾以舟要杀人的眼神。

“我喝多了……”他小声答。

没等他说完，鞋子踩在他的胸口，顾以舟用降至冰点的声音质问道：“喝多了？”

“是……”

顾以舟道：“留着和警察说吧。”

说完，他抱着南佳恩转过身，看着面面相觑的记者，问：“现在不拍什么时候拍？”

“啊？哦哦哦……”几个记者连忙举起相机。

门口又跑进来几个记者，顾以舟沉声说：“如实报道。”

“明白！”

直到出了房间门，南佳恩的脑袋还晕的。

南佳恩把头靠在他的胸口，意识到他抱着自己的手都在抖。

“顾……”

“说不动话就不要说。”

朱麟在酒店外面等，见人来了，拉开后门让两人上车。

即便是上了车，顾以舟也丝毫没有要松手的意思。

于是在这样怪异的姿势下，南佳恩悻悻地开口：“我……”

“还不听话。”顾以舟怒不可遏地瞪了她一眼，吓得她赶忙乖乖闭嘴。

“老大，我们去哪儿？”朱麟小心翼翼地开口。

“医院。”

南佳恩惊了：“哈？”

“去做全身检查。”

没这么夸张吧？

当然她是没有力气拒绝的，现在药效还没散，她整个人虚得很，说话都说不利索。

只是她明白，到现在为止都在颤抖的手，是他在担心啊。

南佳恩抬眸看他轮廓坚毅的侧脸。

嗯……怎么这个时候也这么好看啊！

05

一直到出了医院门，顾以舟还在生闷气。

南佳恩一路小跑跟上去，试图装傻，结果被顾以舟用手扼住了命运的咽喉。

“不要生气嘛……我这大难不死，你应该祝福我。”

这哪里还生得出来气？顾以舟瞬间就没脾气了。

“不过话说……你怎么知道我的位置啊？”南佳恩仰起头来，一脸无辜。

“打电话给以则，他说你被 Colin 接走了，当时我就觉得不太对劲。”他顿了顿，说，“后来我联系了一下几家媒体，发现他们都接到了同一个通知，要去同一个地点拍猛料。”

南佳恩恍然大悟：“所以你就按照问到的地点来找我啦？”

顾以舟松开手哼道：“你好像一点都不紧张的样子。”说罢，他又生闷气，扭头就要走。

一只小手抓住了他的衣角，弱弱的声音从身后传来：“其实我知道你很担心……其实，在酒店房间的时候，我满脑子都是你。”

说到最后，南佳恩越发委屈起来。

他无奈地叹了口气，又急又气，可声音里全是宠溺：“让我担心是你的超能力吗？”

“不是哦。”她摇摇头，眼睛闪闪发亮，“但是喜欢你，是我的超能力！”

顾以舟难得脸一红。

什么时候变得这么会说话了？怎么莫名其妙就开窍了。

于是，他蹲下身来，扭头道：“上来吧。”

“干吗？”

“背你回家。”

“我能走路啦……没事的。”

“快点上来。”

“哦……”她扭扭捏捏地窜上了他的后背，脸上笑出花来。

她伸手揉了揉顾以舟凌乱的头发，笑嘻嘻地说：“你知道吗？我拿‘影后’了！”

“知道。”他轻声答。

南佳恩歪着头说：“‘影后’是我一直以来的梦想，但是真的拿到了，好像也就那么回事……”

顾以舟了然她内心的真实想法，他道：“你拿‘影后’这件事，跟顾以则没有半点关系。”

南佳恩有些诧异。

“你啊，总想那些稀奇古怪的。”

“我就说嘛！”南佳恩哈哈大笑起来，“拿‘影后’必然是因为我的实力嘛，谁叫我是演技炸裂的南小花旦呀！”

说着，她像是突然想到什么似的，一不小心扯住了顾以舟的头发：“完了！我的奖杯还在 Colin 车上！”

说到 Colin 这个名字，她整个人都颓了。

明白她的心情，顾以舟放慢了脚步。良久，他说：“出现在你生命中的每个人都是有意义的，不管是让你伤心的，还是让你快乐的，都是带给你成长。”

她把头靠在顾以舟的肩膀上，含混不清地说：“在颁奖典礼上，我坐在楚朝阳旁边，他其实有告诉过我，让我小心 Colin，但是我没有听。”

“楚朝阳是不正道。”他道，“但也不是很坏。”

“上次还被你弄上了头条。”

“谁叫他想动我的女人呢。”

南佳恩伸手刮了一下他的鼻子，娇嗔道：“顾博士，你现在怎么说这种话都不脸红的？”

顾以舟不说话，只是笑。

“你打算怎么对付他和谈馨儿啊？”

“不用我对付，会有司法机构来处置的。”他的声音沉静有力。

她想了很久，又听见顾以舟说：“对了，叔叔阿姨来了。”

“啊？”南佳恩一愣，随后发现了问题所在，“不对啊，我爹妈来，怎么你比我先得到消息？”

南佳恩脸一黑，道：“你什么时候秘密‘贿赂’了我爸我妈？”

“不也是我爸我妈吗？”

“哼，果然智商高的男人最危险。”

顾以舟轻笑着说：“你就不好奇你爸妈来干什么的吗？”

直到进了门，南佳恩才算是找到了答案。

那桌上明晃晃放着的东西，不是她家的户口本，还能是啥？！

她瞥见顾以舟拿出了她一直好奇的文件袋，之前顾以舟说，等她拿了影后就告诉她，等顾以舟拿出来，这灿烂的封面和桌上的玩意儿一模一样！

“你家户口本？”南佳恩惊呼。

“嗯，我爸给我的。”

“哼。”她仰起头，“又要骗我做顾太太。”

顾以舟从身后抱住了她，头抵在她的肩膀上，凑在她发端耳语：“那你要不要当顾太太？”

在他不安分的手的作用下，南佳恩的身子直接软成了一摊水。

她被拦腰抱起直接丢进了卧室。

顾以舟的吻如雨点般落在了她的身上，他依旧不依不饶地问：“想好了吗，‘南影后’，到底要不要当顾太太？”

她在他的吻中哪里还顾得上什么傲娇。

于是，南佳恩赶忙缴械投降：“要……”

“要什么？”

“要当顾太太……”

“还有呢？”他的嘴角微微上扬，“还要什么？”

她睁着圆溜溜的眼睛望着他。

“关灯。”南佳恩小声说。

在这片温暖的黑暗里，她搂住他的脖子。

“还要你。”

/结局 许你所有深爱情长/

微博实时热搜榜：

“Colin 真面目！”

“南佳恩被算计！”

“谈馨儿 Colin！”

“原来你们是这样的明星！”

顾以则发挥自己的专长，找了一批记者把谈馨儿和 Colin 做的好事顶了一天一夜热度都没降得下来，IN 也是第一时间发表了声明，和谈馨儿彻底划清了界限。

然而一天后，热搜就掉了下来。

顾以则正纳闷，哪家公司跟他拼热搜，定睛一看，口中的咖啡差点喷了出去。

“南佳恩！顾以舟！”

他点进去看，是南佳恩本人发的消息。

南佳恩 V：“官方宣布，从今天开始，是顾太太啦。@ 顾以舟”

配图是两张……结婚证？！这两人悄悄领证去了？！

然后，顾以舟转发了南佳恩的微博。

顾以舟 V：“你好，初恋。@ 南佳恩”

顾以则差点一口气没喘过来倒在办公室。哥嫂轮番秀恩爱，秀得微博都瘫痪了，这谁能扛得住？

好不容易下了班想回家吃口饭，结果又碰上了千年难得一遇的“哥嫂见家长”环节。

顾以则欲哭无泪，刚要落荒而逃，冷不丁听见自家老妈说：“伴郎的话，以则就可以了。”

顾以则：“……”

饶了他吧！

商量完婚期，在老一辈的人都不在的空隙，他又亲眼看见了自家老哥和自家大嫂眉目传情以及热情拥吻的画面。

顾以则气得跳脚：“能不能注意影响？”

南佳恩笑眯眯地望着他，歪着脑袋，又缩进了顾以舟的怀里。

这还让不让人过日子了？！

只是……他偷偷看了眼腻歪的两个人，心口突然涌起一种难以平复的情绪。

南佳恩挤眼睛道：“早日脱单哦，弟弟。”

顾以则：“……”

顾以舟：“早日脱单。”

顾以则沉默了半晌，气呼呼地上楼去了。

不过，他真的好想有个对象哦。

- 正文完 -

/番外 只此一处温热/

“二叔二叔，你快点！”

“不要叫我二叔！”

“爸爸说，你在家排行老二，所以要叫二叔。”

顾以则深吸一口气，试图用此生最温柔的声音说话：“那也不需要喊我二叔，因为你就只有一个叔！”

小孩亮亮的眼睛转了一圈，又说：“可是妈妈说，你很笨，所以还是要叫二叔！”

“……”

“二叔你快一点呀，爸爸说你开车很厉害，可是你怎么这么慢呀！”

被一个三岁小孩儿骑在背上，顾以则欲哭无泪地趴在地毯上当起了工具马。

可他明明就是威风凛凛的……一代总裁啊！

“爸爸！”

他还没来得及反应过来，背上的小祖宗就跳下来，撒丫子跑向别墅的玄关。

风尘仆仆的顾以舟放下行李箱，一把抱住了扑过来的小可爱。

“我们卿卿在家里有没有听叔叔的话？”顾以舟单手抱着卿卿，另一只手把行李箱交给了方姨。

“有！”卿卿在顾以舟的脸上亲了一大口，美滋滋地笑起来，“可是二叔跑得太慢了！”

顾以则扭动着自己的老腰，只听见“吱嘎”一声，整张脸都扭曲起来。

他望着顾以舟，怒道：“请你们以后不要把这种带孩子的活儿交给我，不要夫妻两个人一个人出差一个人跑剧组，就剩我一个人当奶爸！”

“如你所愿，IN 娱乐都没再让你做了，你还不报答我？”

顾以则气得咬牙切齿：“那 IN 也不是你在做啊！又不是你帮我！”

顾以舟微微一笑，道：“卿卿这么喜欢你，你这样可不好。”

扭头一看，果然，卿卿那张无辜的小脸就在眼前，这下他哪里还有撒火的机会，他叹了口气，道：“卿卿，下次叔叔跑快点好不好？让你开开心心地骑马！”

“好！”卿卿笑起来，眼睛眯成了一条弧线，奶声奶气地说，“二叔果然是全世界最好、最帅的人啦！”

这拍马屁的功夫到底是遗传了谁的？顾以则百思不得其解。

与生俱来的天赋除了见人说人话、见鬼说鬼话之外，还有一张好看的脸。他完全遗传了爹妈的优质基因，当初小卿卿生下来那会儿，就是整个产房最靓的崽，一晃眼三年过去了，已经被 N 家影视公司预约去演电视剧男主角的童年时期了。

然而，小卿卿对演戏不感冒，虽然他这古灵精怪的样子自带戏份，但比起片场，他更爱去的是顾以舟的实验室。

这三年来顾以舟搞了个惊为天人的大项目。

本来这个项目是成不了的，还是那天贪玩的卿卿不知道从哪里拿来了一块烂泥巴丢在了他的量杯里，然后顾以舟惊讶地发现，那块烂泥巴里居然有他一直想要找的元素。

医学界天赋异禀的未来之星没跑了。

还好没有遗传南佳恩的智商，不仅顾以则这么庆幸，就连南佳恩自己都这么想。

南佳恩生孩子的前一天，在病床上哭得死去活来，一来是肚子疼，二来实在是怕卿卿以后遗传了她的基因，到时候她该怎么面对医学界一群等待后起之秀的前辈们。

好在顾为卿在这片贫瘠的土地上，硬是艰难地开出了一朵花。

顾以舟刚放下东西，抱着卿卿就要走。

“你干吗去？”

“佳恩今天杀青，我去片场接她。”

“都结婚四年了……还这么腻歪。”顾以则又酸了。

“不服？”顾以舟飞了个白眼过去，“不服你也去结婚。”

“不结婚，我这辈子都不可能结婚的。”顾以则拉下脸来，“我和你们这些沉醉于儿女情长的普通人不一样。”

“是吗？那是谁之前天天在跟阮家那个大小姐……”

“闭嘴！我是不可能跟她结婚的！”说到最后，顾以则莫名心虚。

“行，你不结婚。”顾以舟撇撇嘴，“你看到时候妈打不打你就完事儿了。”

“你别催我，我要是不结婚，你应该开心好吧。不结婚不生孩子，以后我就对卿卿好。你说是不是啊卿卿？”

“行。”顾以舟点点头，“到时候让卿卿给你养老送终。”

“……”

一直到了片场，卿卿还在问：“爸爸，为什么要结婚？”

“爸爸妈妈如果不结婚，就没有你了。”

“一定要结婚才能生宝宝？”

顾以舟顿了顿：“确切来说，生宝宝和结婚不结婚没有必然联系。”

卿卿歪着头问：“那为什么要让二叔结婚呀？二叔不结婚，也可以生宝宝呀。”

“……”

被自己儿子绕进去的又一天。

南佳恩大老远就看见了停车场的车，她微微颔首和导演打了个招呼，从片场里拿了一块蛋糕就飞奔上了车。

“杀青了？”顾以舟问。

南佳恩点点头：“上午就杀青了，一直玩到现在。”说着，她把蛋糕递给顾以舟，“这个蛋糕很好吃，特地给你带了一块。”说完，就看到了卿卿直勾勾的眼睛。

她笑眯眯地问：“卿卿有没有想我呀？”

“想！”卿卿也笑眯眯，“妈妈，卿卿吃了蛋糕就会更想你呢！”

“……”

顾以舟拉开驾驶座的门，给后座的婴儿座椅解锁，把卿卿抱到了驾驶座上。

“吃蛋糕的时候要专心致志，不可以干其他事情。”顾以舟拿出手机，找出了儿子最喜欢看的动画片，放在他面前，“要很认真地看动画片，直到全部吃完，听到了吗？”

“听到了！卿卿会很乖的！”

而后，顾以舟打开副驾驶座的门，拉着南佳恩坐到了后座。

“唔……”

她还没来得及说话，顾以舟的吻就落了下来。

“孩子还……”

“他不会回头的。”

她伸出手，搂住了顾以舟的脖子。

顾以舟松开手，冷不丁地推开门，把驾驶座上才看了不到五分钟动画片的卿卿拎到了后面。

像小鸡似的被扔下去的卿卿一脸无辜地看着还有一大半的蛋糕掉在了地上，刚想哇哇大哭，突然发现爸爸的脸色不太好看。

“爸爸……”

“回家。”顾以舟踩下油门，车子像离弦的箭一般飞出去。

卿卿呜咽道：“爸爸，我的蛋糕……”

“爸爸明天给你买。”

“好！”

只是小小的卿卿不知道，如果可以的话，此时此刻顾以舟最希望他在的地方，是后备厢。

“顾以舟，我们的孩子叫什么？”

“很多年前我就已经有答案了。”

“叫什么？”

“为卿，顾为卿。”

若似月轮终皎洁，不辞冰雪为卿热。

自始至终，他如月轮一般皎洁，而放弃自身冰雪清冷，为她发热，属他情愿。

因他相信，这一生，纵使漫长，却也只此一处温热。